九穗禾 著

一二三，木头人

河北出版传媒集团

花山文艺出版社

CONTENTS 目录

目录 C O N T E N T S

一二三，木头人

YIERSAN
MUTOUREN

如果生命只剩下倒数
如果有一天我变得不能说话也不能动
我想，我还可以对你微笑
谢谢你让我这一生拥有过最好的爱情

楔 子

你是我的万有引力，而我只是你的，千万分之一。

YIERSAN
MUTOUREN

追星是一件浪费时间的事，曾经，许多橙是这样认为的。

人生的路这么长，要做的事那么多，何必把时间浪费在一个远在天边的人身上呢？

直到有一天，她发现，她的人生并没有她想象的那么长，她也没有那么多，必须要做的事。

得了不治之症，该做什么？她问医生。

医生熟练地说，最好找点儿信仰和寄托，这样在你害怕，或者疼的受不了的时候，想着它，能转移一下注意力。说完，他很热心地介绍了本地一家香火旺盛的寺庙。

许多橙听话地去过一次，大概真是人以群分吧，从前以为只是旅游景点的地方，原来有那么多居士和信徒。

他们信不信佛法无边，她不知道，她只知道，这里面，鳏寡孤独，绝症病人什么的，真挺多的。

大家凑在一起，讲讲自己的悲惨，互相安慰，再对着佛祖，回忆过往，祈求来生。

此生此世，仿佛，已提前结束。

许多橙只待了一会儿，就夺路而逃。

她不想死，她想活着，活在人间烟火里，活在热情、躁动、爱与疯狂中，哪怕是暂时和虚无的。

所以，当俞可亲第一百零八遍，向她"安利"江楠时，许多橙吃下了这份"安利"。

舔屏、刷榜、买专辑、攒周边……新世界的大门打开，许多橙再次确定，追星果然是浪费时间的利器。

它可以占据你所有的时间和注意力，只要你想找，从电视、网络到马路广告牌，你的偶像简直无处不在。你可以抛弃现实，假想他是你的一生挚爱，熟记他的成长史和八卦，截图分析他每一个微表情，为一个榜单和奖项的得失，和许多小伙伴一起，挑灯夜战，嬉笑怒骂。

它是如此鲜活，如此充满生命力。

你看着他飞翔，飞得很高很远，仿佛就能忘记自己已失去羽翼的苦痛。

你也许爱他，也许只是爱他的幻影。

这都不重要。

因为，没人在意，没人会知道。

YIERSAN
MUTOUREN

第一章
江家有粉初长成

春天的风伴着夏天的雨，
秋天的果实落在冬天的雪地里，
世界它是如此美丽……

1. 我是真爱粉

"刚下飞机，亲爱的魔都，晚上好（爱心）！"附保姆车内自拍照一张，亚洲小天王江楠更新了自己的微博，然后习惯性地刷新了一下。

不到一分钟，评论和转发已几千，不过都是些无意义的"舔屏，楠宝棒棒哒！辛苦啦！""偶像偶像，我要给你生猴子！"之类，与此时追逐在他身后的那些粉丝，喊的没什么不同。

无聊地叹了口气，他的粉丝就不能回点儿有创意的？江楠丢开手机，开始脱衣服换装，准备找一个合适的时机，在红绿灯口，金蝉脱壳，换车闪人。

就让他可爱的粉丝们，跟着他的冷面经纪人和傻助理，一起去酒店休息吧。

花开两朵，各表一枝。

许多橙坐在西餐厅里郁闷地吃东西，乖巧了那么多年，忽然想随心所欲点儿，疯狂地追个星不负青春什么的，才发现，疯狂也不是件很不容易的事。她一大早赶去机场想去给偶像江楠接机，看到长长的队伍早已集结，只能排在外面晒太阳，接着飞机晚点一等等到晚上，大家掏出干粮坚守阵地，她啥都没准备，只能离开机场，找地方吃饭休息。

最让人郁闷的是，她刚坐下来，偶像就更微博说自己到上海了，苍天啊大地啊，她为什么这么背？

在偶像的微博下悲愤地评论了一句"难道我们今生无缘"，许多橙泄愤地咬了口牛排，才想起来难得吃这么贵的东西，当然要炫耀一下，于是拍照认证发微博，引来同学们三两句羡慕嫉妒恨。

许多橙心里少许好受了点儿，自我安慰接机失败也没关系，反正明天偶像的演唱会自己买到了票，早一天晚一天又怎样，总归是能见到的。

于是她开始优哉游哉地享受起美食，边刷微博，直到微博提示有私信一条，点开一看，写着："你在'旧曾谙'西餐厅？"

许多橙看到内容没多想，只以为哪个同学也来过，目光扫到名字，却惊呆了，是她的偶像江楠。

她以为自己出现了幻觉，半天才哆嗦着手机按了个"是"，还是有点儿不敢相信，没想到那个顶着"江楠"头像的对话框又冒出来一条："是我的粉丝？"

"我的偶像微服私访了""陛下，小的接驾来迟，不胜惶恐"……许多橙的脑海里反复刷着屏，两只手捧着手机，却只能继续哆嗦着又打出一个"是"字。

可是这次发过去，许多橙虔诚地捧着手机等了半天，偶像那边却没声息了。坏了坏了，难道偶像觉得她太冷淡了，怀疑她的忠诚了？这该如何是好？许多橙急得团团转，于是也顾不上含蓄了，连忙上表忠心："偶像偶像，你是我的大本命，我的万有引力，我的一切，我爱你(玫瑰)！"

如此掷地有声的表白，偶像大概是被感动了，对话框又冒出来一个，只是他问的却是："那你带纸巾了吗，无香型的那种？"

许多橙先是疑惑，接着拿起餐厅提供纸巾一闻，果然香气扑鼻，她打了个喷嚏，开始翻自己的包，找出自己随身带的纸巾，使劲闻了闻，确定没什么味道，才回答道："有，但是是卷纸可以吗？"

"拿到二楼男厕所来，第一个坑。"

纸、男厕所、无香型——我的偶像喜欢用无香型的纸巾上厕所？

等等，不对，这好像不是重点……许多橙痛苦地摸了把脸，只能想到"垂死病中惊坐起，偶像让我送厕纸""我的偶像在召唤我，只是他在男厕所""嫦娥应悔偷送纸，碧海青天夜夜心"……

她下意识想要退缩，但一眼瞄到自己发过的誓，又有一种深深的羞耻感。说好的大本命呢？说好的真爱粉呢？偶像只是让你送个纸而已，自己怎么能就退缩了呢，不就是男厕所吗？

作为一个合格的脑残粉，她每天三醒己身，掐架冲锋了吗？新歌刷榜了吗？偶像代言支持了吗？现在只是需要她去趟男厕所而已，算个啥，闯就是了！

这是在偶像面前刷存在感的大好机会啊！没准儿还能碰到偶像的小手呢。

拼了！

"偶像等我！"

许多橙以最快的速度喊服务生结账，便鬼鬼祟祟地蹿到二楼的男厕所门口，假装徘徊。确认里面没动静，她才轻手轻脚地拐到第一坑旁，往里面塞卷纸："偶像偶像，我来了，纸！"

江楠看到从门外递进来的纸头，蹲在厕所上开始扯，于是两个人默契地一个在外面放，一个在里面扯，伴随着轻轻的"呼哧"声，三十秒钟后，江楠忍不住表示："纸留下，你先出去吧。"

"喔，偶像您慢用。"许多橙乖巧地丢下卷纸，猫着腰，退了出去，然后缩在厕所外，等待自己的偶像现身。

十分钟后，亚洲小天王江楠同学戴着墨镜、口罩，酷酷地从厕所内走出来，许多橙赶紧拿着纸和笔蹦了出来："偶像偶像，求签名！"

江楠"咳"了一声，礼貌地点点头，边伸手接笔，边道："刚才是你，谢谢。"

许多橙紧张得不敢抬头，只盯着他细长的手指看，这一看就看出问题来了，偶像手指甲竟还缠着碎纸巾，递出去的笔一下子缩了回来："偶像，你那个完，没洗手吗？"

话一出口，许多橙就知道坏了，她这是在干什么，她竟然敢指责偶像的个人卫生习惯不好，说好的不管他怎样都要爱得义无反顾呢！

"阿嚏，我只是有点儿感冒……"

没等江楠解释完，许多橙立即道："偶像，你无需多说！人生自古谁无死，哪个拉屎不用纸！偶像，我懂的，"许多橙深呼吸一口气，以大无畏的精神递出纸和笔，"请您签名！"

"因为香精过敏，所以餐厅里的纸不能用……"江楠艰难地解释完，见面前的小姑娘压根没把自己的话听进去，假想了一下明天的厕纸头条，头痛地"嘶"了一声，于是唰唰地签完名，翻开自己的钱包，先是掏出几百块钱，想想，觉得这样有侮辱自己粉丝的嫌疑，又塞回去，恰巧发现还剩下一张演唱会的前排赠票。

于是他掏出那张演唱会门票晃了晃："明天的演唱会门票，要吗？"

其实演唱会的门票，许多橙是有的，但是怎么能比得上偶像亲手给的呢！所以她果断地点头："要！"

"给你。"江楠露出他招牌笑容，仿佛一切尽在掌握之中，"今天的事，不准告诉任何人，知道吗？"

"嗯嗯，我保证不告诉任何人，Nobody！"

OK，终于摆脱了一桩八卦。江楠潇洒地离去，却忘记了，他的赠票在最前排，并且还是用来专门招待家属小分队的地方。

所谓家属，那可是可以肆无忌惮开脑洞的存在噢。

2. 桃花朵朵开

翌日。

虽然是寒假，许多橙却起了个大早，没办法，前一天和偶像亲密接触，有点儿精神亢奋，她吃完早饭围着公园晨跑了一大圈，还是感觉无处发泄精力，干脆在家里大扫除。

微信上，好友兼战友的俞可亲正在刷屏絮叨："听说今天演唱会上，楠宝要公布新曲呢，我好激动啊！"

"哎，橙橙，你说，楠宝跟他那个初恋，到底断没断啊？那死女人趁着偶像最近活动多，又出来回忆过去，说偶像曾经对她多好多好，真是烦死了！"

"啊啊啊，不管，我坚信楠宝和他的经纪人！听说他俩从小一块儿长大，从没有分开过，这样的感情多感人哪！"

许多橙拿着抹布，撇了撇嘴，谁说没分开过的，昨天她就见到了落单的偶像大人，可怜得连厕纸都要人送。她很想告诉可亲残忍的真相，只可惜，自己答应了偶像，要死守住这个秘密，所以，即使忍得很辛苦，她还是没说。

但是紧接着，许多橙想到了另一个问题，她自己的那张演唱会的票，是和可亲一起买的，现在有了偶像赠送的票，想也不想，自己肯定是要用那张的，更何况偶像给的内部票一看就是 VIP 位置，有再次与偶像近距离，她可舍不得放弃。

换句话说，今天晚上，她是要辜负可亲了。

只是这话该怎么开口呢？许多橙有点儿纠结，借口不好找哇！

正犹豫着，那厢可亲不满了："哎，我说，小橙橙，你大扫除也用不着嘴吧？可否回姐一两句，姐我在自习室里，用气音说话大法说两句话，姐容易吗？"

你说的何止两句啊？许多橙翻了个白眼，拿起手机道："好吧，可亲姐，我跟你说个事，晚上演唱会我不能跟姐您坐一起了。"

"Why？"可亲果然无法接受这个事实，"票都买了，你为什么不去演唱会？啊，等等，你说的是不能跟我一起坐是吧？你的意思是另外有票？哪里来的？"

脑子转的很快嘛，许多橙吐吐舌头："呃，别人送的。别问是谁送的，要保密！"

可亲发了一个暴击吐血的表情："谁？到底是谁？竟然在姐眼皮子下勾搭到你，姐却什么都不知道……"

就知道会是这样的结果，许多橙无奈地叹了口气，不过想歪总比继续追问好。许多橙准备认下这段"绯闻"，只可惜，可亲又是话锋一转："哎，你跑得这么快，该不会是你暗恋的那个学长……回应你了吧？"

"你胡说什么呢！"真是哪壶不开提哪壶，许多橙没好气地道，"俞可亲，我警告你，以后不准再提他，我现在最最不想见到的人，就是他了！"

"哎哎哎，你至于吗？不就是在暗恋对象面前，摔了个四脚朝天嘛，"俞可亲在那头一边笑，一边语气诚恳地劝慰她，"没关系，不哭不哭，咱爬起来又是一条好汉，啊！"

果然插刀最狠不过闺蜜，许多橙摔了手机，决定绝交十分钟。

俞可亲在手机那头笑够了，喊了许多橙几声，都没回应，终于意识到了问题的严重性，讨饶道："亲爱的橙橙，你不要生气啦，我错了！"

"哎，我说，许多橙，你该不会为了一个男人，真的跟姐绝交吧？说好的姐妹情谊深似海呢？"

"好吧好吧，我们说点儿正事，那什么，晚上我们早点儿去吃饭，然后开场前，去把多出来的那张票卖了，没准儿能赚回几百呢！"

许多橙一时没忍住，问她："真的，到哪里去卖？"

"哎，这还不简单，先在粉丝群里问一声，再到演唱会入口一手交钱一手交货，"俞可亲一副大包大揽的架势，"没事，你就交给我吧！不过说好了，姐帮你办事，你不准再生气了啊！"

"成！"许多橙学着她的口吻，"好好帮姐办事，晚上请你吃大餐！"

"好咧！"俞可亲欢快地应道，接着又欠揍地补了一句，"不过，你晚上真的不需要跟某位男生一起行动？姐可以不当灯泡的噢！"

许多橙高贵冷艳地发了一句"呵呵"，就把手机抛到沙发上，继续抹桌子。以她对可亲的了解，这会儿指不定怎么排查人选，然后设计侦查路线，务必做到今晚对自己一击必杀，抓到"某位男生"呢！

只可惜，就算可亲想破脑袋，也不可能想到，自己的这张票是偶像亲自赠送。许多橙想象了一下可亲扑空的画面，同情地摇摇头，颇有一种智商的优越感。

事实证明，许多橙还是很了解俞可亲的，到了傍晚，从两人见面吃饭开始，可亲就各种旁敲侧击，趁着许多橙上洗手间的空当，更是恨不得把许多橙的手机瞪出洞来。只可惜，一路上许多橙都没什么动静，到了演唱会的入口，还是没看到可疑男生，可亲明显是急了，只要看到有男生靠近许多橙，就用十分警觉的目光扫射人家。

许多橙表面不动如山，心里偷乐，直到有个男生顶着可亲审视的目光，以一无往前的架势，在人群中，闪闪发光朝她们走来。

"哇哦，好帅好帅！"俞可亲用手肘拐了许多橙一下，"怪不得人家一约，你就背弃我了，这种级别的桃花不多见哪！我感觉比你之前那个学长帅。"

许多橙翻了个白眼："你搞错了，我不认识他。"

话音未落，那男生就走到她们面前，笑容可掬地打招呼："两位同学，晚上好。"

还说你不认识！俞可亲口型如是道。

大人，小的冤枉啊！许多橙做了个假哭的表情。

俞可亲自然不会这么轻易地放过她，露出坏坏的笑容，对男生道："哎哟，帅哥，晚上好哇，找我们有事？"

男生大概是听出了她言语里的调戏之意，脸不自然地红了一下。俞可亲见状立刻嘿嘿直笑，要多猥琐有多猥琐，并且继续道："这么害羞干吗？有什么话你就说嘛！"

"嗯，那个……其实我是来……"

"什么，你声音大点儿，"俞可亲夸张地支起耳朵，"什么，我怎么听不见？"

男生的脸彻底红了。

许多橙在一旁看不下去，扯扯她袖子："可亲，差不多可以了，我真的不认识他。"

"嘁，我才不信，你一定是心疼了！哈哈哈！没事没事，我就随便调戏一下，哈哈哈！"

然而就在她猖狂的笑声中，男生终于找回了自己的声音，冷静道："那个，其实我是来拿票的，俞可亲同学。"

"哈哈呃……"此言一出,俞可亲生生打了个嗝儿,"你,你拿票?等等,不对,你怎么知道我叫俞可亲?"

她是在粉丝群里找的买家,昵称明明是"小鱼儿",身为一名光荣的大学生,网上不用真名的警惕性她还是有的好不好!

"啊,这个嘛,有心自然什么都能知道。"帅哥狂霸酷拽地回答完,数出五张"毛爷爷",塞到许多橙手里,也没问俞可亲拿票,而是一转身,直接虚揽着她往检票口走去。

俞可亲有点儿想挣扎,见保安叔叔审视的眼光扫来,立即心虚地缩起脑袋,大概是怕被保安察觉她刚刚当了一回"黄牛",于是竟乖乖掏出两张票,刷完就跟着人家走了。

3. 直升亲友团

这样一波三折的剧情让许多橙彻底惊呆了,回过神,俞可亲人已经进了检票口。望着手中迎风招展的"毛爷爷",许多橙很有一种捏着俞可亲卖身钱的错觉。

用力甩掉不靠谱的脑洞,许多橙察觉挺多人目光有意无意地瞄向自己,赶紧把钱揣进口袋,掩饰性地咳了一声,跟着也往检票口走去。

人很多,所以保安叔叔只是照例朝她伸出手,说了一声"票"。许多橙把票递过去,保安叔叔帮忙刷了票,听到"贵宾票"仨字的电子音,硬是在百忙中,挤出一个充满汗水的油腻笑容:"您好,女士,贵宾票请从这边入场。"

"噢噢,好。"与其说是受宠若惊,不如说是受到了小小的惊吓,许多橙拿回票,有点儿懵地在原地打了个转,有一位礼仪小姐主动前来为她引了路。

人潮汹涌中,千万人向后,唯独她向前。

那一刻,许多橙深深体会到什么叫作"虽千万人吾往矣"的豪迈。

一路挺进到最前排，许多橙才找到自己的位置，视野好到她站起身就能摸到舞台灯，如果待会儿不要脸点儿，估计还能扑腾到偶像的脚。

偶像真是太慷慨了！许多橙一边赞叹，一边唰唰唰拿手机各种角度拍照，还不忘发给俞可亲，调戏她。

"我去！老实交代！送你票的到底是何方神圣？待会儿别忘了继续偷偷拍照啊！今天晚上，第一手资料就靠姐姐您了！"俞可亲在微信那头恨不得化为感叹号钻过来。

许多橙笑倒，也不回复她，顶着"果粒橙"的昵称，转而在署名"江楠官方粉丝 H 群"的群里开始发照片。俞可亲立刻带着一众妹子出来叩拜她这个"大大"。

许多橙很得意，她可是刚进官方群不到两月的小新嫩，一转眼就成"大大"了，真是托偶像的福，嘿嘿！

能否树立威名在此一举，所以不能辜负组织的信任啊！怀抱着这样的想法，许多橙又唰唰拍了一堆照片发到群里，引起狼嚎无数，一堆妹子哭喊着让她多发点儿，尤其是没能来演唱会现场的可怜娃儿。

第一次来演唱会的许多橙，深知这种看不到的痛苦，很义气地回复了一句"OK"，然后，就没有然后了。

当所有灯光暗淡，当舞台上出现那道身影，当早已从耳边徘徊到心间的音乐响起，许多橙承认，那一刻，她迷失了，迷失在狂热的气氛中，仿佛置身梦中。

那种感觉与私下偶遇偶像完全不同，如果说前一天她见到的是大明星，那么此刻，她见到的，是音乐神祇。

此时的江楠，银白色的中发，一身黑衣，就这样站在那里，没有伴舞，没有灯效，大屏幕上简单地翻滚着字幕，衬着他帅气的面容晦涩不明，只有歌声，只有歌声一如既往。

热泪盈眶是很自然的事，许多橙一首接一首歌地跟着唱下去，全情投入，压根儿没想起来拍照。

哭死一帮在群里干等的。

直到中场，江楠抱着话筒，露出略微疲惫的笑容说，接下来有请他的好友韩希贤为大家奉上精彩的表演。

许多橙才猛然回过神，拿起手机猛拍了几张照片，发到群里。

俞可亲在群里干号："亲姐姐哎，您可算发图了，望眼欲穿哪！"

许多橙不好意思地发了一句"嘿嘿"，见韩希贤已经上场，又拍了几张这位韩国花美男的照片发到群里。

立刻，刚才还在哭泣的妹子们纷纷表示："大大啊，韩希贤我们也爱，您多拍点儿啊！"

"……"许多橙有点儿小小地替偶像吃醋，这爬墙爬得也太快了吧！

哼，还是她忠心可表！

不过，看在大家都叫她"大大"的份上，许多橙也就单手捏着手机，凑合着又拍了一小段视频，发到群里，赢得阵阵欢呼。

然而，许多橙喝了口水，再看群里的时候，却发现群里早已炸开了锅："大大，您旁边坐的那个女生是韩希贤的女朋友吗？"

"韩希贤有女朋友吗？"许多橙茫然地回了一句。老实说，她对偶像江楠之外的八卦都不太关心，之所以知道韩希贤，还是因为他是偶像好友的缘故，所以，韩希贤有没有女朋友这件事，根本不在她的认知范围。

她的问话引来群里排队发起吐血的表情。

还是俞可亲比较机智，她甩了个漂亮生生的正面照上来，直接问许多橙："你旁边的妹子长这样吗？"

许多橙侧过身看了一眼，发了一个"是"字出去。

群里一阵惊叹过去，群管理员小心翼翼地跳出来问："大大，我想去内部论坛发公告说'偶像好友携家属到场支持'，大大您能拍个韩希贤女朋友清晰点儿的正面照吗？"

"这，不太好吧？"她又不认识人家，偷拍到就已经很猥琐了，还要拍正面照，万一被人家抓包，岂不是要"呵呵哒"？

"大大，求您了！"

"果粒橙大大，拜托！"

群里的妹子们纷纷帮忙求情。

许多橙推却不过，眼睛余光持续关注了一下旁边，见韩希贤的女友正全神贯注地看男友演出，丝毫没注意到自己，一咬牙，假装把荧光棒掉地上，然后弯腰去捡的时候，迅速拿手机偷拍了一张。

坐回原位，许多橙捏着手机没敢动，装模作样听了半首歌，才把手机拿出来查看照片，结果这一看，差点儿没把手机摔地上。

照片上的美女正笑眯眯地低头看她，还很可爱地比了个"v"字手。

自己这是被发现了……吧？许多橙脖子僵硬地转向身侧，韩希贤的女友也跟着侧转身，笑得十分温柔："a nio ha sai yao！"

托韩剧荼毒的福，许多橙听懂了这句话是"你好"的意思，赶紧结结巴巴回了对方一句："a nio ha sai yao！"

对方见她回应了，看上去很开心，又叽叽咕咕说了一段话，可惜这回许多橙什么都没听明白，只好傻傻望着对方。对方见她不明白，转身看向另一侧，立即有个高中生模样的女孩头伸了过来，笑嘻嘻道："慧妍姐姐说，很高兴认识你，如果想拍照就大大方方地拍吧。"

许多橙尴尬得不知该如何回答。

女孩儿见许多橙这样，反而很认真地安慰她："没事，没事，不用紧张，以后我们就是一家人啦！"

呃，这又是从何说起啊？

没等许多橙说话，女孩儿又自顾自道："嘻嘻，我来介绍一下，这位是希贤哥哥的女朋友慧妍姐姐，我呢，是程明枫的妹妹，姐姐你可以叫我萌萌，坐在姐姐那边的叔叔阿姨是经纪人包瑞哥哥的爸爸妈妈噢。"

程明枫是偶像江楠的另一位至交好友，主职演戏，偶尔客串唱点影视剧主题曲什么的，今晚也会来捧场。

当然，以上不是许多橙此时要关注的重点，因为，她现在有一种很不妙的感觉。果然，萌萌接着感叹道："哎呀呀，江楠哥哥还是第一次带女孩子给大家认识呢，之前说请我们务必都要来看他的演唱会，嘿嘿嘿，原来是为了引出姐姐你呀。对了，姐姐，你叫什么名字？"

一晚上被人戳出两朵假桃花，许多橙实在是吐槽无力："萌萌，你误会了，我不是……"

"还不是江楠哥哥的女朋友？哎呀，理解理解，你们现在肯定还处于暧昧期，对不对？"萌萌一拍巴掌，恍然大悟，"我说呢，怪不得江楠哥哥这么含蓄，不自己介绍，却把姐姐你放在我们中间，他这是想走亲情风的战略路线啊，让我们帮他追女朋友呢！"

推出结论，萌萌也不等许多橙回答，缩回脑袋，凑在慧妍耳朵边好一阵嘀咕，直把慧妍也说得两只眼睛放出了异样光芒。

许多橙被她俩看得毛毛的，下意识往座位上缩了缩，她身后这厢很有气质的阿姨，也就是萌萌口中经纪人的妈妈，开口打圆场了："姑娘，萌萌比较活泼，她说的话，你不要放在心上。"

"啊，不会不会，"许多橙连忙摆手，努力解释，"阿姨，其实我真的只是凑巧，才从偶像那里拿到贵宾票坐在这里的。"

阿姨点点头，露出慈祥的笑容："好，阿姨知道了，你不要有压力。"

本来没有的，这么一说，忽然很有压力怎么办……

4. 以偶像为荣

眯着眼，朝阿姨露出一个"我什么都没听懂"的天真笑容，许多橙低下头，逃避现实地猛按手机。

看到群里妹子还在苦等她的照片，她才想起之前偷拍这茬儿来，只是照片虽然有，但是她还真没脸再发了，所以只好在群里发了个囧图，然后道："那个，我偷拍被发现了……"

"……"

"天哪！"

"大大，你没事吧？"

在一堆安抚"战友"的贴心慰问中，俞可亲发了一个鼻亲脸肿的表情："有挨揍吗？"

"没有。"如果这是私聊，许多橙肯定要贱贱地回过去，不过在群里聊天，她还是要稍微维持一下形象的，虽然也没高冷多少，"慧妍姐姐人很好，笑起来很温柔，我已被感化。"

此话一出，大家迅速歪楼，开始各种八卦慧妍如何温柔善良，有人说她与韩希贤在出道之前就相恋；有人说，她在他低谷的时候不离不弃；有人说，恋情曝光后，为了感情稳定，她甚至半放弃了自己的演艺事业。

只有俞可亲暗搓搓地私聊她："照片拍到了吧？拿来我看看，放心，我不发出去。"

果然，知心莫若闺蜜，这种画外音都能听得出来，许多橙不知该吐槽还是该点赞，干脆地把照片发了过去。换来俞可亲一长串的夸张笑声："哇哈哈，你蹲下去偷拍还被人抓个正着，哈哈哈哈……"

"注意点儿形象，你旁边还坐着帅哥呢。"许多橙"真诚"地提醒自家闺蜜。

没想到，她不提还好，一提，俞可亲唰地发来一行字："什么帅哥！他就是我跟你说过的，那个朱小胖啊朱小胖！"

跟她提过的？许多橙努力回忆了一下，未果，于是一边嘀咕着"好好的帅哥，干吗给人起外号叫朱小胖"，一边回复俞可亲，说自己想不起来了。

结果，还没按下确认键，全场灯光忽变。许多橙抬起头，望向舞台，发现韩希贤已经退到一旁，而偶像江楠则占据了舞台中央，穿着一袭白衬衫，弹奏钢琴。

前奏美好中带着淡淡哀伤，是完全陌生的曲调。在所有人的轻呼中，他简单介绍道："我新写的自作曲 Listen baby，希望大家喜欢。"

听曲名，许多橙以为这是一首告白爱情的歌曲，可是等江楠开唱，她才发现，自己完全猜错了，这是一首要唱给灵魂听的歌：

> 宝贝，我听说，你最近不开心。
> 问你原因，你却只是摇头，不肯说。
> 宝贝，我知道，人都有难言之隐。
> 因为生活，它本来就不是简单的事。

> 解不开的习题，唤不回的恋人，消逝的健康，老去的父母，无能为力的现实。
> 一切都那么让人想哭泣。

> 可是啊，宝贝，上帝让我们来到这世上，一定有它的深意。
> 所以，请再坚持一下吧。

> 春天的风伴着夏天的雨，
> 秋天的果实落在冬天的雪地里，
> 世界它是如此美丽……

不知何时，许多橙已经泪流满面，不知道是为这首歌，还是为自己。旁边的慧妍体贴地递来纸巾，许多橙轻声说了句"谢谢"，然后低下头，用纸巾蒙住脸，不想让别人看到自己的狼狈。

直到演唱会结束，许多橙都浑浑噩噩的，左右的人在欢呼中站起来，她也跟着站了起来，揉揉酸胀的眼睛，跟着人潮，慢慢往外挪，感觉身后的阿姨被人绊了一下，许多橙赶紧扶住阿姨一把，又陪阿姨等到了走散的丈夫。

走在他们前面的萌萌满头大汗地转过来："谢谢姐姐，慧妍姐姐不会中文，我要在前面领路，拜托你照应一下叔叔阿姨，好不好？"

萌萌还是未成年，就这么会照顾人，许多橙自然说不出拒绝的话，爽快道："好的，没问题，你放心在前面走就是。"

于是，萌萌拉着慧妍在前面走，许多橙挽着阿姨跟着，叔叔断后，一行人走走停停，离开演唱会观众席，直奔……演唱会后台而去。

通向后台的通道有点儿黑，而且还有楼梯，许多橙一心扶着阿姨上上下下，直到进了众人的休息室，才意识到自己好像到了一个了不得的地方。

萌萌看到自家哥哥开心地扑上去，慧妍也一脸温柔笑意地被男友搂了过去，一脸严肃的经纪人包瑞张罗自家爹妈去休息，工作人员各自忙碌穿梭，只剩下江楠和许多橙大眼瞪小眼。

"你为什么会在这里？"身为偶像，江楠表示，在后台看到粉丝这不科学啊！

"是啊，我为什么会在这里……"

偶像赠票已经是天大恩赐，自己看完演出应该麻溜儿地滚回家，自此之后每天三炷香供奉这张演唱会门票才对，跑到后台打扰偶像大人休息算怎么回事？

呜呜呜，偶像大人肯定以为她脸皮厚、讨人嫌、不知进退了！

许多橙欲哭无泪。

然而，他们俩的相顾无言，看在别人眼里，就完全不是这回事了。萌萌跟自家哥哥表完功，听到两个人的对话，非常不开心："江楠哥哥，你请姐姐来看演出，却问她为什么来后台，太傲娇了，这样是追不到女孩子的噢！"

"小孩子别乱说话，我什么时候追她了！"正让发型师摘假发套的江楠起身，以壮声势，无奈假发掉落在地上，气势顿无。

众人笑成一片，萌萌直接笑趴到地上，许多橙也忍不住背过脸。

韩希贤和慧妍慢半拍地听了翻译，憋着笑，嘀嘀咕咕不知跟江楠说了什么。江楠郁闷道："我怎么会跟你们当初一样，我和她不熟，她只是我的粉丝。"意识到自己说的是中文，他又用韩文说了一遍。

围观群众纷纷表示不信：哈哈，你逗我们呢！外面都是你的粉丝呢，你怎么就只送了她一个人票呢？

想到昨晚不可言说的意外，江楠小朋友顿时语塞。

身为一名初长成的"忠饭"，这种时候，怎么能眼睁睁看着偶像陷入危难之中呢？关键时刻，许多橙急中生智，开口道："其实，偶像送我门票是有原因的！我真的只是普通的粉丝，昨天晚上恰巧遇到偶像，之前偶像根本不认识我！"

看到所有人的目光哗地全都集中在自己身上，跟探照灯似的，尤其以自家偶像江楠最亮，许多橙递给他一个"我很值得信赖"的眼神，继续道："我一直很想来看偶像的演唱会，攒了好久的钱，却没买到票，昨天想着去接机看一眼也是好的，结果从早上等到晚上，都没等到。后来我饿得受不了了，去找地方吃饭，然后，就看到偶像发微博说他已经到了。

"那个时候，我正在餐厅吃东西，越想越伤心，于是一边吃一边哭，一边哭一边吃，哭了好久，没想到被偶像看到了，偶像看我可怜，就送了我票。"许多橙说得很真挚，搭配哭肿了的眼睛，一时间，大家也不好意思再开玩笑，场面有点儿尴尬。

江楠没想到她会把事情都揽到自己身上，有点儿感动，刚想说点儿什么，好友程明枫慢悠悠地点评道："嗯，你说得很感人，可是我阅剧本无数的经验告诉我，似乎哪里缺了一环。"

"对啊对啊，"萌萌也道，"江楠哥哥这么傲娇，怎么会看你可怜就送你票，他平常对粉丝可没那么体贴，肯定是对你一见钟情，嘻嘻！"

本来说的是谎，有人质疑的话，许多橙是打算含糊过去的，可是萌萌的话，却无意中点燃了她的斗志——就在前不久，她刚刚因为江楠对粉丝的态度问题，跟别家粉丝掐架，掐输了。

后来，她狠狠地查了一番资料，总算想好了说辞，准备再战，却发现楼主任性地封了楼。

那种一口气憋着出不来的屈辱感，让她耿耿于怀。

所以，当机会再次摆在面前，许多橙立即气势无双地抛出了早已准备好的答案："不！偶像对粉丝是很体贴的！身为他的粉丝，我们都知道，他总是以身作则、严于律己、宽以待人，从不收粉丝的贵重礼物，签售会上即使粉丝违规带一摞唱片也会认真签完，还写歌劝低龄粉丝以学业为重，多年来，更是资助了不少家庭有困难的粉丝，相比其他偶像，他不善表达，但是这不代表他不体贴。

"事实上，他是一个有理想、有道德、有能力、有爱心，善良体贴的'四有偶像'，总是给我们以正能量。"

说到最后，许多橙抬起头，铿锵有力地总结："我以这样的偶像为荣！"

5. 包大人出场

许多橙话音落下，不知谁起的头，休息室里的掌声经久不息。

江楠有气无力地跌坐回座位，一字一句道："你真的是我的粉吗？"不是黑吗？谁来告诉他，这种被夸奖完，却抑制不住的深深羞耻感是怎么回事？

偏偏程明枫还不放过他，精妙无双地补充道："剧情发展到这里，接下来是不是该送花篮和锦旗了？"

众人哄笑，江楠干脆以手扶额，装死。

许多橙满脸通红，觉得自己似乎又把事情搞砸了，咬着唇有点儿不知该如何是好，两只手紧张地揉捏着书包，却摸到一样东西来，于是小声道："没有花篮和锦旗，有可乐鸡翅行吗？我自己做的。"

包里的可乐鸡翅是许多橙为避免发生昨天的事，特意做好带的，她的手艺是跟身为酒店主厨的舅舅学的，自然，也十分拿得出手。

重要的是，江楠虽然鲜在公开场合说自己的喜好，但粉丝的眼睛总是雪亮的，许多橙曾经刷过他很多采访视频，以及自拍，只要桌上有食物，可乐鸡翅的出场率是最高的。

所以，她猜测，他应该很喜欢吃这道菜。

见自家偶像震惊地转过头看她，却没有直言拒绝。许多橙知道自己猜对了，连忙手脚利落地从包里掏出一大盒可乐鸡翅，打开盒盖，递过去道："吃吧！"

最爱的香味，唤醒早已空空如也的肠胃，又唱又跳三小时，说不饿是骗人的，一瞬间，江楠的口水就开始分泌。他的理智告诉他，偶像偶像，就要顾及形象，就算他想吃这盒鸡翅，也要先拒绝，再无奈接受，最后用一种"我就满足你这个愿望吧"的亲切笑容，温文尔雅地吃上那么一小口……可是，但是，前戏这么多，而他现在好饿。

不管了，先吃再说吧，反正昨天都……对吧！还有什么底线不能突破的呢？江楠内心 OS 完毕，抓起鸡翅埋头苦吃。

众人面面相觑：嗟来之食，说吃就吃，这还是他们所熟悉的那个傲娇的小伙伴江楠吗？

萌萌趴在她哥哥耳朵边八卦："看吧看吧，我说肯定不是普通粉丝吧？"

程明枫点头表示赞同，韩希贤和慧妍赶紧拉着翻译靠过来，想共享情报。屋子里的造型师 Candy 等人，也有凑过来的意思，程明枫手一挥，干脆地带着众人移驾去了隔壁房间。

铁树难得开趟花，身为小伙伴要支持啊！程明枫轻轻带上门，为自己爆发的兄弟情谊点赞。

江楠还在默默地啃着鸡翅，许多橙的手艺是大厨亲传，香味入骨，吃得太投入的他，啃完鸡翅，还把骨头嚼嚼，发出"咯吱咯吱"的声音。

许多橙本来还挺紧张的，看到自家偶像吃得这么搞笑，忽然觉得高高在上的偶像，还挺蠢萌的。看着他一会儿工夫，大半盒鸡翅下肚，怕他噎着，又见其他人都走了，许多橙便拿起水杯，帮他接了杯水。

江楠含糊地说了一个"谢"字，连喝好几大口，然后，继续啃鸡翅。

直到一整盒可乐鸡翅全祭了五脏庙，江楠终于有了活过来的感觉，理智随之回笼：等等，刚刚的十分又三十一秒，他到底都干了些什么？

带着满满的颓唐气息，他沉默地把桌上的鸡骨头从面前推开，一旁的许多橙立即很有眼色地拿起纸篓，把垃圾都倒了进去，顺带把自己的饭盒也收了起来，梳妆桌上更是擦拭得干干净净。

江楠从镜子里看着她忙碌的身影，半晌，抽出一张化妆棉，抹抹自己吃得油滋滋的嘴，然后开始卸妆。

身为男人，他不喜欢有关化妆的一切，但是职业属性摆在这里，化妆见人在所难免，但是卸妆，除了摘假发套这种事他自己一个人搞不定，其他的，他从来不假他人之手，也不会在别人面前做。

因为他觉得卸妆的时候，擦嘴唇，掀眼皮什么的，比化妆时给人的感觉更娘，还不好看。

但是，在这个小粉丝面前，他再一次打破了自己的原则。

没办法，吃人嘴软，刚吃完人家一大盒可乐鸡翅，就赶人家出门什么的，他实在做不出来，反正……对吧！凑合凑合啦。

许多橙自然是不知道自己又破了怎样的纪录，她把东西都收拾好，见自家偶像还在卸妆，干脆拿起扫帚把地也扫了一遍。刚才一群人都待在这个屋子里休息，乱七八糟的，这让轻微洁癖的许多橙，有点儿看不下去。

她打扫得很仔细，以至于江楠卸妆结束了好一会儿，她这边才打扫完，抬头见偶像干等着自己，许多橙赶紧把东西放下，凑到他身边："有什么事吗？"

江楠的目光在她身上扫视了一圈，从桌上拿起一张 CD 道："我的新曲 CD，签过名了。"他说完，手就悬在半空中。

许多橙愣了一下，才意识到这是要送给自己的意思，连忙擦擦自己的手，然后弯腰鞠躬，双手恭恭敬敬地接过："谢谢偶像。"

江楠嘴角抽搐了一下，收回手，又从桌上拿起一顶鸭舌帽，塞给她："我今天演出戴的帽子。"

签名 CD 难得，送粉丝演出帽更是绝无仅有，许多橙被偶像大人感动得稀里哗啦的。偏偏江楠觉得还不够，他站起身，思索着道："既然来都来了，我带你逛逛演唱会的后台，更衣室、道具间、舞台升降控制台什么的，作为粉丝，你应该挺感兴趣的吧？"

"啊，可以吗？"许多橙激动道。

"我带着你大概参观一下，可以的。"江楠语气温和，绅士地做了个邀请的姿势，打开了门。许多橙赶紧把偶像送给自己的礼物塞进包里收好，然后，开心地在他身后蹦跶了好几下，才小跑着跟出门。

江楠忍住笑意，装作没看见。

演唱会的后台很大，分工明确，有些地方也确实很酷炫，但是此时演唱会结束，能看到的并不多，舞台升降那里许多橙只看到了几个用途不明的大家伙，华丽的演出服也被收了大半，但是她仍然看得津津有味。

其他不说，偶像亲自给自己讲解介绍，就值得回味一辈子啦！

他们两个在后台到处乱窜，可苦了到处找他们的人，程明枫和萌萌带着众人深入探讨分析完八卦，想着再去看看现场，结果门一开，发现人去屋空。

萌萌惊呼出声："天哪，江楠哥哥和姐姐私奔了！"

"私奔是指，相爱的人不顾阻拦一起逃跑。"江楠的经纪人包瑞站在众人身后，幽幽道，"我还没来得及出场呢，所以，放心吧，他们还在。"

他这话说得所有人后背一凉。

包瑞身为金牌经纪人，业内名声那是让人闻风丧胆，没有他谈不下来的条件，没有他搞不定的案子，可以说，江楠这样只知道一心做音乐，不关心外物的音乐人，要是没他保驾护航，绝对走不到今天的地位。

所以，他在整个团队中拥有绝对的话语权，小伙伴私下里都喊他"包大人"，就连小天王江楠自己，有时候都对他无可奈何。

大家你看我，我看你，脑洞小的开始担心包大人要辣手摧残大明星江楠的爱情；脑洞大的，觉得他和他，即将相爱相杀。君不知，江湖传闻嘛，咳……

围观群众开完脑洞，兴奋不到三十秒，忽然反应过来。他们围观了这么一个大料，会不会遭池鱼之殃啊？包大人可是铁面无私，人鬼敬畏的存在啊！

"那个，我去帮忙找人！"

"我也去，我也去！"

"一起一起！"

脑子转的快的纷纷往四处涌去。

"不必麻烦，"包瑞抬起手，托了托眼镜，镜片闪过一道光芒，"科技时代，要学会看监控。"

竟感受到了来自智商上的狂暴碾压！

6. 幸福的清单

于是，包瑞一马当先，往监控室而去。围观群众明白，此时正是撤退的好时机，奈何八卦看到一半，心痒难耐，腿怎么都不听使唤，所以，大家你看我，我看你，互相壮胆，一起哗啦啦又挤到了小小的监控室里。

监控室里的保安大叔原本正在打瞌睡，看到这么多人涌了进来，以为发生了大事，戴上帽子，摸出呼叫机摆出一副严正以待的架势，结果听到的要求却是要看一男一女在哪儿。

保安大叔摸摸头上的冷汗，又把帽子脱了下来，按要求把监控调出来，发现这一对儿说说笑笑的，去的地方还不少，几乎每个房间都去溜达了一下，像是在参观。

一切看起来都很正常，不正常的是，围着他的男男女女总是发出"哧哧"的笑声，十分寒碜人，唯一正常的，就是跟他说话的这位了，虽然人严肃了点儿，声音也冷冷的："所以他们最后是上了天台？"

"是的，先生。"保安大叔拿出十分的职业素养，回答道，"天台上没有监控，也没有其他出口，平常也没人去，嗯，比较适合情侣晚上一起……

看个星星什么的。"

"听到没有，听到没有？"

"看星星，看星星！"

"扑哧哧哧……"

新一轮的笑声寒碜地响起。

"好的，谢谢你，辛苦了。"包瑞得到了自己想要的答案，对保安大叔致以谢意，出了监控室，围观群众紧密团结在他周围，又哗啦啦跟着出来，那架势，想是也要直奔天台而去。

不过这一次，他表示拒绝："时间不早，你们各自回去收拾东西吧，人我去接。"

"……"

"哈哈，不着急！"

"我们……"

包大人推推眼镜，鼻音绕梁："嗯？"

好可怕好可怕，包大人要来真的了！

大家识趣地抱头鼠窜。

只余下程氏兄妹还想负隅顽抗，包大人的目光在程萌萌身上打了个转儿："期末考试考的如何？高考打算填什么志愿？"

没等程萌萌哀号，程明枫拉起自家妹妹就走："回去吧，我刚想起来，明天你还要补英语和数学。"

程萌萌：嘤嘤嘤，敌人太强大了，竟然玩离间计……

包瑞清场完毕，一个人往天台而去，正好在入口遇到了返回的二人。陌生的女孩儿正不停地感谢江楠的亲自招待。江楠高冷地站着，却在她弯腰的时候，默默伸手帮她抵着背上的包，以免她撞头。

本来，自家父母八卦的时候，包瑞是一个字都不信的，作为经纪人，他早就练就一双火眼金睛，不夸张地说，江楠每天洗澡用了多少肥皂，他都是一清二楚，更别说谈没谈恋爱了！

然而此刻，他不确定了，尤其是看到江楠素着一张已卸妆的脸，这种不确定更是达到了顶峰。

但是，他不动声色，以不变应万变。

江楠轻声慢语地给许多橙介绍了他的经纪人，然后道："太晚了，女孩子走夜路不安全，我让包瑞安排车送你回去。"

"不用不用，"许多橙连忙摆手，"我朋友在东门等我呢，我刚才在天台已经看过位置了，不会走错的。"

"让司机师傅到东门接一下你朋友，一起走。"

"真的不用，今天已经很麻烦偶像您了，怎么好意思——"

"没关系……"

"小姐您就不要推拒了。"包瑞见两人推来让去，没完没了，一推眼镜插入道，"这个时间地铁已经停运了，而且外面人这么多，打不到车的。"

本来说得热火朝天的江楠和许多橙噎住了。

偶像的经纪人果然跟传言一样……高大威猛！许多橙长见识了。

江楠则是有点儿不高兴地望向自家竹马，包瑞无视他，继续对许多橙道："而且小姐今天帮助了在下父母，在下很感激，所以无论如何请让我们送你一程。你要是推拒的话，不仅是江楠，我和我的家人，也会过意不去的。"

这么一顶感人的帽子扣下来，却用如此严肃冷淡的语调表述，许多橙有点错乱地答应了。

包瑞不愧是金牌经纪人，立即和江楠一起，从不起眼的侧门护送她出去，成功避开所有记者，又让司机开他的私家车载人，以免捎上许多橙朋友的时候节外生枝，且要求先送她朋友回学校，再送许多橙自己回家。

一切安排得滴水不漏。

许多橙一晚上跟偶像亲密接触，还被如此周到的服务，就跟做梦似的。回到家跟自家父母打完招呼，就趴在床上翻滚来，翻滚去，蒙着被子开心地傻笑。

　　跟傻子似的乐了半天，她又从床上爬坐起来，抽出自己的笔记本，翻到最后一页，这是许多橙为自己列的"Happy listing（幸福清单）"，上面写着她想完成的事。

　　在"看一场演唱会"那一行，她拿起彩色笔，标上了"get"，又在下一行"出国旅行"上，用力地点了点。

　　正当她胡乱遐想的时候，手机在被子里发出"嘟"的一声。许多橙打开一看，发现竟是偶像发过来的微博私信：到家吱一声。

　　虽然只是很简短的一句礼貌询问，但还是让许多橙再次激动得在床上翻了个滚，才傻兮兮地回了一个字过去："吱。"

　　此时的江楠正在车上，一边听包瑞说接下来的行程，一边摆弄手机，发现很快提示有一条新私信。他点开一看，自己的小粉丝竟然真的回了一个"吱"字，不禁失笑，忍不住想说一句"吱吱真可爱"，打出来又觉得有点儿调笑人家女孩子的意思，想想又删了，磨蹭了半天，干脆回复了个"喵"过去。

　　另一端的许多橙也没想到自家偶像会这样回复，猫吃老鼠，他这是要压自己一头的意思吗？就算是偶像也不能这么欺负人哪，许多橙噘着嘴，不满的回复道："汪！"

　　江楠不甘示弱，很快回复了一条：嗷呜！（备注：这是狼叫）

　　许多橙：吼！（备注：狮、子、吼！）

　　"……"狮子是森林之王啊，江楠卡壳了，捏着手机，抬头问自家经纪人："有什么动物比狮子厉害吗，会叫的那种？"

　　手执行程表的包大人高冷地表示：呵呵！

YIERSAN
MUTOUREN

第二章
偶像"喜当爹"

许多橙总算经历了一次偶像与粉丝之间的灵魂摩
擦与碰撞，那滋味、那场面，简直蚀骨难消：要
问粉丝多热情，那真是恰似一群猪八戒来抢亲啊！

1. 亲爸妈的爱

介于包瑞的不配合，小天王江楠最终也没能想到比狮子吼更厉害的叫声，此局许多橙完胜。

可惜，许多橙也没能享受胜利的喜悦，她握着手机直等到睡着，第二天醒了，手臂毫无知觉，好容易挣扎着解开屏幕，发现没有新信息，那滋味，酸麻入骨。

起床，洗脸，刷牙，然后换好衣服，拎着垃圾袋出门。楼下新换的广告牌是江楠的代言，几个小女生正凑在它旁边嘻嘻哈哈地自拍，许多橙转过头，望着江楠那放大许多倍的俊脸，竟有几分得意：这张照片拍得不怎么样呢，还是本人更好看！

继而又失笑，她这是怎么了，追星还追出优越感了，昨日种种，不过是，事有凑巧而已……

再次掏出手机，许多橙又看了一遍江楠给自己的私信，便关上页面，开始浏览起其他新闻，边走到早餐铺里，要了一碟小笼包和粥，开始吃早饭加午饭。

美名其曰住校苦战雅思的俞可亲同学，见到许多橙更新了小笼包微博，发了一个流口水的表情，继而在微信上语音敲她："橙橙，橙橙，我有个惨烈的消息要告诉你！"

许多橙喝了口粥："说吧。"

"我没办法和你一起去韩国，来一场说走就走的旅行了！"

这个消息简直晴天霹雳，许多橙一口粥梗在喉咙口，"俞可亲，明天就要出门了，这个时候说不去，你对得起我吗？"

"我也不想的啊，呜呜呜，我昨天跑去看演唱会，我妈恰巧过来看我，结果发现我不在，她说从今天开始，她要驻守在学校，监督我学习，省得我有辱门楣，已经帮我把机票都退了，大哭！"

"……"家长拦路，这妥妥的是不可抗力，许多橙无话可说，给俞可亲发了个抱头痛哭的表情，"好吧，可怜的我只能一个人去了。"

"你一个人真的没问题吗？"好友的底细，俞可亲还是十分清楚的，典型的乖乖女，从来没单独出过远门，就连这次的行程也是自己做主定下的，一方面是为了旅游，另一方面则是为了给江楠在韩国的行程应援。想到江楠，可亲忽然灵光一闪，"哎，要不我在粉丝群里问问，这次还有谁跟去韩国的，让他们带你。"

"不用，我不太喜欢跟不熟的人一起行动，不自在。"许多橙道，"你把之前的出行安排给我一份，我先看看，有什么搞不定的再问你。"

"那行。"俞可亲把行程计划发给她，想想又不放心，"我还是帮你找找别人吧，就算你不跟他们一起，在韩国有什么事，也能有个照应。"

知道俞可亲是好意，许多橙没有再拒绝："好，那麻烦你啦。"

"不要这样说，是我对不起你啦，呜呜，我好惨，我妈啊……"那头俞可亲忽然尖叫一声，随即谄媚道，"妈，您老真是曹操，英明神武，说到就到哇！"

许多橙在这头忍不住偷笑，不过紧接着想起俞可亲不去，她要单独去韩国，自家爹妈这关也未必好过，顿时也有点儿笑不出来了。

到了晚上，父母下班回家，许多橙委婉地把这事儿一提。

许爸爸端着茶杯，严肃地看了她片刻，才清了清嗓音，开口道："首先，女儿你把这件事坦率地讲出来，而不是隐瞒我们，这非常好，这体现了你的成熟、稳重和懂事。"

"那是那是，也不看是谁生的，嘿嘿！"许多橙腆着脸，捧自家老爸，"而且，主要是我觉得吧，爸您和妈一直非常开明，特别开明，所以，嘿嘿！"

"嗯，我们确实很开明，但是……"

听到老爸吐出这个词，许多橙心里一紧，知道重点来了，没想到就在这时，一向管她更严的老妈从厨房探出头来，截住话头："让她去吧，她过了年都二十一了，马上就要毕业实习，将来工作要是出个差什么的，还能不干了？先锻炼锻炼，省得将来办不成事。"

哈哈，喜从天降！他们家但凡老妈决定的事，老爸很少反对，不过，老爸一向崇尚"养不教父之过"的理论，所以，许多橙继续端坐在自家老爸面前，扮乖宝宝。老爸看她如此懂做，摩挲摩挲茶杯，咳嗽了一声："但是你妈说得对，就听你妈的，去吧。"

"耶，老爸，我说什么来着，您俩真是太开明了！"许多橙给自家老爸竖起大拇指，从板凳上一跃而起，打算回自己房间收拾东西。

就见老爸也跟着站起身，往她房间走，许多橙露出疑惑的表情，以为老爸还有话要说，谁知，老爸从身后一推她，把她推进房间，然后轻手轻脚地锁上门，干脆利落地跪到她床前。

许多橙忍不住嘴贱道："爸，您别这样，有话好好说！"

"不孝女！"许爸爸没好气道，手往床下伸了伸，拉出一方小小的暗柜，暗柜里有只鼓鼓的旧袜子。他示意许多橙把袜子拿了出来，又把暗柜推了进去。

许多橙在这张床上睡了许多年，从不知道自己床下竟别有洞天，惊讶地捏了捏袜子，小声道："爸，这是你藏的私房钱啊？"

"嗯，一共五千，拿着吧。"

虽然有点儿心动，但之前说好旅行的费用是她自己出的，所以，许多橙还是忸怩地推拒道："不用，爸，我攒够了奖学金和零花钱的。"

"都带着，一个人出去要多带点儿钱，吃好睡好，路不好走就打的。"许爸爸起身，想摸自家女儿的脑袋，抬起手，却只是落到她肩膀上，拍了拍，便打开房间门出去了。

许多橙见自家老爸来真的，探出头确认了一下老妈方位，又偷偷把门锁了起来，把钱放进抽屉里，想想不保险，干脆拿出来直接塞进自己的行李箱，再往上面堆了几件衣服，才蹑手蹑脚地重新打开门。

门外杵着自家老妈。

许多橙使劲眨眨眼，一脸懵懂："妈，您有什么事吗？"

许妈妈扬扬手里的卡："密码你爸生日，拿去吧。"

"不用，妈，我钱够的。"

"你爸私房钱都舍得拿出来，你妈我这个掌家的怎么能被比下去？拿着吧，里面钱绝对比你爸的多，不过呢，你消费的每一笔我手机上都会有短消息，所以，明白？"

老妈果然才是幕后大 Boss，许多橙连连点头，拜服地双手接卡。

谁知妈妈手一抖，又补充道："这钱不是白拿的，记得帮你妈带点儿面膜、化妆品什么的。"

把亲生女儿当代购用……

"您真是我亲妈！"

许多橙眼泪汪汪地回到房间，重新整理了一下自己必带的行李。

洗完澡，订好闹钟，许多橙躺在床上继续刷微信，粉丝群照旧一堆人在舔屏江楠，也有人在讨论偶像接下来的韩国行程，准备送机接机跟机的小伙伴们，那真是浩浩荡荡。

嘻嘻，幸好她没打算贴身跟着，比江楠提前一天出发。

其实此次出行，除了追随偶像的脚步，她还是想到处逛逛的，说起来有点儿不够忠心，可是但是，她头一次去韩国呢，总得看看外面的花花世界吧，反正偶像粉丝那么多，无所谓她掉队一下下啦！

2. 规则很重要

以往跟着别人出游，许多橙从来是带脚带嘴不带脑子，轮到自己当独行客，才发现，眼观六路耳听八方不是那么简单的事。

好在俞可亲提供的出行指南十分给力，许多橙顺利地取到机票，又在机场里交了五百押金，租了 WIFI，避免到了韩国手机没信号闹失联。再次确认准备周全，她才排队过了安检，到了候机大厅，此时，距离登机还有四十分钟。

时间还早，许多橙掏出刚下载的旅游翻译官软件，塞了耳机，开始低头摆弄，一方面想熟悉一下要用的韩语怎么找，另外一方面，也是想跟在语音后面多学几句——看上去，颇有几分上考场之前，临时抱佛脚的意思。

外界的纷纷扰扰皆不入许多橙的心，就连有可疑人物在重重包围下，抢先进了登机通道，她的眼皮都没抬一下，倒是那群人经过她面前时，气场仿佛集体抖动了三秒钟。

一定是空调风开太大了，许多橙边默念着"菜籽你哟（你好吗）"，边默默吐槽，丝毫没发现有什么不妥，直到，走进飞机……的头等舱，左右两排齐刷刷地仰头看她，犹如向日葵向往初升的太阳。

江 · 向日葵 · 楠："你为什么会在这里？"

向日 · 围观群众 · 葵：这句话我们似乎在哪里听过？大明星您真的不是明知故问？我们可是临时改了行程的啊，没有内应，能有这么巧？

漂亮的空姐："这位女士，请您往里走，前往您的座位，不要在过道上停留，方便身后的旅客登机，好吗？"

本想跟江楠说点儿什么的许多橙，被空姐这么一说，公德心点燃，然后，头也不回地进了后面的经济舱。

"……"小伙伴们纷纷同情地看着江楠小朋友，江楠面无表情地给自己扣好安全带，调整座椅，于人潮穿梭中，闭上双眼，自有一股安然入睡的闲适。

"看来我不用担心你这次 MV 拍摄了，"包大经纪人在他耳边，幽幽道，"演技不错，我都要被骗过去了。"

江楠侧过身，把后脑勺儿对着无理取闹的经纪人，然后戴上了耳塞。

嗨，瞧这戴耳机的范儿，跟妹子一样一样呢，又有新八卦啦！群众的眼睛是雪亮的。

许多橙自然不知道身后发生了什么，她见到江楠，第一反应自然是惊喜，第二反应就是想到了群里的小伙伴，恐怕要扑一场空了。所以她找到自己的座位坐下，把行李放好，就掏手机发布消息：号外号外！我现在在前往韩国的航班上，和偶像同一架飞机！

粉丝群登时一片混乱。

"什么意思？"

"崩溃！"

"果粒橙大大，您的意思是偶像换行程了？！ Why？"

"这个我也不清楚……"许多橙看到群里乱成一锅粥，有点儿后悔自己刚才在头等舱，没抓住机会探听详情。想再说两句，漂亮的空姐已经走过来，开始温声软语地提醒乘客手机关机，她只来得及匆匆发了个航班号，就关闭了手机。

再次关键时刻掉链子，也不知道粉丝群怎么吐槽她呢！

罢了罢了，管它身后洪水滔天呢，反正她在飞机上了。许多橙破罐子破摔，把此事抛之脑后，开始补眠。

学生出门，省钱乃是第一要务，所以许多橙订的是今天飞往韩国最便宜的航班，也是最早的航班，三更睡，五更起，满打满算她也就睡了三四个小时，此时沾到绵软的座椅靠垫，立刻昏睡了过去。

连飞机什么时候起飞也不知道。

不过这样的行程，大多数人都是抓紧时间补眠的，所以她的模样倒也不突兀，倒是头等舱里，浑身上下都写着"我在睡觉"的小天王江楠，忽地睁开双眼，目光清明。

默默环视一周，江楠扯掉耳塞，解开安全带，坐直身体。他外侧的包瑞闭着眼睛，仍旧呼吸平稳，倒是前排的助理小林，似有感应地转过头，见自家艺人一言不发地望着自己，眨眨眼睛，懂事地站起身，让出座位。

江楠凭借其天王级的柔韧性，一个前空翻，悄无声息地落在了小林的座位上，小林的外侧坐着造型师 Candy，Candy 猫着腰挪出空隙，让江楠顺利地站到走道上。

其他人，甭管睡着的，还是没睡着的，都装作没看见，一声不吭，一如他们每次协助江楠偷溜那样，配合默契。

嗯，没办法，职场就是这么残酷，如果不想卷进权力斗争的漩涡，充当炮灰，就要学会装聋作哑（他们才不是想偷看八卦呢）。

身为公众人物，江楠早已习惯了各式目光，他慢条斯理地戴上口罩，稍作伪装，便伸手拉开了横在头等舱与经济舱之间的布帘，又反手拉上。

在经过自家小粉丝的座位时，他用余光扫视到她正团在座位里，歪着脑袋呼呼大睡，嘴巴半张开，头发乱糟糟搭在脸上——明明是个挺秀气的小姑娘，睡着了怎么就这么丑呢？

也不知道她旁边座位空着是没人坐，还是被吓跑了……

反正不关他事。

抱着这样的念头，江楠直直往洗手间而去，洗完手，伸手扯纸巾，又想起了当初小粉丝隔着门给自己递纸巾的情形。

作为一个创作型歌手，他写过许多歌，歌词里，他总偏爱刻画人与人之间的初次相遇，因为他固执地认为，不管怎样的悲欢离合，初见总要让彼此印象深刻，才能有后来的故事。

狭路相逢，却又擦肩而过，终究只会是路人。

可是现在他发现，如果初次相遇太深刻了，也未必是好事，"每当我上了一趟厕所，我就想起你送得纸"什么的……

如此猎奇的回忆，作为一个骨子里有点儿文艺气息的江楠同学，想起就觉得哪哪儿不得劲，更别提后续还有啃鸡翅 CUT、卸妆 CUT，以及狮子吼 CUT 了，自己的形象真是惨烈得毫无保留啊！

虽然他给过"封口费"，但是能抵消多少真不好说，如果，哪天小粉丝不粉他了，或者黑化了，岂不是……

不行，他也要抓点儿她的把柄在手里才成。

走出洗手间，再次瞄到小粉丝惊人睡颜的江楠，下了人生中一个重要的决定——他要拍照"留念"。

想到这里，江楠脚步微微一顿，观察了一下空姐的方位，见无人走动，便一手挡着脸，快速地坐到了自家小粉丝身旁的空座，小粉丝毫无所觉，继续睡得呼哧呼哧的。

江楠忽然有点儿紧张，毕竟他将要做个违反民航规则的大事，借着系安全带的姿势，他右手伸进裤袋，想直接在裤袋里把手机打开，才发觉，自己今天穿的是牛仔裤，口袋狭长而贴身，坐着的时候，手伸进去难度都有点儿大，更别提做开手机这种高难度动作了。

只好先试图把手机拿出来。

这个动作幅度较大，具有一定冒险性，江楠再次打量了一下周围，确定空姐的方位，又默默吐槽一遍小粉丝近在迟尺的睡姿，才微微抬臀，食指和中指夹着裤袋里的手机，往外拖。

就在这时，飞机忽然剧烈抖动了起来，江楠一个用力过猛，手机从裤袋滑出来，直接摔到了地上。

出师不利的江楠刚想蹲下身去找手机，尽职的空姐发话了："各位旅客，我们的飞机正经过一片气流区，可能会有所颠簸，请您在座位上系好安全带，不要在机舱内随意走动……"

这又是颠簸，又是广播的，就算许多橙再困，也得醒了，更何况一人出门在外，她脑子里那根警觉的弦儿，多少还是绷着的，所以，几乎立刻，她就下意识地抓紧自己怀里的小包，睁开了眼睛。

不过，等看清自己身旁坐着的人，她又有点儿怀疑自己还在梦中了："偶像？！"

3. 请你赎罪吧

与许多橙美梦成真的惊喜不同，江楠的表情很冷淡，甚至带着点儿沉痛的意味："嗯，你醒了。"

许多橙原本有点儿迷糊的脑袋，被他冷冰冰的语调一降温，登时清醒过来，小声道："偶像您有什么事吗？"

江楠的目光在她脸上游移了几分，似乎有很多话要说，最终却冒出一句："没事。"

这肯定就是有事了，偶像不可言说，却用得着自己的地方，许多橙下意识地翻出随身小包里的无香型卷纸，递过去："是要这个吗？"

果然在自家粉丝眼里，自己已经深深跟厕纸黏合在了一起，再想到掉落在地不知所终的手机，江楠觉得，在找机会捡起它之前，自己十分有必要做点儿什么，重塑他身为偶像明星高大上的形象，所以，他整肃了一下表情，推开卷纸，道："不用，我就是来问问，你到韩国去干什么？"

没想到偶像亲临，是来询问这种小事，许多橙有点儿惊讶，难道她家傲娇的偶像是觉得今天没有粉丝接送机，失落了，所以特地来找她这个唯一可见的，拷问忠心？

于是，许多橙按下旅游这事不表，铿锵有力地回答道："当然是追随偶像大大的脚步，到韩国给您应援啊！"

然而，江楠的反应完全在她预计之外，他丝毫无欣喜之情，反而脸色愈加严肃："你还在念书吧，自己能赚钱了吗？"

"啊？"

"拿着爸爸妈妈的钱追星，不惭愧吗？"

"……"

"不明白我的意思？理智追星懂不懂，嗯？"望着慊慊然的许多橙，小天王的表情简直称得上痛心疾首，"偶尔去听听演唱会也就算了，天天跟着跑行程，还出国门应援……你的人生就没有别的事要做吗？！"

听到最后一句，许多橙猛地抬头，张开口，嘴唇翕动了几下。

江楠自然没听清，疑惑地瞧她："你说什么？"

"噗哈哈……"许多橙突然地笑出声来，俏皮地扮了个鬼脸，有着她这个年纪特有的活泼，"我说，我的人生就是以偶像您为坐标，您是我的万有引力嘛，当然没有别的事啦！"

顶着江楠"孺子不可教"的眼神，她一本正经地辩解道："是真的噢！我这次能来韩国旅游，全都是因为偶像给我的动力！"

"本来呢，我想来韩国我爸妈是不同意的，他们说，除非我期末考试成绩特别好，能靠自己的奖学金来韩国，他们才能点头，然后我就发奋图强，努力学习，没想到真的考得特别好，拿到了奖学金，所以就'咻'，飞来韩国了！"

听到自家粉丝因为自己这么努力，江楠心底还是有点儿小开心的，但是想到自己的目的，他继续面无表情道："所以你是想告诉我，你是通过自己的努力，才来韩国的，没有盲目追星？"

"嗯嗯！"许多橙连连点头，乖巧道，"都说粉随其主，偶像您这么靠谱儿，我们怎么会差呢，是吧？"

"还挺会哄人的。"江楠嘴角上扬，但还是没打算这么轻易放过她。

开玩笑，他的手机还在地上呢，所以，他继续道："不过我听你口气，是第一次自己出远门吧？"

"呃，是的。"

"哦，那你会不会韩语？打算住哪儿？有没有朋友在韩国接待？安全方面做了哪些准备，知道大使馆电话吗？"

许多橙眨巴着眼睛，眼神里写满不解：偶像您有必要问得这么详细吗？

"怎么，这些问题你都没想过？"

"也不是没想过，只是可能还不太成熟……"

江楠点点头："说来听听，我帮你分析分析。"

"噢，好吧，那个，我韩语稍微学了几句，然后下载了翻译软件，去过的人说，只要把中文输进去，它会自动翻译，基本上出行不会有什么困难……"

然后，许多橙就如此这般这般，讲了一大堆，直说了大半个小时，说得口干舌燥，江楠才一副不置可否的样子，放过了她，右手插进裤袋，十分有巨星气质地回了头等舱。

许多橙望着他高冷的背影：所以，她家偶像到此一游，到底抽的是哪门子风？！

却不知，江楠也是十分心累，忽悠了大半个小时，才把自家粉丝忽悠晕了，手脚并用捡到了手机，保持住了岌岌可危的形象：当个偶像，他容易吗？

最可恨的是，想拍照"留念"成了一场空，还要面对头等舱里大家调戏的目光。包瑞不知何时醒了，举着杯红茶，大长腿一伸，丝毫没留有他进里间座位的空隙，嫌弃意味十分明显。

江楠也不执着，拍了拍前排 Candy 的肩膀。

Candy 委委屈屈地站起来，江楠安然地坐到了她的座位上，让 Candy 去面对包瑞的低气压。

Candy：这残酷无情的职场，人家可是女孩子！

其他人：啊啊啊，炮灰出现了，幸好不是自己，待会儿一定要在朋友圈里互相安慰一下。

从上海飞往韩国的时间并不长，所以这诡异的气氛并没有持续很久，快要降落的时候，大家的注意力已经被转移到，今天行程临时更改，应该没有粉丝接机哈哈哈，大家不用跟过街老鼠一样，被人追着到处乱窜了啊哈哈哈……

然而，事实给了他们重重一击，飞机刚落地，手机一打开，韩国的合作方便激动地打来了电话：天啦噜，江楠 XI 人气太赞了！粉丝们已经挤满了机场，作为合作方他们正在调度更多的工作人员来维持现场秩序，下飞机后，请务必做好安全防护！

等等，为什么跟想象的不一样？他们的行程可是严格保密的！

就算路人抓拍到江楠的照片放到网上，粉丝集结也不该有这么快吧？！

除非……全副武装的江楠从人群中，一把把许多橙拎了出来，随手扣上她身后的帽子，拖到工作团队里，小林和 Candy 两个立刻识趣地当起人肉盾牌。

"你是不是把我更改行程的事，在官方粉丝群爆料了？"江楠低声道。

许多橙眨眨眼："偶像您是怎么知道的？"

"这还用说嘛，外面全都是人。"

"咦，真的吗？"许多橙顺着他的目光望去，果然发现了好多粉丝正举着礼物和应援牌，"没想到偶像您在韩国也这么火噢。哇，那边还有中文应援！'江楠首尔后援会'，好厉害！"

"你似乎很开心？"江楠的声音越发低沉。

许多橙终于后知后觉地发现偶像的脸色似乎不太好，小心翼翼道："难道偶像您不开心吗？"

这让人抓狂的局面、无从说起的痛苦，江楠唯有两个字概括："呵呵！"

"你家偶像为了逃避粉丝追逐，昨天半夜逼着我改签行程，结果结局一样，他当然不开心。"包瑞接完电话，冷不丁接了一句，见两个人都转过来，对许多橙点点头，继续对江楠道，"韩国这边后续人员已经到了，并且说你难得来宣传，为了免粉丝寒心，让我们千万别走 VIP 通道，直接出去，跟粉丝……亲密互动。"

"噢！"整个团队一阵无声哀号。

此时此刻，许多橙终于转过弯了，她只顾着替偶像高兴人气，忘了是人都不喜欢被挤成豆沙包的。

"都怪我，偶像，对不起！"

旧仇又添新恨的江楠觉得再不能轻易放过自家粉丝，所以，他从小林的身上拽下个包，塞到许多橙手里："想求原谅是吧？那从现在开始到出机场，你暂时充当我助理的助理，要是做不好，嗯，就以死谢罪吧！"

以死谢罪？

"偶像！我暂时还不想死啊，您……您不能这样对我啊！"

4. 都有娃娃了

尖叫、哭泣、追逐，鲜花、玩偶，还有应援牌，东躲西藏，你来我往，皆为斗智斗勇。

许多橙总算经历了一次偶像与粉丝之间的灵魂摩擦与碰撞，那滋味、那场面，简直蚀骨难消：要问粉丝多热情，那真是恰似一群猪八戒来抢亲啊！

而她只是那柔弱无力，保护不了"媳妇儿"的小喜娘，嘤嘤嘤！

当她如实把自己的感想告诉自家偶像时，江楠小天王立刻气得脸黑了一半，直接把她塞进后续车队里，吩咐小林把她送到她的住处，自己则钻进保姆车里，扬长而去。

黑压压的人头潮汐中，那辆黑色加长保姆车醒目得犹如一只高傲的蚁后。

这鬼斧神工的表述，跟包大魔王有的一拼，莫非因此才吸引了自家艺人？小林一边跟司机连比带画地沟通目的地，一边在内心颤抖。

许多橙感叹完毕，倒是很快转移了注意力，颇为兴奋地打量起车窗外的景色。大约是机场离海不远的原因，风迎面而来，气息舒爽，绿化也很不错，隐约还能看到远处的岛屿。

瞬间，她脑海里韩剧的剧情，一茬一茬地往外冒，仿佛下一秒高富帅男主就要跟她招手，可惜走了一路，什么都没发生，她安安稳稳地到了自己要住的一室居。

这一室居是江楠粉丝群里，一位在韩留学生的妹子转租的，她本人回国过年，房子正好空着，俞可亲也不知怎么说动她的，总之拿到的价格十分实惠，她甚至还主动提出，房子里的东西随便用，冰箱里还有她走时没吃完的泡菜，味道正宗，推荐品尝。

人家妹子客气一回事，但是真就这么进去，反客为主，许多橙还是不好意思的，所以她开锁进门后，先是给屋子通风透气，掀开挡灰布罩，给小仙人球浇水，边盘算着自己还需要置备哪些东西。

牙刷、毛巾她是带了的，但是牙刷杯子也许还需要现买一个，床单被套之类，这样的贴身物品用人家的也不合适。唔，可能还需要一双拖鞋，还有食材。

许多橙想到什么，就拿着笔记一下，完了还不忘拿着翻译软件查找韩文，把韩文也备注在后面，很快写满了一页单子。

幸好这小区附近就有一家超市，许多橙晒完被子，便重新把门锁上，出门购置东西。

太阳晒在身上暖暖的，但温度却不高，街边还有未融化的积雪，这让从小生长在南方的许多橙觉得有一点点新奇，好在她特地多穿了衣服，倒也不冷，就是比起街上长靴短裙的韩国美女来，显得有些臃肿。

进了超市，许多橙原本还想自己找找要买的东西，转了一圈，觉得还是把自己当文盲算了，找了一个看上去很面善的导购，没等她掏出翻译软件比画，导购就主动介绍说自己是祖国同胞，朝鲜族，既会说中文，也会说韩语。

传说的"他乡遇故知"啊，许多橙激动地把购物清单递过去，导购妹子很给力地带着她转了一圈，把东西都置备齐了。中途还推荐了她几款商品，许多橙估摸着用途，买下了其中比较便宜的两样，以示对她的工作支持。

皆大欢喜。

回程的时候，虽然东西挺零碎，但许多橙把自己的大背包背出来，倒也不难拿，就是很重，在导购的帮助下，她艰难地把大背包甩到肩上，抖动着沉重的双腿，步履蹒跚在异国街头，正假想着自己是专挑担子的沙和尚，手机来信息了，而且一连好几条，催得跟什么似的。

许多橙掏出手机一看，发信人是俞可亲，再点开信息看到里面的图片，感觉有点儿牙疼。

"这人是你吧？"（接机截图）

"回答我！跟在江楠大大身后抱着行李跑的，是你对不对？"（局部特写）

"虽然你戴着帽子低着头，但是你身上这件衣服还是我在学校门口，帮你杀价杀到 250 买的……"

"你有本事抢男人，你有本事出来啊！"

"怎么办，我闺蜜抢了我男神，还是我'安利'的，整个人生都灰暗了！"

"冷静，事情不是你想的那样……"许多橙装作淡定地回复了一条，然后就把手机关机了，以方便自家闺蜜彻底冷静。

负重二十斤自证清白绝对不是什么好选择，尤其是还要在她隐瞒一部分事实的情况下，许多橙把手机塞回口袋，决定把话想好了再说。

骗人已是不对，再侮辱人智商就更不对了，所以，如果不得不说谎，那就得说得认真点儿——以上是许妈妈带给她的血泪教训。

游神间，许多橙感觉前方有个小家伙摇摇摆摆向自己走来，她下意识地避了一下，小家伙跟着方向一转，继续摇摇摆摆地靠近她。

许多橙低头望去，发现是个穿着猫耳朵绒绒衫的小娃娃，或许两岁，或许还不到，圆圆的眼睛，有点儿塌的小鼻子，没那么漂亮，却可爱而柔软。

她犹豫着要不要蹲下身，小娃娃却根本没给她选择的机会，伸出两只小短手，一把抱住她的右腿，蹭啊蹭，然后仰起小脸，奶声奶气地喊她："噢妈！"

曾听人说，妈妈的发音，全世界都是一样的。许多橙没想到自己能亲身感受一回，只是生平第一次被人喊妈妈，让她有点儿无措，抬起头，她试图寻找小娃娃的家人，入眼间却只有匆匆而过的行人。

小娃娃却仍旧一声声"噢妈"喊着，踮起脚，一下一下蹭着她，想要她抱。许多橙身后背了个大包，自然不敢抱，只好慢慢蹲下身，小娃娃还想往她怀里赖，她干脆半跪着，拍拍自己的腿："要不你坐这儿？"

小娃娃像是听懂了她的话，笑眯眯地坐到她腿上，靠在她怀里，小手扯着她围巾玩。

等小娃娃靠近，许多橙才发现他的手冰冰凉，穿得并不算多，便就着姿势把背包搁到地上，伸手解开大衣扣子，把小家伙裹在自己怀里，又从口袋里，掏出刚才导购推销的棒棒糖，剥开给他慢慢舔，以打发时间，期待他家人的到来。

　　说实话，怀里抱着软乎乎的小娃娃，感觉还不赖。小娃娃开开心心地舔着糖，嘴巴一鼓一鼓的，她忍不住伸出手戳戳他的包子脸，换来小家伙的又一声："噢妈！"

　　那一声叫得许多橙心底喜滋滋的，又软软的，她忍不住偷偷应了一声，应完又觉得自己有点儿傻，心里莫名酸涩起来。

　　等了差不多一刻钟，小娃娃的妈妈终于出现了，她眼睛红红的，看起来急坏了，抱过小娃娃一个劲儿地跟许多橙鞠躬，她说的那些感谢言语，许多橙自然是听不太懂的，只好一味地微笑摆手，场面有点儿尴尬。

　　宝宝妈大约也意识到哪里不对，停了下来，眼神犹疑。

　　许多橙想挤出两句韩语应付应付，发现学的一句也用不上，低头瞄到自己的红围巾，忽然觉得机会来了。

　　想她从小到大，也不是没做过好事的，只是作文书上那句台词，她却一直没好意思说出口。

　　此时此刻，天时地利，许多橙清了清嗓子，决定圆一圆梦，于是她微微仰起头，以十分自豪的姿态，抛下一句"不用谢，我是红领巾"，然后也不管对方听不听得懂，背上包，潇洒离开了。

　　如果身上的包没那么重，她会走得更加抬头挺胸些！"我们是共产主义接班人……"

　　回到租住的民居，许多橙把包里的东西拆拆弄弄，又把食材放到冰箱里，只留下中午她想要吃的半截儿肋骨肉，一小块豆腐，还有泡菜，打算做个韩式泡饭试试。

　　洗洗切切，炒完再煮，等饭煲里米饭熟了，她盛起小半碗放进泡澡排骨汤里，再炖了一会儿熄火，打开锅盖，闻了闻还挺香的，尝了一口，唔，果然味道不错。

　　虽然她这韩式泡饭做法肯定不地道，但是材料地道啊，吃起来也是别有风味。许多橙心满意足，连吃了两口，把饭端到餐桌上，打开手机，打算边吃边和俞可亲说说刚才照片的事，她的腹稿打得差不多了，现在情绪也有了，是时候把问题解决一下了，嗯。

打开手机，俞可亲果然又发了一堆信息。许多橙拖到最下面，想先回复一条，再慢慢看，却被最新一条 Shock 到了——

"许多橙，你竟然背着我跟江楠有孩子了？"

5. 当作宣传了

这话从何说起啊？！

许多橙发了个问号过去，俞可亲唰地甩过来一张图。

正是不久前，许多橙蹲在街上抱娃娃的照片，猫耳朵的小娃娃舔着棒棒糖，萌萌的。她还没来得及问这张照片是从哪里来的，俞可亲已经迫不及待地发起了语音通话。

许多橙接起电话，有点儿心疼地抱怨："姐姐，我现在可在韩国呢，租的 WIFI，好贵的。"

俞可亲在那头凶巴巴地道："你现在还有心思关心 WIFI，赶紧把身上那件衣服脱了，包也别用了，不然小心出门被人套麻袋！"

"到底怎么了？"

"这得问你自己啊！"

许多橙见自家语气越发不好，连忙软下声调，慢慢地解释："机场的照片，你应该能猜到情况的啊，飞机票的班次还是你做主订的，对不对？"

"呜呜，求别说，"那头立即传来可亲悔恨的哽咽声，"如果知道偶像在那班飞机上，我妈就是把我拴家里，我都要咬断绳子，跟你一起去啊！"

"对啊，我也不知道怎么会就正巧撞上和偶像同一班嘛，那身为忠粉，当然要去刷一下存在感，所以我就帮偶像的助理拎了点儿东西啦，谁知道就不小心被拍到了。"

"现在那不是重点了，重点是你抱小孩儿的照片！"

"抱小孩儿的照片怎么了？"许多橙还真想不通有什么问题，"我去超市买完东西，有个小娃娃拉着我喊'噢妈'，身后没跟着大人，我只好在原地陪他，一直等到他妈妈来，谁知道被人拍了，可这也没什么吧？"

"哎呀，你笨死了，单这张照片当然没问题，问题是这两张照片联系看就出事了啊！"可亲没好气道。

原来，早上机场照曝光时，有细心的小伙伴发现江楠团队多了个妹子，不过她一直跟在助理小林身后拿行李，大家只当是新的工作人员，并没有掀起太大波澜，也只有俞可亲一眼认出那是许多橙，所以才私下跑来吐槽她。

没想到隔了不久，韩网上有人发了一张名为"猫耳朵宝宝好可爱"的图片。鉴于小宝宝舔棒棒糖的样子确实很可爱，萌的人还不少，转起来没多久，就有人发现——这抱着宝宝的人，不就是江楠身后那个女助理吗？

虽然看不清脸，但衣服、发型，连带身上背的包，都是一模一样啊！

莫非……围观群众纷纷脑补，各大营销账号和媒体不甘寂寞，消息迅速从韩网蔓延到国内的微博和朋友圈：# 她是谁 ## 小天王江楠隐婚疑似曝光 ## 江楠小天王也能上《爸爸去哪儿》啦 #……

各种画风清奇的标题新鲜出炉，甚至有专家跳出来，信誓旦旦地说，通过宝宝和江楠的面部以及表情比对，确定宝宝确为江楠亲子。

这还了得，一时间，江楠的粉丝群直接炸了：难道偶像临时更改行程，是为了老婆孩子？

许多橙听得目瞪口呆："我就煮了锅泡菜饭，故事就发展得这么曲折离奇了？现在怎么办，要不我站出来辟谣吧？"

"辟什么谣啊，现在找不到女主角，大家还克制一点儿，你要是站出来，肯定更乱！"

"不会吧？"

"怎么不会？之前也许是巧合，但这事儿发展到现在，肯定有人在故意推动这件事，想黑江楠。不过江楠家的包大人也不是吃素的，他一定有应对方法！放心吧，我粉了江楠这么多年，还没见他公关失败过！倒是你，幸好没被人拍到脸。"俞可亲说到这里，继续耳提面命，"赶紧把衣服和包都藏起来，别让人逮到知道吗？你现在可是一个人孤身在外，安全第一，其他事别管了！"

"可是偶像……"

"让你别管，天塌下来，他是高个子，他顶！"

听到自家闺蜜如此仗义，许多橙忍不住撒娇道："呜呜呜，可亲，我一直以为偶像在你心目中的地位比我高，直到今天，我才知道我错了，你原来更爱我，我太感动了！"

俞可亲被她雷得里焦外嫩："滚蛋，少在这儿肉麻，姐忙着呢，去掐架了，就这样！"说完，直接挂了通话，懒得搭理她了。

许多橙对着手机吐吐舌头，哎，自家闺蜜这么好，自己却有事不告诉她，真是不厚道。

"唔，那我也把你排在偶像前面好了！等回了国，我找个机会实话跟你招了吧！"

俞可亲同学应该嘴很严的……吧？

带着浓浓的歉疚感，许多橙边捞泡饭，边爬上微博，想看看战况，结果一刷新，整个屏幕都是自己的那几张照片，吓死个人，幸好当时拍照的重点都不是自己，所以没拍着她的脸。

不过事情总归是她惹下的，所以，想了想，许多橙还是打开私信，给江楠发了条信息过去：对不起，偶像，我不知道会出这样的事，给您添麻烦了。

过了一会儿，那边回了条信息过来，写的却是：许多橙？我是包瑞，江楠的微博暂时被我接管了。

什么情况？

一时间，各种家暴现场在许多橙脑海中跳来跳去，好半天，她才哆哆嗦嗦地回复了一条：包大人好！包大人辛苦了！包大人，都是我的错，你千万别虐待我家偶像，要给饭吃啊！

那头包瑞发了一串省略号来表达自己无语，然后发了一个账号给她：加我微信，具体情况通话说，打字说不清楚。

许多橙见了，发了个点头的小表情过去，把人加了，拨通通话。

包瑞刚接起来，许多橙就忙不迭地一通抱歉，包瑞等她说完，才慢悠悠道："没事，刚好是江楠新专辑要上，有人帮忙做宣传，再好不过了。"

"喜当爹也没关系吗？"

"没关系啊，反正喜当爹又不是我。"

"……"

"当然，等舆论起来，澄清还是要澄清的。"感觉到许多橙的崩溃，包瑞语气总算正经了几分，"我本来想等到晚上，今天的行程结束，让小林去你的住处找你，讨论一下这件事的，既然你现在有时间，那不妨先把事情经过仔细说一下吧。"

"噢，好。"许多橙连忙仔仔细细地把事情说了一遍。

包瑞听完思索片刻，道："你能告诉我，你陪小孩儿等妈妈的准确时间和地点吗？"

"时间就是上午十点到一刻的样子，我等的中途看过时间，但是地点，"许多橙想了想，"嗯，我不认识韩文，不知道该怎么描述，但是我可以再去把路标拍下来。"

"那好，你再去看看，把准确地点告诉我，明天记者招待会我要用。"

"好的，没问题，包大人！"许多橙充满干劲，"还需要我做什么吗？"

"暂时没有，之后就看事态发展，如果有媒体追着深挖这件事，可能需要你再次充当一下工作人员，当然你要是没时间，你穿的那套衣服借给我们也行。"

"不会不会，我当然有时间，我来韩国也是想为偶像应援的，有事尽管喊我，随叫随到的那种！"

"那好，"包大人的声音略带笑意，"那保持联系。"

"嗯嗯！再见！"

　　"你家小粉丝还挺好玩的。"包瑞挂了电话，放下手机，调侃起一旁正伏在桌上看台本的江楠。

　　江楠瞟了他一眼："所以你该放心了，她确实只是我的粉丝。"

　　"是啊，通过刚才我与她的交流，我发现，她确实只是把你当作偶像，并且忠心耿耿，绝无非分之想，只是……"包瑞走到江楠身旁，抽出他的台本，"你呢？"

　　"嗯？"

　　"告诉我，"包瑞慢慢弯下腰，语气低沉，"你对她，有没有什么想法？"

　　江楠反手推开他的脸："你脑子抽了？"

　　包瑞耸耸肩，没再追问，把台本抛还给他，又拿出手机，解开手表搁在桌上："好吧，大概是我太累了，那我躺会儿，有事喊我。"

　　"嗯，去吧。"江楠点点头，重新打开台本看了起来。

　　包瑞伸了伸腰，躺到沙发上，又解开外套盖住自己的脸，翻了个身，接着便呼吸平稳地睡过去了。

　　三分钟过后，江楠窸窸窣窣地动了，拿起包瑞搁在桌上的手机，输入密码打开，又掏出自己的手机，哒哒哒按了好一会儿键，才重新把包瑞的手机放回去。

　　啧啧，犹不自知啊，包大人"睡梦"中又破一案。

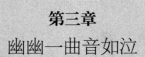

第三章
幽幽一曲音如泣

梅香幽幽，倩影浮窗，箫音如泣诉，
世间可真有如此良辰美事？

1. 记者招待会

翌日，下午三点，记者招待会。

不小的会议室里，一屋子长枪短炮。包瑞的风格一如既往，开门见山道：
"感谢各位记者朋友来参加这场记者招待会，事实上，对于接下来要讲的
事呢，我是有点儿脸红的，有什么不周到的地方，还希望大家多多担待。"

此话一出，媒体记者们一阵骚动：能让包大魔王脸红的事，这得多大
的新闻啊！莫非江楠的那个私生子是真的？

听不懂的韩国媒体与日本媒体：翻译快快快！

只听包瑞接着道："关于昨天那张猫耳朵宝宝的照片，我们原本是不
想说的，奈何网络传言越来越多，所以我只好在此道出详情了。"

啊啊啊，大八卦马上就要来了！好激动好激动，镜头调好，照片狂拍，
一秒都不能放过！

"昨天在首尔市江南区清潭洞 MT 大楼斜对面，不小心跟宝宝走散的
那位妈妈，您能不能出来帮忙作证一下，我们的工作人员于昨天上午十点，
帮您守护过宝宝？或者有正好从那里经过的，恰好看到这一幕的好心人，
也请您出来说一说。"

等等，这画风跟他们想象的完全不一样？

"很抱歉，我们原本想做好事不留名的，但是现在事态发展，我们实
在是扛不住，所以拜托了！"包瑞说完，郑重其事地鞠了一躬，标准的韩
式九十度。

"……"OH，NO！这绝对不是他们想要的真相，千辛万苦连夜从
国内跑过来，他们不是想听学雷锋做好事的啊！

有垂死挣扎者立即叫嚷起来："等等，还有那个女生呢？那个女生真
的是工作人员吗？"

包瑞轻飘飘地甩出一句："不然呢？"

兄弟们梗着脖子上："你怎么证明？"

"欲知详情，且听下回分解。"

好你个包大魔王，你开个记者招待会，还说起书来了！

"哈哈，开个玩笑，"包瑞在台上拱拱手，接着道，"江楠时隔两年，即将发布新专辑，在这样的时候，我们只想专心做好音乐，并不想借绯闻之类的炒作，所以，还请大家谅解。江楠既是歌手，也是专业的音乐人，由于此次新专辑采取的是持续发布的形势，除了歌曲录制和各地宣传，他还在创作新曲，整个人非常辛苦，每天只能休息三四个小时。所以，我希望大家能够更多关注他的作品，也请各位媒体多多帮忙，谢谢！"

呵呵，脸皮真厚，话说一半也就算了，还接着做起宣传来了，嘴上说着不借绯闻炒作，可这明明就是啊！

反应迟缓中的韩国媒体：嗯嗯嗯，好好好，寻人启事、路人采访的新闻都是我们的了，中韩友好思密达。

同迟缓中的日本媒体：禁断的爱恋消逝，江楠君不考虑到日本来做宣传吗？我们有销量！

"好，今天的记者招待会就到这里，"包瑞自顾自地说完，拿开话筒，转头道，"小林，我还有事，你送大家一下。"

小林立马抱着一个黑色塑料袋出现了。

大家立即有默契地关掉镜头，小林颠颠地跑下台，不停地点头哈腰："您辛苦了，信封您拿好！哟，赵哥，又是您啊，您也来韩国了啊……陈哥，好久不见，听说您最近添了个千金……"

一场危机化为无形，完美！

虽然最后一幕许多橙没能看到，但是她仍旧抱着手机，跪着看完了记者招待会的前半场，一时没忍住给俞可亲连发三个感叹号：姐，我也萌上了江楠家的包大人了，这危机公关做的，绝了！！！

谁知，俞可亲无情地回了一句：边儿去，不想听你说话。

许多橙：不，亲爱的，你听我解释！

俞可亲：跺脚，我不听！我不听！我不听！附《霸道经纪人爱上我》的最新章节"我可以给你全世界却给不了你孩子"。

这段子手也懂与时俱进的世界！许多橙捂住胸口，倒在床上抽搐。

俞可亲见她没回复，通话拨了过来："哎哎，我说，橙橙，现在事情解决了，你打算到哪里玩啊，是去追偶像行程还是去逛景点？"

"现在还不算完全解决吧，我担心万一孩子的妈妈找不到，或者没人出来作证怎么办？"

"嗨，你还担心这个，包大人那是什么人啊，那是料事如神啊，他为什么不第一时间立即澄清，而是到今天下午，嗯？当然是去找人啦。"俞可亲想到了什么，话音一转，"说到这个，他也找过你了，对不对？不然他不会直接说你是工作人员的。"

许多橙没想到她直觉如此敏锐，有点儿心虚地应道："嗯，他还让我必要的时候，再穿上那套衣服去充一下工作人员。"

"这不就完了，他连你这里都安排好了，不可能那边没打点好的，放心吧，不过这样的话，你就不适合去追偶像行程应援了，省得暴露，去找景点玩吧。"

"也是，那我去景点玩。"

"去吧去吧，有新消息，我会告诉你的。"

结束通话，许多橙开始为自己出行准备，说是要去景点，不过都下午三四点了，她也只能在附近逛逛，离她住处不远有条步行街，看评价说那里到了晚上，夜市也不错。

这厢许多橙总算进入了旅游韩国的进程，那厢小天王江楠受绯闻光环普照，行程变得更加瞩目，粉丝见面会、品牌代言，到哪里都是人山人海，与此同时，他连续发布的几首新曲在韩国、日本的音源榜和唱片销量榜表现也很好，连一向对华艺人颇为高冷的韩国综艺节目都拿他来打趣，学唱他的新曲。视频流传回国内，粉丝一片嘚瑟，与有荣焉。

按理说，事业再上高峰是一件挺美的事，但是最近江楠同学却颇有点儿看破红尘的哀怨感，就连写出来的新歌歌词也带着明媚忧伤，原本他挺讨厌那些天天追着他跑的粉丝的，又吵又闹，烦得不得了，可是现在，每当他走过粉丝集结的地方，都忍不住多看几眼。

紧跟着他的小林忍不住友情提醒："别看了，许小姐不在这里，她今天去德寿宫玩，朋友圈正发照片呢！"

换来江楠冷冽的一瞥，小林有点儿莫名其妙，但还是靠着敏锐的第六感直觉，顽强道："但是她明天肯定会过来的！明天的行程是去山里拍雪景 MV，那边风景不错，就是冷，粉丝跟过去肯定要受罪。瑞哥的意思是，到时候让许小姐和我一起给大家发点儿吃的用的，慰问慰问，露露脸，坐实一下工作人员的身份，省得媒体再追这事。"

江楠淡然地听他说完，才摆摆手："这种小事你没必要向我汇报。"

"噢。"

"既然你明天过去接她，记得让她多穿点儿。"

大明星，您哪只耳朵听到我说要去接你家小粉丝了！"好的，楠哥，我会记得的。"

2. 粉丝的交际

被布置了任务的许多橙，兴奋地预演到大半夜，连自己要说的话，都写了下来，努力要将自己包装成可爱可亲的工作人员，为偶像在粉丝们面前刷足好感度。

小林到的时候，她已经等在门外了。

一爬上车，许多橙赶紧打招呼："谢谢，谢谢，你来接我，没耽误事吧？你们最近这么忙。"

"没有没有，顺路。"这种事，小林怎么会承认，找借口也很是坦然，"虽然我们从国内带了特产过来，但是怕不够，所以打算再买点儿东西送粉丝，你是女生比较细心，正好帮我参考参考。"

"你们从国内带的什么特产？"

"老干妈、猪肉脯、熏猪脚、腊肠、泡椒凤爪、辣条什么的，基本都是吃的。"

"还真有中国特色，"许多橙觉得挺喜感的，"谁想出来的？"

"还能有谁，当然是我们的大明星。"小林边说，边打方向盘，拐入附近超市的停车场，"他当年在韩国特训舞蹈，待了几个月，这些都是他求而不得的，所以每次过来都大包小包地带。"

自家偶像不算吃货，能让他这么惦记吃的，看来那几个月在韩国过得算是水深火热了。许多橙忍着笑道："既然吃的不少，那我们买点儿用的，暖宝宝怎么样？不是说那边很冷吗？"

"这个主意好，另外再买点儿韩国的特产如何，海苔什么的，毕竟也有从国内跟过来的粉丝。"

"行。"

两个人商议完毕，便一前一后地下了车。由于要亮相，许多橙特意穿的上回逛超市的衣服，所以一进超市，身为祖国同胞的导购小姐一眼就认出她来，扑上来道："啊啊啊，做好事不留名的红领巾同学你好！"

"……"许多橙下意识地拿袖子遮住脸。

小林疑惑："发生什么事了？"

"咦，你不知道吗？"导购小姐见他摇头，连忙如此这般这般说了一通。原来许多橙帮助的那对母子就是这附近的住户，导购小姐在网上看到八卦后，特地和宝宝妈妈聊了一下，宝宝妈妈见她是中国人，便向她询问"恩人"最后说的那句口号什么意思，虽然宝宝妈妈模仿得不太像，但是导购小姐还是迅速辨别出宝宝妈妈说了什么，简直是振聋发聩啊！

关键是："托照片的福，你买的那款棒棒糖销量大增，开心死我了，噢，老板还说了，你再来，要好好感谢你，这把棒棒糖都送你了！"

"呃，好吧！"这意外所得，让人有点儿小兴奋。

于是，离开的时候，除了暖宝宝和韩式小吃，许多橙手上又抓了一大把棒棒糖。

带着大批慰问品，许多橙跟着小林来到 MV 所在的景点。不愧是摄制组精心挑选的地方，一路上松林白雪，山峦起伏，果然漂亮。

小林边开车边介绍："这里坡度正好，等天黑了，要拍江楠穿着战袍，骑马夜奔的场景。"

"韩国古装戏啊？"许多橙惊讶道。

"倒不全是，江楠扮演的是明朝将军，女主角是朝鲜贡女，楠哥说女主角是有原型的，明成祖朱棣的什么什么宠妃。"

"权贤妃，十九封妃，二十……就死了。"

"噢，对，权贤妃，你也知道啊？挺厉害的嘛！"

"我也是恰巧知道，"许多橙笑笑，转了话题，"那 MV 主要讲什么呀？"

"将军爱上护送的妃子，求而不得，后来沙场战死，女主闻之殉情，大概就是这么个背景故事。"

"编得好狗血。"

"没办法，要兼顾中韩市场嘛。"小林耸耸肩，"这首歌会出中文和韩文两个版本。"

"真的吗？回头一定要两个都拿来听听，比较比较。"

"这有什么好比较的，真难理解你们这些粉丝的心态。"

"哈哈，所以才是真爱嘛！"

两人说笑间，车已经开到了一处韩式院落。起起伏伏吊角檐，青砖黛瓦落积雪，窗前一株红梅，袅袅有风姿，怎么看怎么有格调，可惜里里外外的都是人，少了几分娴静之趣。

小林下了车，指指两边："摄制组在里面，外面都是应援的粉丝，女生多的那堆是江楠的，男生多的那堆是 MV 女主角的。女主角是韩国当红组合的成员，叫 Lucia，待会儿别弄错了。"

许多橙跟着跳下车，点头："明白！"

小林本想带着许多橙进屋给江楠见一见，再出来发东西，结果里面正在拍摄，大家都忙着。包瑞见到他们进来，打了个手势，小林便转过身招呼许多橙去拿屋里的储备。许多橙接到指令，猫着腰，抱着大袋小袋的食物，一点点往外搬，那架势，像极了囤松子过冬的仓鼠。

想到她发过的那句"吱吱"，一声戎装的江楠忍不住嘴角上扬，这一笑，正在看镜头的导演怒了："你心爱的女人要嫁给别人了，我让你酝酿酝酿情绪，你竟然笑给我看？"

"噗……"轮到许多橙不厚道地笑了。

江楠的脸有些黑，导演满意了："嗯，这个表情还差不多。"

出了屋子，小林拍拍她的肩："你看着东西，我先去跟粉丝们打声招呼，看看谁是今天应援的负责人，东西让她们带着发，会比较方便。"

许多橙点点头，看着小林离开，傻站了一会儿，见他还在与一群小姑娘叽叽喳喳地交流，干脆戴上手套，自己一个人连拖带拽，把所有的东西归到一处，慢慢往粉丝聚集的地方挪。人群看到她过来，开始出现骚动，只是不知道是发现有好吃的，还是发现了她"绯闻女主"的身份。

小林转过身，看到她的靠近，连忙跑了过来，边拿东西，边小声道："我还以为风声过去了，没想到粉丝对你的兴趣还这么大，你小心点儿。"

"风声过去再久，身为粉丝，偶像的绯闻也能如数家珍，这是基本功，懂吗？"

"那怎么办？"

"什么怎么办，"许多橙奇怪地看了他一眼，"我本来就不是偶像的女朋友啊，她们眼尖着呢，不会搞错的。"

小林想说，在他印象里，粉丝在这方面都是疯狂而不讲道理的，她太乐观了。结果许多橙一走过去，不知说了句什么，刚才还氛围诡异的粉丝们，立即笑成一片，有人嚷嚷着："自己人自己人，我们自己人打入组织内部了！"

有人用韩语喊了几句，又是一阵骚动。

"哎，低调低调，"许多橙赶紧否认，"我只是临时工，寒假结束还要滚回去上学呢。"

"那也很羡慕啊！"

"你怎么当上临时助理的，楠宝面试的吗？"

"好好奇！"

"这种小事偶像怎么会管，是包大人点头的。"许多橙露出"你懂的"眼神，"看多了《霸道经纪人爱上我》，看真人感觉很不错噢。"

"啊啊啊，果然是同道中人！"一群小女生又是激动，又是尖叫，"好厉害！好羡慕！"

这阵势把小林看得一愣一愣的，忍不住低声咳了起来，用眼神示意她们，还有其他家艺人的粉丝在围观呢。

负责人妹子赶紧出来维持秩序："好了好了，都克制点儿！咱家偶像那么要面子，你们也注意点儿形象啊！阿嚏！"

"你这是着凉了吧？"许多橙弯腰从箱子里翻出暖宝宝，递给她，"天冷，你们在外面注意保暖，这个你拿去用吧，剩下的给大家分分，我们买了不少。"

"啊，真的吗？太谢谢了！"

"嘶，我早就冻麻了！"

"又冷又饿！"

"这儿还有好多好吃的。"许多橙拍拍脚边的箱子，"在韩国买的是给国内过来的小伙伴带的；从中国带来的呢，是给韩国小伙伴尝尝鲜的，偶像亲选菜单噢。"

"哇，偶像真的太体贴了！"

"别忘了赞美包大人，这一定是包大人的意思！"

"一家人还分什么彼此，哈哈哈……"

妹子们欢快地排队领东西，边领还不忘拍照，当然也有"不小心"把许多橙扫到镜头里的，对此许多橙只有一句话："安全第一，求打码！"

一群人笑。

最后人发完，食物还有多出来的，许多橙又和小林一起去散发给女主角 Lucia 家的粉丝，那家见了也连忙送了东西过来，互相打了打友谊牌，没办法，MV 公布偶像们还要互动宣传，粉丝也要懂得套交情啊！

3. MV 二三事

回到院落里，摄制组已经从屋内转移到了屋外，开始拍摄另一组场景，江楠被吊在威亚上，手里拿了把造型古朴的剑，看起来是要演打戏。

演女主角的 Lucia 一身韩装，临窗而立，脸色惨白地咬着下唇，有几个流寇打扮的群演正在院子里东翻西捡，言行嚣张，看来这些就是要打的反角了。

果然，导演拍完下面的镜头，拿着喇叭对着江楠喊道："好！现在，江楠你听到院子里有响动，翻身从马上跃起，站到墙头，剑指着下面！"

江楠听了，立即在空中做了个跳跃的动作，一脚踏向院墙，身上的威亚顺势放得下来，他平衡性保持得不错，稳稳地站在了墙头，手中挽了个漂亮的剑花，剑锋犀利，英气逼人。

许多橙跟着小林，蹑手蹑脚地跑到包瑞身后，缩在角落里，仰头星星眼："偶像打戏好帅啊！"

包瑞转头道："他小时候跟着他爷爷，学过一些武术。"

"偶像竟然学过武术，我怎么不知道？我背过他的履历啊！"

"你不知道的事多着呢，艺人履历这种东西，"包瑞摇头失笑，"其实他还做过武替，当过死尸。"

"不会吧，偶像一直不接剧，我以为他不喜欢演戏的。而且偶像那么有才华，干吗去做这些东西啊？"

"有才华的人那么多，机会却很少，混得不好，不好意思回家拿钱，不去剧组蹭盒饭怎么办？"

"啊……"高冷傲娇的偶像竟然还有这样的经历，许多橙表示完全无法想象。

"知道为什么江楠一直邀请郑导做他的 MV '御用'导演吗？"

许多橙眨眨眼："不知道。"

"因为知遇之恩。当初江楠走投无路的时候，郑导给他出了个主意，说既然你只唱歌没人听，但是你身体底子好，那可以边唱边跳嘛，日韩那边的艺人不都是这样。"

"所以偶像出道的时候，才一直走舞曲风？"

"嗯，也算是一条路吧，那个时候国内舞曲风还比较少。其实他不太喜欢，不过，这世道，总要先吃饱饭，才能谈理想，也说不上委屈不委屈了。"

许多橙点点头，再望向江楠的身影，心里有些无端发酸。她一直认为偶像是高高在上的，过往就算不是一帆风顺，也必定精彩桀骜，没想到，也有对现实妥协的时候。

被威亚放下来的江楠，整了整衣服，转过头，像是才发现她，走过来道："为什么你会在这里？"

周围响起熟悉的嗤笑声。

许多橙脸上冒热气："偶像，你能不能不要每次见到我，都说这句话？怎么说我现在也是你的临时助理。"

"助理？"江楠上下打量了她一眼，想到自己这几天的憋屈，抬抬下巴，"我渴了。"

"真的啊？"许多橙站起来，欢快道，"你等等，我给你准备了好喝的。"说完，立刻跑回屋翻自己的大背包，从里面拿出保温壶，倒出一杯水，捧着出来给江楠，"快喝吧。"

江楠看着她手中可疑的褐色液体："什么？"

"大海甘桔饮，里面放了胖大海、甘草和桔梗，主治咽痛音哑，我为了给你应援，特意从国内背过来的。"许多橙又热情地往他手边递递，"昨天直播，你唱到最后嗓子都哑了，赶快多喝点儿，很有效果的。"

原来你还知道看我的直播……江楠默默地接过，抿了一口，暖暖的，有点儿甜，嗓子也舒服，还挺好喝的。于是，又喝了一口，再喝一大口，喝完了。

"还要不要？"许多橙笑眯眯道。

不，这不是他要的互动，他现在并不想搭理她，更不想跟她嬉皮笑脸！

"要。"

"好咧，我去给你续杯。"许多橙跑进屋，直接抱了保温壶出来，给他又倒了一杯。

忙了一轮的郑导转过身，见他还没喝完，眼睛一瞪，嚷了起来："哎，我说江楠，你穿着威亚服呢，少喝点儿水，当心憋着，耽误了我的事！"

江楠被他一说，立刻不喝了，把杯子塞到许多橙手里，转头就走。

许多橙捧着杯子有点儿不明白，小林凑过来解释："穿威亚服不方便上洗手间，一般艺人都会尽量少喝水，楠哥看到你太高兴，一不小心喝多了。"

"你说什么呢，偶像只是嗓子疼，想喝水！"

"好吧，"小林努力憋着笑，"那许助理，可不可以麻烦你帮楠哥拿一下羽绒服，他拍完要披。"

"噢，给我吧。"许多橙抱起羽绒服，重新蹲到包瑞身后。这个位置视野好，又挡风。

院子里已经开始拍摄起打斗戏份，看到一身戏装的男主角，几个流寇抵抗的抵抗，逃窜的逃窜，还有准备跳进院中大水缸准备偷袭的。

打斗到最后，就是这位藏在大水缸的流寇忽然蹿出来，与男主角殊死搏斗的情形，场景设想得不错，问题是大冬天爬进水缸："导演，冷啊！"

暴脾气的郑导气得跳脚："林峰，赶紧给我进去！"

"导演，这下面可是冰水，呜……"叫作林峰的演员颤颤巍巍地跳进去，手里的剑磕到缸岩，发出都是有节奏的"咯咯"声。江楠走过去，帮他把盖子盖好，又往上撒了一点儿雪，退开半步。

等导演喊了开始，他便一个箭步上前，剑尖一挑缸盖，钢丝吊着的林峰从大缸里蹿出来，裹挟着冰雪之势，与江楠对了好几招，才慢慢倒下。

一遍过。

旁边有人赶紧拿着军大衣给林峰披上，包瑞转头看向许多橙，低咳了一声。许多橙反应过来，赶紧抱着羽绒服跑到江楠跟前，想给他披上，结果用力过猛，直接兜到了他的头上："偶像，对不起，对不起，您没事吧？"

江楠没理她，自己把衣服从头上拽下来披好，不小心碰到她的手，冰冷而潮湿。

许多橙低头一看，才发现江楠身上也湿了一大片，赶紧拖他进屋里，拿毛巾擦。林峰换完衣服从里屋出来，脸色苍白，看起来更惨，见他们进来，水都没喝一口，便出去为下一场准备去了。

"这大冬天的，干吗要拍这种戏？"许多橙理解不了，"导演真是会折腾人，太坏了！"

江楠眼神在她身上打了个转，淡淡道："这场戏是我的意思。"

"哦。"

"江楠是觉得林峰不错，想给他加点儿戏，"包瑞不知何时进了屋，对许多橙解释道，"若不弄点儿高难度的，观众又哪里记得住？"

4. 玉箫声吹起

"原来是这样。"许多橙恍然大悟，有点儿崇拜地看向自家偶像，果然偶像喜欢提携新人的美名，不是吹来的。

江楠把毛巾塞到她手里，对包瑞道："什么事？"

"大雪封路，女主角那个吹箫的替身堵在路上来不了了，女主角自己拍远景没问题，近景肯定是拍不了的。"

包瑞刚说完，郑导也跟着进来了，他喝了口水，对着江楠道："要不就让 Lucia 自己拿着箫随便摆几个姿势得了，平常古装剧里，我拍那些弹琴拉二胡什么的都这么拍的，观众都被糊弄习惯了，没人在意。"

江楠对着他摇摇头："《明史》上说，权贤妃'善吹玉箫，帝爱怜之'，为了符合人物设定，我歌曲开头就是洞箫独奏，MV 不拍女主角吹箫的特写镜头，您觉得说得过去吗？"

郑导喝着水喷了："写首流行歌你还去研究《明史》了？"

"嗯，有问题吗？"

"咳，我当初怎么没发现你是这么个怪胎！"郑导擦擦嘴，也用研究的眼神上下打量了江楠一遍，"行行，一定要拍是吧？"

"一定要拍。"

"好，听你的！不过人今天肯定是来不了了，明天补拍吧，那我们的行程都得改了，哎，小林啊，你去帮我们几个改签一下机票……"

"不用改行程，人来不了也没关系，"江楠从身后扯出状况外的许多橙，"箫，她也会吹的。"

"啊？"郑导和包瑞齐齐望向许多橙，倒是许多橙从一开始的茫然，转而犹疑道："你是不是，是不是看了我那条微博啊？"

郑导好奇道："什么微博？"

"就是我前段时间拍过一个吹洞箫的视频，发在微博上，然后也提到了权贤妃，说她也善于吹箫什么的。"

郑导觉得自己明白了："所以你不是研究《明史》去了，是研究人家小姑娘微博去了？"

包瑞和小林嗤笑。

江楠当没听见，转头看向许多橙，严肃认真道："谢谢你的微博，给我带来了很多灵感。原本这首中韩要同步发行的歌曲，我一直拿不定该写什么，但是看到你的话，我发觉有交集的历史人物，是个不错的点，才有了《涅槃》这首歌。"

"不用谢啦！"老实说，这件事许多橙真觉得挺意外的，"歌真的是刚写的吗？这也太快了吧，我还以为是巧合呢！"

"楠哥是才子嘛！"小林很有眼色地力证真实性，"就这几天，连夜编曲填词写的。"

郑导不甘落后："是啊，我还是来了韩国，才知道自己要拍什么，第一次跑韩国来就拍古装戏，还挺新鲜的。"

"可怜我找道具和场地要了半条命。"包大人冷笑着总结。

"所以，"江楠仍旧注视着许多橙，"可以帮忙吹一段箫吗？"

许多橙用力地点点头，一脸开心："当然没问题！能为偶像服务，荣幸之至！"

江楠拿起桌上的乐谱和玉箫，递给她的手一顿："别总是偶像偶像的叫我，我没有名字吗？"

"可是当面叫你楠宝，有点儿叫不出口啊……"许多橙满脸纠结。

"南木，我本名。"

"你这小子，竟然有本名，我还以为你就叫江楠呢！"郑导不满地嘀咕。

包瑞斜瞥了他一眼："告诉您干什么？您又不是他粉丝。"

"是是是，哎呀，我老人家就不在这里碍眼了，我出去干活了。"郑导站起来，拍拍屁股走了。

"说完话就出来，还有好几场要拍。"包瑞也出去了。

小林本来也想说两句，想想自己的工资卡，觉得自己还是直接出去比较好。

江楠接着道："乐谱你先拿去看，女主角的镜头还有几个，等她拍完，你再换衣服。"

许多橙接过，边翻看，边应道："好。"

"正好到时候天暗了，下着雪，天空会泛起雪青色，屋里点上了蜡烛，屋外的红梅映窗，"许多橙疑惑地抬起头，不知道他为什么要给自己讲解景色，江楠望着她，缓缓道，"你想着心中朦胧的身影，拿起玉箫，轻轻吹奏起来……我要的是这种感觉，你试着体会一下。"

"噢。"

不知道是不是江楠引导得好，许多橙几乎是拿起乐谱就找到了感觉，序曲部分本来也不长，很快，她就吹得有模有样了。

女主角 Lucia 的戏份总算全部拍完了，换好衣服，她对着工作人员一一鞠躬道谢，完美的韩国礼仪。许多橙正瞧着热闹，江楠的化妆师 Candy 已经迫不及待地把她拖去化妆打扮了。

许多橙被 Candy 折腾得团团转："啊，我还要化妆吗？替身不是不用拍脸吗？"

Candy 才不会承认自己有私心呢，她一本正经道："吹箫肯定要拍到你的嘴巴啊，你总不能让我只给你画下半张脸吧？"

说的也是，于是许多橙只得看着 Candy 在自己脸上涂涂抹抹，描眉画唇，最后出来的样子，她自己都不认识了：镜子里的大美女，是谁是谁？

"我就觉得你的轮廓很适合化妆，果然不错！" Candy 端详着自己的杰作，满意地拍拍手，然后推着许多橙出来，一路推到众人面前，"怎么样，Boss 们还满意吗？"

郑导明显很满意："嗯，不错不错，去准备吧！"想想又道，"哎，对了，手打了粉没有？"

"手打过了，" Candy 回答，"我还想给做美甲的，她没同意。"

许多橙赶紧摆摆手："我不习惯长指甲，吹起来不利索。"

"这没关系，怎么自然怎么来，"郑导看看天色，觉得差不多了，"场务把屋里蜡烛点起来，许……许多橙是吧，你站到窗边上，我找找角度。"

"好。"许多橙乖巧地应了一声，拿着玉箫站了过去，看着一溜儿的人，灯光、打板、摄影师，都围着自己，不自觉地紧张起来，下意识地向江楠看了一眼。

江楠原本坐在角落里，披着羽绒服休息，见她看自己，放下茶杯，走过去道："怎么了？"

"没事，只是有点儿紧张。"

"不要紧张，出错了可以重拍的。"

"这我当然知道……"

"那，"江楠顿了顿，轻声道，"拍完我请你吃饭。"

"粉丝福利吗？"许多橙兴奋了，"好哇，好哇！"

"加油！"

"嗯！"

偶像的力量果然是无穷的，许多橙被江楠这一番鼓励，立刻鼓足干劲，箫声都吹得十分响亮，郑导是又好气又好笑："吹那么响干吗，我要的气氛呢？"

许多橙吐吐舌头，放下箫，酝酿酝酿情绪，再抬手，缓缓吹奏了起来。

梅香幽幽，倩影浮窗，箫音如泣诉，世间可真有如此良辰美事？

第四章
山雨欲来

为什么每次遇到她，
自己总要做丢脸的事啊……

1. 可乐与鸡翅

江楠坐回原处，小林给杯子里续满茶，见自家艺人伸手接过的时候，眼睛都没从人家小姑娘身上挪开，他憋着笑："许小姐化起妆来是挺惊艳的啊。"

"嗯，"江楠点点头，又道，"那是她底子好。"

"噗……"小林破功了。

包瑞挥挥手，让他出去，自己坐到江楠边上，倒了杯水，慢悠悠道："我也觉得许多橙挺不错的，漂亮、善良、细心、做事有度、进退得宜，"江楠听包瑞这么夸，忍不住嘴角上扬，包瑞却接着话锋一转，"可惜就是你俩不大合适。"待江楠转过头看他，他又像想起来什么似的，"啧"了一声，"瞧我又说忘了，她只是你的粉丝，你俩又没什么。嗯，这样挺好的，人家小姑娘还在念书，适合找个学长，来场纯纯的校园之恋，你嘛，找个成熟点儿的，有经验懂男人心思的最好。"

"我为什么要找个成熟有经验的？"江楠有点儿不爽自家竹马的判断，"我不喜欢这样的。"

"你这脾气，见了喜欢的女孩子，要么什么都不说，要么口不对心，不找个有经验的，让我成天跟在你后面当画外音和弹幕吗？"

江楠听了，竟露出"你说的似乎也有点儿道理"的呆懵表情，包瑞只觉得胸口发堵，他这是在反讽，听不出来吗？"算了，你休息吧，待会儿还要拍骑马的戏。晚饭想吃什么？"

"噢，你不用准备，把车借我，我晚上和许多橙一起吃，"末了他又语气可疑地加了一句，"嗯，粉丝福利。"

"粉丝福利？"这是什么？包瑞站起来，掏出车钥匙丢给他，"人家当回专业替身，你一顿饭就打发了？我可是打算开工资的。"

"先不急，她箫吹得很专业，"江楠目光重新转移到许多橙身上，"我打算邀请她去录音棚录一下这首歌的前奏，到时候一起算好了。"

"那就要回国之后了？"

"嗯，她家在上海，《涅槃》这首歌我就在上海录吧。"

"哦。"说江楠迟钝吧，他动作倒是挺快的，这连后续发展都给安排好了。莫非，迟钝的其实是自己？包瑞摸着下巴，第一次开始怀疑自家竹马的人设。

许多橙拍好，再等江楠拍完，已经八九点，摄制组待的地方很偏，出了租借来的院落，外面一点儿烟火气都没有，黑洞洞的，有些吓人，应援的粉丝也早早解散回家了。

好消息是，雪停了，回首尔的路也不堵了。

江楠开着车，跟在大部队后面进了城，便方向盘一转，拐进了一条小路。

许多橙坐在副驾驶，好奇道："我们这是要去哪里？饭店吗？"

"先兜一会儿圈子，免得被媒体跟踪。"江楠的回答很老到，一听就知道平常这事儿没少干，就是有气无力的，还带点儿鼻音。

"你这是怎么了，感冒了？"

江楠吸吸鼻子，感受了一下："好像有点儿，没事，先去吃饭吧，我带你去吃烤肉。"

许多橙没接话，抬起手摸了摸他的额头："你发烧了啊，肯定是今天拍戏的时候着凉了，还是赶紧回去休息吧，别折腾了。"

"我感觉还好，头不疼。"

"那也是发烧了，"许多橙态度坚决，"回去休息，不然加重怎么办？"

"可是我总得吃饭啊，包瑞他们先吃过了。"不知道是不是生病的缘故，江楠说这话的时候，竟有点儿委屈。

许多橙望着他，莫名地有点儿哭笑不得："那我回去煮给你吃吧，我那儿有感冒药，你先吃药。"

"可乐鸡翅？"

"有。"

　　江楠听了她的回答，好心情地抛给她个小笑容，方向盘一转，从小路里绕出来，直奔她租住的地方。

　　许多橙觉得以吃为动力的偶像，真是萌萌哒。

　　"偶像，你为什么喜欢吃可乐鸡翅啊？"

　　"南木！"江楠纠正。

　　"南……南木。"

　　"嗯，其实我喜欢喝可乐，但是包瑞说，可乐喝多了不好，后来我发现，可乐鸡翅也挺好吃的。"

　　"……"

　　大概意识到自己的回答，不太符合偶像设定，江楠干咳了一声，强力扭转了话题："你的洞箫吹得很不错，是从小练的吧，当初为什么想学它？女孩子一般不都是喜欢学钢琴、古筝什么的吗？"

　　"噢，我是早产儿，心肺比较弱，我妈说学吹箫，锻炼肺活量，所以我就学了。"

　　"……"本来他想借机谈谈对音乐的理解的，看来这话题也是进行不下去了。

　　许多橙安慰他："快到了，你坚持一下。"

　　好吧，还是认真开车吧。

　　许多橙住的地方真的不算远，江楠兜了一圈，找到了停车地方，便示意许多橙先下车，他自己则开始梳妆打扮，面罩、墨镜、围巾，宽大得看不出身形的羽绒服，一样一样地往自己身上招呼，把自己打扮得跟个熊似的，才慢吞吞地下了车，说道："走吧。"

　　用的还是气音。

　　许多橙被他这副"伪装者"的样子弄得直想笑，进了屋，刚想招呼他随便坐坐，转头就见他整个人都软了下来，除下伪装，自动自发地蜷缩到沙发上。

　　"你怎么了？"

"累，饿，头昏，想睡觉。"一个字一个字地往外蹦，看来连说话的力气都没有了。

"你等等啊，我拿感冒药给你吃。"许多橙说着，赶紧把自己的行李包翻出来，拿出药，倒了水。江楠伸手接过，自己乖乖吃了。

许多橙蹲在沙发旁，把江楠脱下来的羽绒服盖到他身上，抬手摸摸他的额头："好像烧得更厉害了，怎么办，我没带退烧贴，要不我去超市看看……"

江楠猛地抓住许多橙的手，打断了她的话，再次强调："饿，吃饭。"

"好吧，我去煮。"许多橙不得不屈服，站起身，扶他躺下，打开冰箱开始找食材，眼睛瞄到某个袋子，忽然眼睛一亮。

许多橙去而复返，片刻之后，江楠感觉到有湿答答、冰冰凉的东西覆盖到自己脸上，整个人都被冷得振奋起来。

"什么东西？"

"别动别动，是我给我妈买的面膜，我给你敷一下。"

"为什么要给我敷面膜？"他家粉丝在想什么，难道觉得他这个偶像是丑病的吗？

"这不是没退烧贴嘛，我觉得冰过的面膜效果也差不多，一样降温。"许多橙边解释，边端详，"好像薄了点儿，要不我再给你敷一层。"

说着，又动手黏黏糊糊的敷了一层。

如果他现在不是病中，没力气，真想让这个女人知道，什么叫作老虎的屁股摸不得……啊呸呸，摸不得的是脸，他真是烧糊涂了……

虽然全身没什么力气，但是托面膜的冰镇效果，他现在很清醒，即使闭着眼，也能清楚地感觉到她的脚步声，她关上冰箱，她拧开阀门，她支锅翻炒，油和水一起沸腾，食物慢慢散逸出香气，勾引着人想象它的美味。

江楠摸摸肚子，小小的咽了咽口水，反应过来自己干了什么，羞耻感再次油然而生：为什么每次遇到她，自己总要做丢脸的事啊……

2. 美食不可负

"嘟……"耳边忽然响起了手机的振动声，江楠顶着满脸的面膜，一点儿都不想动，但是它坚持不懈地振着，他只好闭着眼，消极地伸手去摸，摸啊摸，没想到还真被他摸到了。

"喂，什么事？"

电话那头呼吸猛地一顿，继而才颤颤巍巍道："请问您是？"

"江楠，怎么了？"

"江江……江楠，偶偶……偶像，楠宝，你……你我……我那……那……"

这语气听起来不太对，不像是会有他私人号码的人。江楠皱皱眉，勉为其难地在两片面膜下睁开眼，才发现自己拿的是许多橙的手机。

"不好意思，我拿错了手机，你找许多橙是吧，稍等，我让她接电话。"

"好好……好的！"

江楠微微侧过身，对着厨房方向提声喊了两句："许多橙！许多橙！"

"来了！"许多橙听见，拿着锅铲跑出来，"什么事？"

"你的电话。"

"噢，谢谢，"许多橙伸手接过，支到耳边，"喂……"

"偶像！我刚才跟偶像说话了！我太激动了、太激动了、太激动了……"俞可亲的声音无限循环中。

许多橙捂住电话，对江楠小声道："你怎么暴露身份了？"

"对不起，"江楠顶着满脸面膜，不自觉地伸了一下腿，看起来无辜又柔弱，"我以为是我的手机响了。"

看到他这副样子，许多橙重话实在说不出口，只好无力地翻了个白眼给他，对着俞可亲哄道："姐姐，冷静冷静，乖啊，咱这可是越洋电话，有事说事，啊？"

俞可亲持续胡言乱语中："偶像！我跟偶像说话了。偶像！跟我说话了，我今晚不睡觉不洗澡，我要把电话供起来……"

一时半会儿看来是停不下来。

没办法了，她只能出绝招了，许多橙把手机开成免提，猛地大喝一声："俞可亲，大声告诉我，你的梦想是什么？"

果然，电话那端的俞可亲瞬间被按了暂停键，然后中气十足道："楠宝，我要跟你生猴子！"

江楠喷了。

俞可亲意识到自己真当着偶像的面，把猥琐的心思喊了出来，也讪讪地安静下来："嘿嘿嘿……"

只有许多橙十分冷静自然："猴子不行，亲笔签名要吗？"

"要要要！"

许多橙把手机凑近江楠，示意他说话。江楠无奈地看了她一眼，对着手机道："俞可亲？我签好让许多橙带给你。"

"好好好！谢谢谢谢谢谢！楠宝噢！不偶像，你真的太好了。我是俞可亲俞就是那个俞……"

许多橙拿过电话："放心吧，有我在，不会把你的名字弄错的，偶像还要休息，不说了啊！"

"好好好偶像休息赶紧休息……"

"今天的事记得保密，具体的事我回去告诉你。"

"放心放心，我绝对保密！绝对保持沉默！"

"真乖！"

俞可亲这神魂错乱的样子，真挺逗的，许多橙还想调侃她几句，江楠在身后扯许多橙的围裙："鸡翅，鸡翅。"

"什么鸡翅？"许多橙眨眨眼，猛吸一口气，"糟了，我的鸡翅焦了！不说了，BYE！"

挂掉电话，许多橙慌忙跑到厨房把火关了，拿锅铲翻了翻，发现还好焦得不是太厉害，用锅铲把发黑的鸡皮蹭了扔到垃圾桶。她在厨房里转了一圈，才想起来自己要找什么。

"可乐，我的可乐，得把可乐倒进锅里了。"

嘴里小声叽咕着，许多橙放下锅铲，左手拿起桌上的可乐，右手食指勾上拉环，用力。拉环没有像她以为的那样应声而开，反而是她的手指，滑了下来。她下意识地想重新钩上去，却发觉，手指软软的不听使唤。

她重新把手指覆在拉环上，仿佛使劲全身力气："啊——"

江楠躺在沙发上，听到厨房里传来许多橙的尖叫，伴随着重物落地的声音，吓得坐起来，随手撕掉面膜，跑进厨房，只见一罐可乐摔在地上，喷得到处都是，而许多橙却脸色不好，愣愣地站在那里，举着自己的右手。

江楠抓过她的手看了一眼，发现她的手被划了一道小口子，破了点儿皮，不过看她的表情，却好像被人捅了一刀似的。果然还是小女生啊，真娇气。他忍着笑："好了，好了，没事了，你看，血都没流，马上就好了。"

许多橙还是不说话，望着自己的手发呆，连眼圈都红了。

还真伤心了，这怎么哄啊？

江楠默了片刻，慢慢低下头，凑到她手指边，轻轻吹了吹，像哄小婴儿般："好了，我给你吹过了，不疼了啊，别伤心了，嗯？"

许多橙终于惊醒："偶像，你干什么？"

"我看你手指破了，给你吹吹。"

她抽回自己的手，哑着声音，竟有点儿伤心不起来了："偶像，我三岁之后就不信这个了……"

其实他也不信啊，这不是想哄她开心嘛。"咳，还疼吗？"

"擦破点儿皮，能有多疼，我只是，"许多橙低下头，深呼吸了一口气，伸手指指地上，"只是可乐被我弄洒了，你大概，是吃不上可乐鸡翅了。对不起！"

江楠被她这句郑重其事的道歉逗笑了。

"吃不上就吃不上吧，人没事就好，嗯，你要不要先休息一下？"

"要休息的是你吧，菜我马上就做好了。"许多橙没好气地把他往外赶，

"病号快去沙发上躺着！"

"其实我现在感觉好多了，"许多橙一眼瞪过来，江病号乖乖举手倒退，"好，我去躺着。"

许多橙看着江楠耍宝，忍不住笑了，目光瞥到桌上的一罐啤酒，拿起来对着他道："对了，偶像，有没有兴趣尝尝啤酒鸡翅，这样的搭配也不错噢！"

"真的？那尝尝，"江楠从善如流，"这样的做法我还没吃过呢，"边说着，人又走回了许多橙身边，朝她伸出手，"给我。"

"什么？"

"啤酒，我帮你打开。"他凑近许多橙，从她手里抓过啤酒罐，用力拧开拉环，又递还给她，"好了，这样就不会划破手了。"

做完这些，也不等许多橙说话，他又倒退着倒回沙发："嗯哼，这回我是真的躺着了。"

"谢谢。"

如果她的难题，真的只是开个拉环该多好？

许多橙转身把啤酒倒进锅里，重新打开阀门，听着锅里重新泛起"滋滋"的响声，她转头拿了块姜切碎，丢了进去，汁水呛人，她的眼泪终于流了下来。

她又默默把葱切了放进去，八角、茴香、豌豆，还有胡萝卜，一样又一样，看着它们在油锅里翻滚煎熬，看着它们从鲜嫩到熟烂，就这样看着……

3. 啤酒与鸡翅

把所有的菜都装好盘，放到韩式短腿小餐桌上，摆好餐具和垫子，许多橙对着沙发上的人喊了一声"吃饭啦"。

江楠便如瞬移般，立刻出现在了桌边，拿起筷子："唔，菜好多，好香！"

"菜哪里多，只是碟子多啦，身在韩国，入乡随俗。当然，这菜的味道还是地道中国味的，我舅舅是淮扬菜大厨噢，我可是他的关门弟子。"

"这么厉害？"

许多橙手里盛着粥，还不忘扬了下小下巴，以示肯定："那是！"

"唔，果然有大厨水准，"江楠一边咬着鸡翅一边吹气，"很好吃！"

"慢点儿吃，煮了一大盘呢，我不会跟你抢的。"许多橙把粥推到他面前，"你最好先喝点儿粥垫一下胃，今天晚饭吃得太晚了，你又感冒，别把胃弄坏了。"

"嗯，嗯！"江楠嘴凑到碗沿，"刺溜"一声，低头喝了一大口，继续啃鸡翅。

想起上回在后台，他专心致志把一盒鸡翅啃完的情景，许多橙不再打扰他，小口地喝着粥，间或把其他菜往他面前推推。她推一下，江楠就跟着吃一口，完了继续啃他的鸡翅。

所以偶像不仅喜欢喝可乐，也喜欢啃鸡翅吧？许多橙囧囧地想到。

直到一盘鸡翅解决完毕，江楠才重新偶像光环附体，开始慢条斯理地喝粥，吃起别的菜，还不忘招呼许多橙："你也吃啊，这个生菜炒蛋味道也不错。"

许多橙点点头，夹了一筷子生菜，低头喝粥。

大概是意识到气氛有点尴尬，江楠话开始多了起来："对了，你是在哪个学校上大学？"

"F 大。"

"不错啊，"江楠夸奖道，"F 大可是百年名校。"

"嗯。"许多橙一板一眼地回答，"杰出校友是很多，不过我们这些进化一般的才是大多数。"

"我听说，像你们这种名校竞争都很激烈，功课也很重，平常应该很忙吧？"

"还好吧，该吃吃该喝喝。"

"那，"江楠稳了稳语气，道，"有时间谈恋爱吗？"

"谈恋爱？"许多橙以为自己听错了。

江楠一副"我只是随口问问"的样子："嗯，你有没有找个学长，来一场纯纯的校园之恋什么的？"

"我是单身狗。"

江楠点了一下头："嗯。"

许多橙以为他还想听下文，犹豫了一下："不过我倒是暗恋一个医学系的学长蛮长时间的。"

江楠筷子一顿，抬起头看她，只听她继续道："后来我在他面前跌了跟头，半天没爬起来，我就不喜欢他了。"

"在他面前跌了个跟头就不喜欢了？为什么？"

"什么为什么，你不觉得很丢脸吗？"

比起他来，还好吧……意识到自己在想什么，江楠掩饰性地低头喝粥，口中打趣道："这么要面子，一看你就不是真爱啊！"

许多橙噘起嘴："要你管！"

正说着，许多橙丢在沙发上的手机忽然振动了两下，江楠见她坐得纹丝不动："不接吗？"

"嗨，肯定是俞可亲那个家伙，缓过劲儿，磕头谢恩来了，不理她！"

"还是接一下吧，"江楠长手一挑，抓过手机，递给她，"顺便加一下我私人号。"

"啊，可以加吗？"许多橙睁大眼睛，"我听说偶像对加私人账号都很谨慎的，因为骚扰的人会很多。"

"如果是你，没关系。"话一出口，江楠感觉自己这话太撩拨人了，不自然地撇开脸，决定下一句话得想好了再说。

许多橙倒是没什么反应，低头刷完手机，再抬头，已经一副悲天悯人的表情望向他："偶像……"

"嗯，说。"

"我不知道该怎么说。"

江楠笑得有点儿揶揄："怎么？她嘴巴不严，你其他同学也托你要签名了？"

"不是，"许多橙摇摇头，把手机递给他，"你看。"

江楠抬眼看向她手掌中的屏幕，那是一张微博截图：

顾佳宜 V

我说我爱你，你说你爱过。

下面的配图是一对小情侣，十七八岁的年纪，帅气青葱的男孩儿背着他的女孩儿，阳光下，笑得一脸的天真和甜蜜。

那个少女是顾佳宜，那个少年，是他。

"偶像，偶像，"许多橙从手机屏幕后晃晃脑袋，"你还好吧？"

"我没事。"江楠的目光从屏幕上移开，扯出笑容，"没关系，这件事包瑞会处理的，我们继续吃饭吧。"

虽然这么说了，但接下来的饭却吃得没滋没味的，江楠一直黑着张脸，不知在想什么，许多橙也不敢乱说话，生怕戳着他什么痛处。

毕竟偶像与这位分手四年，那边虽然总是拉着偶像炒作，但从来没有这么直白过，更没放过以前的照片，而偶像从不回应，但也私下禁止粉丝过去攻击，这一条还写入了官方粉丝群的群规里。

搞得平常大家只敢私下吐槽，连媒体报道都不敢跟，生怕哪天自家偶像脑袋一抽，想维护维护初恋，他们这些做粉丝的岂不是要被"啪啪"打脸？

唉，也是操碎了当婆婆的心。

许多橙带着这样戚戚然的心情，收拾完碗筷，确认了偶像烧退得差不多了，把感冒药装在他羽绒服口袋里，叮嘱他："路上开车小心，回去早点儿睡，不要想太多，身体最重要，记得吃药……你笑什么？"

"你才多大？"江楠好笑地拍拍她的脑袋，"怎么婆婆妈妈的。"

　　不识好人心，许多橙拍掉他的手，翻了个白眼，打开门，示意他赶紧出去。江楠戴上面罩，握住门把："好了，就送到这里吧，太晚了，你一个女孩子，还是不要去停车场了，不安全。"

　　"那好吧。"许多橙没再坚持，"那偶像再见！晚安！"

　　"南木！"

　　"南木再见！南木晚安！"

　　"再见。晚安。"江楠微笑着，反手带上门，抬头望望天色，掏出车钥匙，在雪地里走了几步，绕开旁边两个还在划拳的醉汉。韩国人下班后爱扎堆喝酒，喝到半夜喝高了，街上经常能看到醉汉，睡倒在马路旁的也不是没有，也算是种特色文化。

　　只是喝成这样，这两位还划着拳吵着输的人开车，真是……

　　江楠摇摇头，想着自己要不要去跟停车场管理员说一声，喝酒开车可不是开玩笑的，等等，喝酒开车……江楠忽然顿住脚，抬手看着自己手上的钥匙，僵住："糟了，我也……"

　　江楠懊恼地叹口气，掏出手机，按下一号快捷键。电话很快接通，不等他开口，那头的包瑞就道："那个女人的事情，我已经在处理了，你不要担心。"

　　"我知道，我不担心，是别的事。"

　　"嗯？"

　　"你能不能过来接一下我，我现在不方便开车。"

　　"不方便开车是什么意思？"包瑞大胆猜测，"你的手断了？"

　　"不是，"江楠慢吞吞道，"是我今天吃了啤酒……"

　　"跟人家小姑娘吃饭你喝什么啤酒，既然喝了你还要回来干吗？自己的事自己解决，我正忙着呢！"

　　"啪！嘟嘟嘟嘟嘟……"

　　大雪寒风中，江楠握着手机，愁肠百结地吐出最后两个字："……鸡翅。"

4. 老实交代吧

第二天被电话铃叫醒，其实江楠是拒绝的，奈何跟着就响起了敲门声，旁边的被窝有人立刻弹坐了起来，一声轻呼："啊！"

江楠睁开眼，疑惑地盯着自己脑袋上方的桌底儿发愣，恍惚好久，大脑才开始运转。他依稀想起来，昨天他回不去酒店，便返回自家小粉丝的住处求收留，小粉丝一边忏悔，一边团团转地伺候，给他准备了洗漱用品，在地暖上铺了床铺，并用饭桌隔开了两人的被窝。

所以问题来了：他究竟是以怎样高难度的姿势，钻到桌子底下，与小粉丝头靠头睡的呢？

无解之谜。

那头的许多橙速度倒是很快，胡乱地套上衣服钻进洗手间洗漱完毕，又冲出来把桌子挪回原处，卷好自己的铺盖，手搭上他的额头摸了摸："太好了，不发烧了，赶紧起来，包大人来喊我们了！"

江楠僵僵地从被窝里滚出来，抱着衣服，又爬到沙发上继续躺着。许多橙也顾不上他，把房间差不多收拾好，便赶紧奔去开门，门外包瑞、小林还有化妆师 Candy 等工作人员一溜儿笑眯眯地站着，场面喜人。

只是这气氛，为什么让她觉得有点儿莫名尴尬呢？许多橙挤出笑容："快点进来吧，外面冷。"

"好哇！好哇！"大家你推我挤，"进进进……"到屋里东张西望。

只有包瑞目不斜视地走进来，把手中提的塑料袋放到桌上："给你们带了早餐，趁热吃吧。"

"谢谢包大人，正饿着呢！"许多橙开心地翻出牛奶和炸鸡块，边吃边收拾东西。

江楠从沙发上坐起来，目光跟在她身后转了一圈，道："你边吃边急着收东西干吗？"

"她跟我们一起去机场，我让小林给她订了机票。"没等许多橙开口，包瑞回答。

江楠疑惑地抬头看他，包大人优哉游哉道："临时助理也是助理。你发粉丝福利，我发员工福利，有问题吗？"

江楠听出他话里有话，没搭理，转身接过小林递过来的衣物袋，进了洗手间，冲了个澡，换好衣服出来，Candy已经等着给他打理造型了。

韩国如今很流行机场时尚SHOW，很多韩星出国参加活动出新闻稿，附上的机场现身照，姿势派头俨然走红毯一般。

江楠对此没什么兴趣，但显然机智的赞助商们不这么想，早早送来了新款和各种配饰，有包大监工在，他也只能配合了。

像每个赶行程的早晨那样，一切都那么平淡、重复、昏昏欲睡。直到临出门前，许多橙把水和药端给他："哪，感冒药，要饭后半小时吃，现在时间刚刚好。"

身后的Candy忍不住道："哇哦，橙橙贴心噢！"

江楠接过水，吃完药，见大家一副看好戏的样子，便没有立刻跟许多橙说话，伸手替她把围巾拉好，转身出了门。一群人见状，也跟着呼啦啦出去了。

许多橙身为租户，自然最后离开，关上水闸、电闸，丢掉所有垃圾，把门锁好，才爬上车。

江楠坐在保姆车，望着她忙碌的身影，觉得包瑞有些话说的还是对的，许多橙漂亮、善良、细心，做事能力好，确实很不错，噢对，她还是F大的学生，所以……只当个临时助理，真是可惜了。就算录个歌曲前奏，也有点儿屈才。

听她说，今年大四，那过完年应该就开始找工作实习了，而他成立的音乐工作室，在行业内待遇好可是出了名的，她是自己的粉丝，想来应该会愿意为他工作吧？

嗯，这个主意不错，上了飞机，他们可以坐在一起，就未来规划好好讨论。这么想着到了机场，面对媒体和粉丝的追逐，江楠都一直保持着好心情，直到登上飞机，他的目光在头等舱里环视一周："许多橙呢？"

小林从行李中探出头："噢，回楠哥，我们要去北京，许多橙说她想直接回家，飞上海，所以我给她订了另一班回国的航班。她没跟您说吗？"

"……"

"该不是你做了什么，让人家小姑娘不粉你了，才跑得这么快吧？"

"包瑞，麻烦收收你的脑洞。"

围观众："噗噗……"

搭乘航班返回上海的许多橙，其实比江楠他们登机还要早一些，临走时，她当然是想去跟自家偶像道别的，但是他的周围一如既往的人潮汹涌，所以，她只犹豫了一秒，便麻利地先跑了。

如果是从未见过，那拼死也要挤上一挤的，可都见了又见了，就算是偶像，也不稀奇了好嘛——以上为将江楠小天王"贬值"的真相。

回到祖国怀抱的感觉还是很好的，有种心落回肚子里的踏实感，就连地铁里上海阿姨的大嗓门儿都显得格外亲切。到了家，许多橙把超重的行李甩在沙发上，迷迷糊糊睡了一觉，才有精力干别的。

老爸老妈上班要到晚上才回来，许多橙随便找了点儿吃的，便出门去找俞可亲去了。那家伙自从知道她今天回来，信息里反反复复就一句话："楠宝的签名！签名！"

学校里没什么人，许多橙在空荡荡的自习室里找到俞可亲，把江楠的签名 CD 和自己从韩国给她带的零食轻轻放到桌上。

俞可亲立即一声尖叫，猛地扑倒她："啊啊啊，橙橙我爱死你了！"

"那你更爱我，还是更爱偶像？"

"偶像！"

果然闺蜜什么的，哼！许多橙坐到她对面，拆了一包薯片自顾自吃起来。俞可亲抱着 CD 亲了又亲，抬头见许多橙一副等她哄的样子，抢过零食道："哎，你还好意思给我摆脸色？赶紧老实交代，你跟楠宝之间是怎么回事，你肯定有事瞒着我对不对？"

虽然做好了心理准备，但真被俞可亲问起来，许多橙还是不自觉地有点儿心虚："好吧，我这次去韩国，确实……"

"等等！"俞可亲塞了一块薯片塞住许多橙的嘴，"你最好从演唱会开始跟我说起。到如今，你该不会认为我还想不通那张 VIP 票是谁送你的吧，嗯？"

"好吧好吧，我承认，那张票确实是南木，咳，是偶像送我的。我之前不是去接机没接到嘛，然后……"在俞可亲强有力的追问下，许多橙老老实实把她和江楠之间的事倒了个底朝天，就连江楠由于吃了啤酒鸡翅开不了车，不得不找她借宿，都没有隐瞒。

俞可亲听完咂巴咂巴嘴，又凑近许多橙，托着她的下巴左瞧右瞧："其实这么仔细看，我们家橙橙长得还是不错的，收拾收拾应该也算人模狗样。"

许多橙扒拉掉她的手："你什么意思，说的是人话吗？"

"嘿嘿，我的意思是，"俞可亲压低声音，"你说，偶像他……会不会是喜欢你啊？"

许多橙用脑袋撞了一下她的头："咱能想点儿靠谱的吗？"

"我怎么就不靠谱了？你看哪，又是送演唱会门票，又是让你当临时助理，还去你住的地方蹭吃蹭住，完了还送你机票，要说他对你一点儿想法都没有，怎么都说不过去吧？"越说俞可亲越暴躁，这男神和闺蜜好上了的剧情，怎么会被她遇上了呢？"许多橙，看在我们这么多年交情的分上，你老实交代，偶像是不是跟你表白了？放心，后果不会很严重，我也就打算跟你绝交一个月而已！"

5. 暗恋的师兄

"没有表白，我发誓，偶像跟我说的每一句话都没有超过对粉丝的范畴。"看着俞可亲一脸不信任的表情，许多橙无奈地竖起三根手指，"好吧，如果我的话让你误会，都是我的错，一定是因为我心思不纯，所以表述方式出现了问题，真的跟偶像一点儿关系都没有。"

"这话我怎么听不懂？"俞可亲疑惑道，"你是说是尔喜欢偶像，而不是偶像不喜欢你？"

"他是偶像嘛，又高又帅又有才华，换谁谁不喜欢？要是你有机会跟他近距离接触，你是不是也会想入非非啊？"

"肯定啊！"

"对啊，然后呢，"许多橙接着道，"当我们喜欢一个人，过度关注他时间长了，有时候就会出现错觉，觉得对方也有同样的意思，但现实根本不是这样的。"

"唔，能说具体点儿不？"

"就是说，如果你在意一个人，自然会希望对方也在意你，然后你就会天天开脑洞，会不自觉地想象，他在意你说的话，在意尔的目光。虽然他什么都不肯说，但是他做的每一件事都像是在对暗号，每一句话都像是意有所指，所有的巧合都是心有灵犀，所有的错过都是天公不作美。想多了，你就会越想越觉得是真的，自个儿嗨得不得了，实际上对方压根儿不知道你是哪根葱。"

"SO，对待男神呢，感情上 YY 一下也就算了，理智上还是要好好做人的，免得悲剧。"

"嗯，有道理，"俞可亲倏地转过头，"而且你好像很有经验？"

"不是经验，是教训好吧？"

"哈哈哈，你又想到你暗恋过的那个医学院学长了？"

"知道你还说？"许多橙白了俞可亲一眼，站起身，"起来起来，不说这些废话了，看在我给你带了偶像亲笔签名的分上，赶紧去食堂请我吃点儿好的，我饿了。"

"行，姐今儿个高兴，"俞可亲把面前的书合上，揽住许多橙的手臂走出教室，豪气万千道，"请你喝奶茶，吃双份烤肠，怎么样？"

"偶像的亲笔签名就只值这么点儿？怎么说都要来份大师傅的小炒

吧？"

"那就再来份小炒，土豆烧牛肉。"俞可亲大方地应了，"不过有条件，你再好好回忆一下，楠宝看到顾佳宜发他俩以前的照片是什么表情。我现在好担心他想不开复合啊，毕竟那是他唯一正式公开过的女朋友，还是初恋，还谈了八年，八年啊！"

"我都说了，他当时什么表情都没有，只说了一句'包瑞会处理'，然后就继续吃饭了。"

"就没有其他细节，譬如小动作什么的？偶像不好意思的话，会用手背去压鼻头，有没有？"

许多橙边走路边回忆，半晌道："没有吧……"

俞可亲见她不确定的样子，急了："再想想，有没有？"

"许多橙！"身后传来一声清亮的男音，俞可亲想转身回一句"别吵"，看清人影，惊讶地张大嘴，来人正是刚才她们刚谈论到的，许多橙曾经的暗恋对象，隋远。

倒是许多橙，一点儿惊喜的表情都没有，哪里像是暗恋过人家的样子，僵硬地点点头，打了个招呼："隋远师兄。"

隋远比她们高两届，现在留校读研究生，成绩好，知名度高，人又长得文质彬彬，很有大师兄的范儿，所以嘴甜的学弟学妹们都喊他一声"师兄"。

俞可亲也跟着叫了一声。

隋远对着俞可亲笑笑，继续跟许多橙说话："最近还好吗？"

"噢，挺好啊！"

隋远低头望着许多橙，犹豫地吐出一个"你"字，又顿住了，转而对俞可亲道："我想跟她说几句话，可不可以麻烦你回避一下？"

"我，我吗？"俞可亲不可置信地指指自己，见他点了一下头，顿时觉得整个人都不好了，凭她和许多橙的交情，竟然还有话听不得了！

哎，等等，莫非？俞可亲眼神一亮，迸射出无限八卦的光芒，身体像螃蟹一样，横移出十多米远，蹲在一棵秃了的梧桐树下，表情要多猥琐有多猥琐。

不用想，都知道她在脑补什么，可事实却一点儿都不是这样好吧？许多橙苦笑。

隋远看出许多橙的勉强，但还是执意问道："你最近身体还好吗？"

"嗯。"

"那，有没有把检查结果告诉家里？"

"还没有。"

"为什么不告诉家里？你的情况还停留在初期，如果配合治疗的话……"

"隋远师兄，"许多橙打起精神，提声盖住他要说的话，"我知道你是好意，这件事我会处理好的，请你别放在心上。"

隋远还想说点儿什么，又不知从何说起，就这样站在许多橙面前，有种莫名的固执，好像许多橙不说出让他满意的话，他就堵着路不让走似的。

许多橙有点儿感动，只得没话找话："隋远师兄，那个，快过年了，我先给你拜个早年。"

隋远面色一松："你是想等过完年再跟家里说吗？那也行。"

既然他误会了，许多橙就没否认，看了俞可亲一眼，刚想找借口离开，却见隋远摊开记事本，掏出笔写下一行字，然后撕下来递给她："过年前后我一直都在上海，你要是有紧急情况，记得给我打电话。我多少了解一些，我来送医院的话，不会耽误你病情的。"

许多橙低下头，接过字条，轻声说了句"谢谢"。

隋远见她接受了，整个人都放松了下来，又鼓励了她好多话，才三步一回头地走了。

等到许多橙脱身去拉俞可亲起来的时候，俞可亲的两条腿都麻了，一边哭号着说没想到隋远这个帅哥竟然是话痨，简直斯文败类，一边趁许多橙不注意，抢到了她手中的字条。

"F大医学院研二隋远，手机号码……家庭电话……宿舍电话……"俞可亲念完字条，塞回给许多橙，整个人都颤抖了，"我去，我还是头一回见搭讪妹子，联系方式写这么全乎的！果然是斯文败类、衣冠禽兽、人头狮身！"

"不是你想的那样……"

"是是是，都不是我想的那样，是因为你喜欢人家，所以连我也跟着产生错觉了行了吧！"俞可亲没好气道，"哼，你刚才那顿心灵鸡汤，已经在我蹲的这半个小时里，彻底被我消化了，我现在什么都不相信了，我只相信自己的眼睛！"

"你当我是谁啊，人见人爱花见花开，"许多橙把字条塞到自己包里，顺带反插一刀，"你还记得你上回在演唱会闹的乌龙吧？我说我不认识人家，你非说人家对我有意思，结果怎么样，人家是冲着你来的。噢，对了，你最近跟那个大帅哥发展得怎么样？"

俞可亲果然被戳个正着，眼神躲闪道："啊，你说朱小胖啊？"

"人家哪里胖了？人家很帅的好吗！"

"可我认识他的时候，他就是个胖子啊，而且是很尿的那种，天天被人家欺负，要不是我罩着他，他哪里能出落成如今这般花容月貌……"

"……"

一二三，木头人

YIERSAN
MUTOUREN

第五章

落花有意，流水无情

如果他不是什么巨星，
而是个普通的男人……

1. 爱情的买卖

和俞可亲边吃饭边东拉西扯，又陪她上了会儿自习，许多橙再次倒腾回家，天已经不早了。

她打开门，就见老妈正蹲在地上，吃着拌面，点着自己带回来的包和面膜，见她回来，春风满面道："宝贝女儿不错啊，这次给老妈背了这么多好东西。"

许多橙不忘吐槽她："称过了吗？"

"当然，"许妈妈拍拍地上的秤，"一共二十四公斤，超重了，好！乖女儿比老妈想的还要孝顺！"

"嗯哼！"许多橙坐到沙发上，鼻孔朝天地接受了夸奖，其实她本来没带这么多东西，她自己的行李顶多十来公斤，剩下的都是小林塞过来的，粉丝送给江楠的礼物。

其中以零食和玩具居多，大约这些东西江楠一个大男人没兴趣，当时丢掉吧没礼貌，背回去处理吧。最辛苦的就是小林，所以小林在帮她办行李托运手续的时候，忽然灵光一闪，顺手往传送带多塞了她两个大包。

她也是下了飞机去拿行李，才看到自己的行李包上用胶带纸结结实实捆了两大袋东西，打电话去问怎么回事，小林只回了俩字：分赃。

看到那俩字的一瞬间，许多橙还是有点儿小人得志的，等吭哧吭哧背回家的时候，她悔得肠子都青了：让你连吃带拿，占人便宜，累成哮天犬了吧！

这种实话在自家老妈面前许多橙当然不会说的，但是许妈妈显然不是傻的，她拿着一对毛毛熊疑惑道："但是你买这些小孩子的东西回来干吗？"

"咳……"许多橙眼神往袋子里瞄了瞄，庆幸小林总算没把她坑到底，事先把包装什么的都拆了。"妈你这聪明，还猜不出来吗？都是礼物啊，给表弟堂妹他们，嗯，还有这些韩国特产，外公外婆啊还有奶奶也可以分一分嘛，是不是？"

"哟，出国一趟果然懂事了，还知道给亲戚带礼物。"许妈妈坐到沙发上开始点礼物，"不错，真给妈长脸。"

"嘿嘿，那当然，你女儿向来思虑周全！"

"思虑周全？玩到这个点儿才知道回来，"许妈妈情绪切换毫无障碍，"把你妈早上出门留的菜都吃了，害你妈我只能在这吃葱油拌面，思虑周全个屁！"

"呃……"许多橙心虚地揉揉鼻子，眼珠乱转，"那个，我爸呢？"

"有同事女儿结婚，出去吃酒席了。"

"又吃啊？我怎么感觉老爸最近天天有酒席啊？"

"腊月里好日子多，结婚办事的自然人多，年年都这样啊。"

许多橙恍然大悟："原来如此。"

许妈妈瞟了她一眼："你现在也知道关心这个了？"

"不是，我只是觉得快过年了，想去看看表姐，也不知道她最近身体怎么样了，你和老爸一起去呗？"

"一起去看你婷婷姐？"

"对啊，对啊，然后，舅舅这两年教我做了不少菜，我想去露一手嘛，顺便再学学那道蟹黄狮子头，我老把狮子头蒸散掉。"

"你去做饭，让舅舅舅妈享点儿清福，我没意见，不过要再过几天，你舅妈带着婷婷去哪座山里去了，听说是琅琊？"许妈妈咂巴着嘴，硬是想不起来，"峨嵋？蓬莱？哎呀，我记不清了，反正说是那里有个特别厉害的老尼姑，她有个老药方，祖传的宫廷秘药，能治你婷婷姐的病。"

许多橙故作欢快道："真的啊？"

"谁知道真的假的，我反正是觉得不靠谱儿，不过你婷婷姐情况越来越不好，听说现在手都不太能动了，你舅舅舅妈也是病急乱投医。唉，婷婷得了这个病，也是全家受罪。"

"是啊。"

许妈妈越想越难过，又长长叹了口气："我这个哥哥啊，过了年才五十整，头发已经全白了，长年累月地忙活，钱全送给了医院。这孩子一出事，做父母的活着真是一点儿指望都没有……"

"也不都是这样，"许多橙挤出笑容，卖萌道，"妈你还年轻啊。"

"你什么意思？"

"现在不是开放生二胎了吗？妈你有没有想过给我生个弟弟或者妹妹什么的啊，这样的话如果我有个万一，不就能规避风险啊嗷嗷……妈，别打了，妈，疼！"

许妈妈脱了拖鞋狠狠地抽了自家女儿几下肩膀，还不解恨，又捏着她耳朵吼："胡说什么？我养你这么大容易呀，有你这么咒自己的吗？赶紧都给我'呸'掉！"

说罢见许多橙僵着不动，她干脆放下手，自己双手合十，朝天拜拜，嘴里嘀嘀咕咕："观音菩萨，老天保佑，她小孩儿不懂事，童言无忌，刚才说的不算，您就当没听到，阿弥陀佛，阿弥陀佛！"

坐在她背后的许多橙忍了又忍，还是没忍住眼泪。许妈妈一转头，看自家宝贝女儿眼眶都红了，张口道："怎么，打疼了？给你个教训，小孩子家家的，以后不准乱说话知道吗？妈有你一个就够了。"

"嗯。"

"过来，妈给你揉揉。"

"嗯。"

回到魔都的第一天，许多橙就被自家老妈狠揍了一顿，与此同时，身在帝都的江楠也颇有一种被人群殴的惨烈——国内媒体今天铺天盖地都是他和顾佳宜的绯闻。

他们的过往一二三四；他们的合照四五六七；他们分手八九事，他们如今现状、未来展望，复合还是不复合，众网友慷慨激昂，激扬文字。

今日最佳：愿曾经的你已胖已丑已老，还是单身狗，阿门！

一片全民狂欢状。

江楠关掉网页，伏在桌上，对着包瑞怨气满满："所以，你昨晚说的'处理'在哪里？"

包瑞推了推眼镜，精英派头十足："我及时雇了水军，引导了舆论，否则今天你看到就不是这些段子，而是你对初恋翻脸无情的言论了。"

"翻脸无情？"这结论从何说起，江楠无语，"分手四年，早就是没什么关系的人了，这么多年我都没回应过，怎么忽然就成'翻脸无情'了？简直莫名其妙。"

"不一样，现在你身边有许多橙。"包瑞说完这句话，就闭紧嘴巴，等着江楠反驳。谁知江楠看了他一眼，就转过头去，一副静待下文的样子，倒把包瑞自个儿吊在半空，咳嗽了一声，才继续道，"上回在韩国，我否认你和许多橙绯闻的时候，不像以往那样斩钉截铁，而是留有余地，转移了话题，这样应付其他人没关系，但以顾佳宜对你的关注，恐怕没那么好糊弄，所以，我猜，她这次可能是想来真的。"

"什么真的？"

"这回她不是单纯的炒作，而是想跟你复合，在你开始下一段恋情之前。"

江楠转过头来，表情讶异。

包瑞耸耸肩："有这个可能性，目前我还处于猜测阶段，再观望两天，我大概就能确定了。"

"有什么好观望的，不管她什么打算，我都不可能跟她复合，赶紧把这件事结束掉，"江楠挥挥手上的碟，"我还有事要忙，你也去忙吧。"

被驱赶的包大人："你忙什么？你除了要去和许多橙去上海录一段箫，你新专辑里的歌不都录完了，你有什么好忙的？"

"乐海无涯。"

"……"

"咚咚！"

Candy 抱着衣服推开门："楠哥，你参加 MusicTop 颁奖典礼的礼服，和舞台装都送过来了，现在试穿吗？"

江楠点点头，站起身跟着 Candy 去试衣间，经过包瑞身边的时候还不忘催促："还不走？"

"好，很好，"包瑞比了个"OK"的手势，语气安详，"你忙你的音乐，我包你无后顾之忧。"

五分钟之后，热门微博第一条：

江楠 V

大家好，我是包瑞，这条微博由我代江楠转发："当初是你要分开，分开就分开，现在又要用真爱把我哄回来……"对不起，早就滚远了【蜡烛】

@ 顾家宜 V

我说我爱你，你说你爱过。

2. 来个约定吧

"笑哭！"

"唱出来了……"

"大家快来啊，包大人宣战了！"

"对不起，他早就滚远了（滚到了我怀里）by 江楠的现任们！"

段子手再次迎来了他们的春天，作为最近最火暴的小说，《霸道经纪人爱上我》已经连续三天十更了，俞可亲走火入魔到吃饭上厕所都不忘拿手机刷更新，今天第二十一遍跟许多橙讨论："橙子，你见过本人的啊，你老实告诉我，包大人和楠宝感情到底怎么样啊？"

"姐姐，你这话已经问了我一百遍了，我就见过那么几回，哪清楚人家的私生活。再说了，"许多橙不忘挤对自家闺蜜，"是谁前几天还非说偶像喜欢我来着，这一转脸，怎么又变了？"

"那是我一时糊涂，你怎么能跟包大人比？"

"虽然这是事实，但是咱能悠着点儿说吗？"

"你比得上包大人的小拇指？"

许多橙发了个"滚"的表情，感觉有人走了过来。

"许小姐是吗？"影楼女服务生笑容甜美的弯腰询问、

许多橙点点头，又给俞可亲发了一条"轮到我了，不聊了"，关了手机，从等候位上起身，跟着服务生进了影楼的服装间。

"那许小姐，麻烦您先选一下服装好吗？"服务生说着，低头又看了一眼单子，抬头继续介绍，"您预定的是2888元的活力个人写真，可以任选三套服装，其中两套室内拍，一套可以出外景。现在天气比较冷，我们建议您出外景的这套选择厚点儿的衣服。"

许多橙觉得她说得十分有道理，便按照她的建议，先挑厚衣服，不幸发现，影楼里所谓的厚衣服，基本就是单衣单裤加点儿假毛，拍出来估计又可爱又暖和，穿着嘛，算了，她还是不去挑战了。

"外景那套，我可以穿自己的衣服拍吗？"

服务生打量了一下她的衣服，点头："可以。"

"谢谢。"许多橙转而继续选另外两套，一套民国学生装，还有一套……她的手指了指橱窗里那套珍珠鱼尾婚纱，"最后一套我想选那件。"

"啊，那是套非常正式的婚纱，是新娘拍婚纱照穿的，小姐还是学生吧，穿欧式淑女裙或是俏皮点儿的礼服可能更适合。"

"嗯，我就想穿那套，"许多橙坚持道，"可以吗？"

服务生见她不是开玩笑，只得继续点头："当然，您有选择的权利。"

"谢谢，那你们这里可以把照片都洗成黑白的吗？"许多橙微笑着给出自己早就想好的措辞，"我比较喜欢复古的，有年代感的风格。"

"可以是可以，只是，婚纱照也都要洗成黑白的吗？"服务生眼神古怪而犹疑。

许多橙装作看不懂的样子："是的啦，快毕业了，我打算纪念一下我死去的爱情。"

原来是失恋了，服务生秒懂："那没问题，我们的化妆师可以帮您画眼泪妆噢，青春疼痛风格！"

这体贴的，许多橙愣了一下，硬着头皮道："那倒不用了，我已经彻底忘了那个人，现在过得还挺好的。"

"啊，是的，旧的不去新的不来，您还年轻，未来会有更好的！"

这让人不知该如何接口的尴尬话题，许多橙"呵呵"了两声，正想问自己应该先换哪套衣服，手机响了，掏出来一看发现是消失了几天，但却存在感极强的江楠小天王。偶像的电话她可不敢不接，跟服务生比了个"稍等"的手势，她接起电话小声道："喂，什么事啊？"

"嗯，我现在和包瑞飞上海，大概两个小时之后到。"

"哦哦，大魔都欢迎您！嘻嘻，偶像，这就出发了？来参加晚上MusicTop颁奖典礼，对不对？粉丝群里刚才还在刷行程噢！"

MusicTop是两岸最为权威的音乐盛典之一，江楠的星光始于它八年前颁发的最佳新人奖，盛于四年前他第一次捧得最佳男歌手和最佳专辑的奖杯，也因此奠定了其小天王的地位，所以几乎所有的江楠粉丝都对MusicTop充满好感。更为重要的是，江楠去年再度封位最佳男歌手，如果今年他能再拿一次。江湖传言说，江楠"小天王"的"小"字就该去掉了。

这几天，除了绯闻，群里讨论最多的就是这件事了，许多橙想不知道都难，只是她没想到，江楠会忽然问："你要来接我吗？"

"啊，那个……我今天刚好没空，我正要拍艺术照呢……"

"艺术照？拍杂志封面？"

偶像就是偶像，联想都这么高大上。许多橙汗颜："我一个凡人，谁会找我拍杂志封面啊！我是自己掏钱在影楼拍呢，这不是要毕业了嘛，纪念纪念。"

"你不早说，我可以让Candy和Teddy帮你拍。"Teddy是江楠的御用照相师，办过摄影展，拿过国际大奖的那种，许多橙差点儿给自家偶像的提议跪下了，幸好他没有执着于这个话题，转而道，"那你什么时候结束？明天要正式录歌，今天我们先商量一下吧，我让去小林接你。"

"我这还没开始化妆呢，要拍三套衣服。"许多橙估摸道，"三四个小时总该是要的吧，你晚上有活动，时间来得及吗？"

江楠没回答，而是道："好，我知道了，那你把地址发给我，我要登机了，先就这样。"

"好的好的，那旅途顺利哦！"

"嗯，待会儿见。"

"哎，真见啊？"没等许多橙问完，那边就挂了电话，许多橙只好吐吐舌头，把手机收了起来，抬头就见女服务生一副了然的表情，语气却很正经地道："许小姐，有人要来接您是吗？那我们赶紧化妆吧，省得耽误您的约会，啊不，是约定。"

这是她遇到的最会说话的服务生姐姐，诚恳得让人无法反驳："好的。"

女人化妆打扮的时间总是过得飞快，拍完照的许多橙望向窗外，才发现天快黑了，小林半个小时之前就发短信告诉她，说自己到了。许多橙匆匆换好衣服，卸完妆，冲出影楼，小林站在车外朝她招招手，并且替她打开了后座的车门。

许多橙抱着包窜进去，喘了两口气坐稳，才发现自己左边有人。

"偶像，您怎么会在这里？晚上颁奖典礼，不要准备的吗？"

她以为就算见面，也是和江楠在候客室之类的地方匆匆接头说两句话，没想到他竟然可以闲到来接自己。

江楠抬了抬手上的表："现在才不到五点，颁奖典礼八点钟开始，我倒数第二个进场，不耽误吃晚饭的。"

倒数第二个进场就是压轴吧？为什么这么高大上的排位，就被偶像您说得只是为了不耽误吃饭？

"那我们去哪儿吃饭？"

"嗯，"江楠顿了一下，抬头看向前面，"问小林。"

"噢，是这样的，今天楠哥太忙了，"小林转过头笑笑，"所以吃饭的位子是我订的，就在活动场地附近，这边过去也不远。"

许多橙听完点点头，觉得这样的安排倒也合理，不用担心堵车什么的，还能边吃边等，于是转而说起自己的任务："那录歌的事，有什么需要注意的吗？先说明噢，我什么都不懂，也没去过录音棚……"

"包瑞跟我说过了，你不用紧张，其实一首歌的诞生流程很简单的。"

"讲讲？"

"嗯，首先确定歌曲风格、路线，然后作曲出 Demo，接着写歌词、编曲，这些都做好了就可以约好棚带着歌词去录音，录完人声，录乐器，"江楠特地圈出教学重点，"明天我带你去录箫音，就是属于录乐器这部分，等你录完了，之后还需要缩混，就是将所有分轨混音，最后母带处理，歌就可以选日子发表了。"

听得云里雾里的许多橙："这还叫简单啊？"

江楠反问："不简单吗？"

"简单吗？"

"噗！"前排的小林忍不住笑了，插话道，"这些事，楠哥都可以一个人搞定，他可以作词作曲，还可以兼职音乐制作人和混音师，不是有句话叫作'难者不会，会者不难'嘛？楠哥既然什么都会，当然觉得简单。"

"也是噢。"以前就知道她家偶像牛，可是没想到竟然这么牛，许多橙侧过身，伸出手，傻傻地对着她家偶像鼓了两下掌，"厉害！"

江楠的目光却在她脸上驻留了几秒钟，伸出手拂开她的刘海儿："你的脸……"

"我的脸？"

"妆没卸干净。"

3. 工资与礼物

仪容不整这种事发生在偶像面前，真的超级丢脸，许多橙一个猛回头，胡乱翻出包里的纸巾，使劲擦擦擦。江楠看她折腾得毫无章法，提醒道："你这样擦是擦不掉的，要用卸妆水。"

"我平常不化妆，没有这个。"许多橙尴尬地解释，"刚才我看化妆师那边人多，怕等太久，就自己去洗手间拿肥皂洗的……"

"小林，"江楠对着前排喊了一声，小林默契地从前座拿起化妆包递到后面。江楠打开包，掏出卸妆水和化妆棉，"坐过来点儿，我帮你卸。"

"不用不用，偶像我自己来就好了……"

"你会？"

呃，她还真不会。许多橙僵着不知该如何是好，江楠见她不动，自己往她身边挪了挪，抬手调亮后座的灯光，把卸妆水倒在化妆棉上，催促她："闭上眼睛，要先卸眼妆。"

"噢。"许多橙乖乖闭上眼睛，感觉到化妆棉软软地贴上她的脸，隐约传来江楠手指的温度。他停顿了几秒，才顺着她的眼睛轮廓向外擦拭，缓慢而柔和，一遍又一遍，许多橙不自觉地放轻呼吸，直到江楠轻声说了句"可以睁眼了"，她才敢慢慢睁开眼，昏黄的灯光照在他身上，仿佛有一层光晕。

江楠低头换了干净的化妆棉，又抬手开始擦她的脸颊。

许多橙看着他温柔细致的样子，忍不住八卦道："哎，偶像，我听我们班的女生说，她们的男朋友根本搞不清她们什么时候化妆，什么时候不化妆，更别说各种化妆品的用途了，还会嫌她们买这些乱花钱。"

"你想表达什么？"

"嗯，我就是觉得偶像你这样的男朋友应该挺少的啊！你看，又高又帅又有才华，还这么的会体贴照顾人，怪不得顾，"她前半段说得江楠脸上带起笑意，结果一个"顾"字吐出来，他气场陡然一变，吓得许多橙赶紧把剩下的两个字吞下去，含糊道，"对你念念不忘这么多年唔……"

"闭嘴，别说话！"他手中的化妆棉滑到许多橙嘴唇上，封住了她的嘴。对此，江楠小天王的解释是这样的，"该擦唇膏了。"

这是生气了吧？这绝对是生气了吧？被堵住嘴的许多橙，在心底流下了悔恨的泪水：要八卦背后八就好了嘛，干吗要当人家面说，自己竟然比俞可亲那个家伙还不如……

"你又在想什么？"江楠抽回手，冷不丁问。

瞬间神游归来的许多橙："报告偶像，我们全体粉丝都相信您和包大人绝对不是真的！"

回答完，又在脑海里过了一遍，确认无误，她不禁为自己的反应速度默默点个赞。

总觉得这话他该反着听，江楠深深瞥了她一眼，决定放弃追究，从包里掏出乳液和霜，板着脸给她涂了，然后把东西都收进化妆包里，丢回前座，退回到他的那一侧，头一扭，看着窗外。

这样的肢体语言代表着偶像现在应该很不高兴，只是怎么哄，这是个问题。许多橙咬着唇，很努力地翻了自己一遍包，找出一根棒棒糖，还是从韩国带过来的赠品。

"那个，偶像，吃糖吗？"

江楠转过来看了一眼，又面无表情地转过头去，许多橙干笑了两声："对噢，偶像你不喜欢吃棒棒糖这些小零食，那下次我买别的，嗯，说起来，我真的要还偶像一份大礼呢，之前拿了你那么多礼物，真不好意思。"

"咳咳咳……"前排的小林猛然咳嗽起来。

"礼物？"江楠语气不明，"小林打发给你的？"

没等许多橙说话，小林赶紧坦白交代："对不起，楠哥，回国的时候东西太多了，我一时偷懒，就丢了两个包给许小姐……"

看来这事儿偶像原本不知道，被她给说漏了，她今天怎么老说错话。许多橙刚想说点儿什么补救一下，江楠倒先放过了这事，调侃道："零食好吃吗？玩具好玩吗？"

说得她跟小孩子似的，许多橙瞅了他一眼："幸好小林之前把包装都拆掉了，我妈妈问我怎么回事，我不敢说实话，就哄她说都是我买来送亲戚朋友的礼物，她夸了我一通，然后第二天起来，我就再也没见过它们了。"

小林赶紧再次尴尬地解释："那个，那些包装不是我拆的，都是楠哥亲自拆的。"

"啊，我以为是偶像你不要，所以才丢给我的，没想到你要的啊！"这事闹得，许多橙囧了，"那怎么办啊，要不我现在问问我妈，看她都送给了谁，我……"

"没事，不用给你妈妈打电话，"江楠伸出手，压住她的手机，"那些礼物我自己拆是礼貌，有时候也看看里面的信，只是那些玩具零食，我确实没什么兴趣，所以都会让小林捐给孤儿院或是些留守儿童，你拿去也没关系。"

"那就更不能了，跟这些小朋友抢零食礼物，我成什么了！"这回许多橙是真要哭了。

"过意不去的话，记得你刚才说的话，结算了工资，记得送我份大礼。"

"嗯嗯，一定送，等等，"许多橙反应过来，"工资，什么工资？"

江楠数给她听："你当临时助理的工资，当女主角替身的工资，还有录歌的工资。"

"这还都有工资啊？"

"不然呢，让你白打工？你家偶像是那么小气的人吗？"

"不是，只是对于粉丝来说，能见到偶像本尊就是福利啦，工资什么的，真的嘿嘿嘿……"许多橙话说得十分漂亮，除了最后一句，"那工资多少啊？"

"不少，不过它现在是我的礼物预算金，所以，这已经不是你该关心的问题了。"

原来偶像也会压榨人，人家作为学生，可是难得拿工资的好不好，好奇一下都不行。

"噢。"

小林停了车："楠哥，到了。"

许多橙把脸贴到窗上："这里是哪里，怎么连个招牌都没有？"

"酒店的后门。"江楠说着戴起墨镜，再次开始自己的伪装大业。

当个偶像也不容易，堂堂正正走个正门吃个饭的权利都没有，唉！

许多橙忍不住心生同情，但是当她跟着江楠坐电梯直达酒店 VIP 的包间后，这点同情全都送给了自己。

空间大、装修豪华什么的都不说了，就说这地毯，漂亮得就跟一张画似的，踩在脚底下软软的，感觉比她睡觉盖的毯子还要好。

再搭配上落地窗外一览无余的黄埔江夜景，真是……太奢侈了！

只是，比起许多橙"新世界大门打开了"的惊喜，江楠的心情就不那么美妙了，他望着房间内的一众不速之客，声音低沉："你们怎么会在这里？"

包大人悠闲地翻着菜单，头都不抬："我来吃顿工作餐。"

"那我也是！"他一旁的程明枫跟着举手，"我今晚可是顶着巨大的绯闻压力陪你走红毯的，吃顿饭不过分吧？"

"家里没人，我哥带我来蹭饭的，"程萌萌从试卷堆里抬起头，可怜巴巴，"不要赶我走，我还是未成年。"

韩希贤的女友慧妍美女理由最为简单："我，孕妇。"

不请自来，还各个理由充足，江楠小天王表示："很好，都很好。"

4. 美丑论英雄

倒是许多橙，成功被慧妍别扭的中文转移了注意力："慧妍姐姐怀孕了？"

这可是大新闻，慧妍作为韩国一线女团成员，和当红偶像韩希贤之间的恋情，不知道让多少少男少女心碎，但是谈恋爱嘛，总归是个不确定状态，所以默默仰望星空，祈求这两位赶紧分手的粉丝还是有很多的。

如果他们知道慧妍怀孕的话，怕是要彻底绝望了。

果然，程萌萌从试卷堆抬出头，兴奋地补充道："对啊，对啊，橙橙姐不知道吗？慧妍姐姐怀孕两个月啦，因为月份浅，所以还没正式对外宣布，不过希贤哥哥已经先飞回韩国筹备婚礼啦！"

这么大的喜事必须要祝贺，许多橙不会韩语，只好努力通过肢体语言了，她对着慧妍拱手作了个揖："恭喜慧妍姐姐，双喜临门噢！"

程萌萌转头翻译，乐得慧妍捂着嘴直笑。

看她们几个其乐融融的样子，江楠有火也没处发，走到桌前招呼许多橙坐下，询问了一下服务生，说是菜单都已经加点了，菜品可以随时上。

"那上菜吧。"

程明枫听江楠这么说，知道这关是过了，笑嘻嘻地坐到他右手边，拿手肘捅捅江楠，挤眉弄眼。江楠看他那样，就知道他在想什么，把头转到另一边，假装没看见，却一眼瞥到左手边许多橙手里的本子。

摊开的那一页用彩虹笔写着"Happy List"，下面则真的列了一溜儿排要做的事，"看演唱会""出国旅行""看一场烟火"……一眼看去，都是小女生们喜欢向往的小浪漫，此时她正在"拍婚纱照"旁边备注"get"，江楠心里有些好笑，刚才还骗说自己拍照是为了毕业纪念，原来是迫不及待想长大穿婚纱了，果然还是小孩子，不过——"人生挺有规划的啊！"

许多橙抬头见江楠正看向自己手里的本子，"啪"的一声合上，涨红了脸："偶像，非礼勿视啊！"

围观众发出"嘻嘻"的笑声，其中程林萌萌笑得最大声。

江楠从容不迫地喝了口水，抬头，语气亲切："萌萌，最近复习得怎么样，嗯，打算考哪所大学？"

身为高三生，最痛恨别人问这种敏感问题，可是身为还没蹭到饭的蹭饭党，程萌萌只能眼含热泪，忍辱负重："回江楠哥哥的话，我最近复习得还挺好的，就是感觉物理有点儿难，我想考F大，不过没什么把握。"

"哦，你想考F大？"江楠嘴角露出笑意，"那你应该跟你橙橙姐取取经了，你橙橙姐就是F大的。"

"真的啊？"程萌萌两眼放光，转而看向许多橙。许多橙尴尬地点点头，程萌萌见她承认，赶紧擦擦手，隔着桌子拜拜，"拜大神！"

许多橙侧身躲避："别这样，我哪是什么大神，我只是考运比较好。"

"真的吗？那更要拜了，对了，橙橙姐你高考多少分？"

"呃，五百五，"看到程萌萌快要晕倒的模样，许多橙赶紧补充，"我平常真的从来没考过这么多，当初填 F 大也不是很有把握，也不知道怎么高考就……"

"骗谁呢！你这分数比重点线高了一百分好吧？！"程萌萌捂着胸口，真的流下泪来，"最讨厌你们这些学霸了，明明成绩那么好，偏偏还要装作不经意的样子出来虐人！"

许多橙还想再安慰，一旁的包瑞举起果汁，对着她遥遥举起："为同为学霸干杯，Cheers！"

"哎，包瑞你什么意思，你 Q 大了不起啊？"程明枫在一旁拍桌子，"瞧不起我们这些上艺术学院的是不是？"

"他瞧不起也不是一天两天了，"江楠举起果汁，随意地和包瑞撞了一下，"吃菜吧。"

"哎，不是，你以前不是也很看不惯这事儿吗？今天怎么回事，感情你家有学霸提高智商了，你不急了是吧？"

"才不是！"许多橙忍不住替自己偶像反驳，"偶像本来成绩就不差，智商也很高，他是因为喜欢音乐才考的艺术学院！"

"……"太过分了，太过分了，这年头，单身狗是不是不能蹭饭，只能在家啃狗粮了？！

江楠举着杯子，靠到座椅上，伸出手拍拍自家好兄弟的后背："听说你最近接了部仙侠剧，自己工作室也投了点儿钱？要我给你写主题曲吗？"

江天王亲自写歌这种好事，可是可遇而不可求，程明枫抹抹脸，立即收起名为气节的东西："要！"

"大概是个什么故事？"

"我演的男主是个神仙，然后跟一个凡人女子谈恋爱，谈啊谈，虐啊虐的故事。"

"风格呢？"

"神仙嘛，还不都是那样！"

江楠听着他这不走心的总结，皱了皱眉。许多橙见自家偶像为难，从食物中抬起头，再次仗义执言："这可说不定，天蓬元帅也是仙呢！他在高老庄和一个凡人女子结了婚，结局也很虐，你是要演这种吗？"

此话一出，一桌人拍桌狂笑。

"你……你什么意思，我可是公认的当红小鲜肉！"程明枫夹起桌上的一块红烧肉，抖啊抖，"我这么帅的人，怎么会去演猪八戒，怎么可能？！"

"先生，此言差矣，《西游记》里猪八戒可是说过，"许多橙掐了个兰花指，笑眯眯说起戏词，"'粗柳簸箕细柳斗，世上谁嫌男人丑'来着。"

"……"程明枫丢下红烧肉，伸手指着许多橙，半晌没憋出一句话，转而垂头丧气地向包瑞求助，"包大人，那话真是猪八戒说的吗？啥意思？"

一桌人再次喷笑。

被点名的包大人："这话是猪八戒在女儿国说的，意思是，大丈夫各有各的用处，不能以美丑而论。"

"没想到猪八戒也能说出这么有哲理的话来。"程明枫小声嘀咕了一句，想不到如何反败为胜。正好这时服务员进来，端着好大一盘大闸蟹，他立刻殷勤地接过盘子，装模作样地招呼大家，"来来来，最新鲜的阳澄湖大闸蟹，人人有份，赶紧趁热吃啊。我跟你们说，现在正是吃公蟹的好时候，蟹膏多，我最喜欢吃公蟹了，包瑞你来一只。哎，慧妍你可惜了，你是孕妇不能吃，江楠……"

江楠绕过他的手，拿起一只母蟹："我要这只。"

"堂堂大丈夫，吃什么母蟹，要吃就应该吃公蟹嘛！"程明枫似乎看到了反击的希望。

江楠看向正埋头喝汤的许多橙，指示："再说一句，噎死他最好。"

"噢，好。"许多橙放下勺子，望着程明枫眨眨眼。程明枫下意识地退后半步，但还是迎来了暴击，"所谓蟹膏，指的是雄蟹精囊的精液与器官的集合，偶像才不屑吃。"

其实自己也不知道，但仍然持续狂笑的围观众："啊哈哈哈……"

"哐当！"程明枫一个手软，一盘螃蟹全都砸在了桌上，气得嗷嗷叫："江楠，有本事别让女人护着，咱俩单挑！"

"您确定？"许多橙掰下一根蟹腿，面不改色，"听说，我家偶像给您当过武替？"

"哇哈哈哈……"笑得愈加猖狂的围观众。

"我，我还是噎死算了！"

5. 颁奖与典礼

天下没有不散的筵席。

再怎么热闹，也有曲终人散的时候。

江楠和林明枫吃得差不多，便放下碗筷赶往颁奖晚会现场，包瑞和小林自然得跟着走。程萌萌还要补习，慧妍又是孕妇，所以许多橙自告奋勇地承担起监护的职责，吃完饭，先喊了的士把慧妍送回酒店，又把程萌萌打包送去补习班。等把所有人都送走，她才慢悠悠地上了地铁，刷着手机，晃回家。

耳机里放着江楠的新曲 Listen baby，地铁站里有他醒目的 LED 屏幕广告，粉丝群里刷着他英气逼人走红毯的截图，而她刚刚还在跟这个男人一起吃晚饭。豪华的餐厅里，他坐在自己旁边，默默地替自己剥了一小碟螃蟹腿——那本是她怕麻烦，丢掉懒得吃的。

如果他不是什么巨星，而是个普通的男人……

许多橙猛地摇摇头，把这个可怕的念头甩出脑海，地铁的玻璃窗上映出她自嘲的笑容：就算他只是个普通的男人，你也没资格啊……

还是别自作多情，省得害人害己吧！

收拾好心情，感觉到手机一直在振动，许多橙低头划开手机屏幕，发现微信群全员沸腾，一派愤怒景象，往上拖了好几页聊天记录，她才看懂是怎么回事：原来是顾佳宜神奇地出现在 MuiscTop 的颁奖典礼现场，座位离江楠还很近，就在他的斜后方。

"她一个演员，为什么会来参加音乐盛典，主办方脑子秀逗了吗？"

"人家神通广大呗，充当的是她同门师兄展之麟的女伴。"

"醉翁之意不在酒吧，她都快把楠宝后背瞪出窟窿来了！"

"好讨厌，真是阴魂不散！"

"……"

看到群里大家对顾佳宜的冷嘲热讽，许多橙心虚得一句话都不敢说，顾佳宜只是坐在江楠身后，就被骂得这么惨，要是被别人知道江楠刚才给她剥螃蟹，那画面简直不敢想。

偏偏群里有人忽然想到了她，几个上次追韩国行程的妹子，此时完全忘记了她们答应过许多橙不爆她马甲的话，在群里疯狂地艾特她："果粒橙大大出来！助理大大出来啊！您在现场吗？"

许多橙想假装不在，奈何她们又开始疯狂地私聊她，群里更是开始普及她在韩国的种种事迹，包括"绯闻"事件。于是越来越多的人加入艾特她的行列。许多橙握着发烫的手机，实在挺不住，又担心装死会惹火烧身，只好在群里发了一个省略号，表示自己活着，立即有一大堆问题一股脑儿地砸了过来。

"果粒橙大大，您现在在现场吗？"

"顾佳宜以前只是隔空喊话，为什么现在这么豁得出去？"

"今天这是她和楠宝分手后第一次同框啊！她该不是真的铆足劲儿想复合吧？"

"莫非楠宝给了顾佳宜什么暗示？嘤嘤嘤，不要啊！"

"……"

许多橙原本想回复说自己不在现场，不清楚情况，但是对话框里打出来一看，又觉得回答太官方，还有几分遮掩的意味，说了还不如不说，又赶紧把回答删掉了。

不敢乱说话，群里又催得急，于是鬼使神差地，她竟把群里这一大段截屏下来，直接贴给了江楠，然后问："我该怎么说呀？"

等发出去，许多橙又觉得自己太莽撞了。这个时候偶像一定很忙，自己跟着添什么乱，真是！这么想着，她又急急忙忙想撤回消息，江楠却很迅速地回了过来，写着：不必理会，不要生气。

"不必理会"应该是说顾佳宜的种种行为不用搭理，"不要生气"大概是让要她安抚粉丝别生气吧？充分解读的许多橙欢快地回了一句"我知道啦"，便跑到官方粉丝群大喇喇地发布消息："我问过啦，偶像说不必理会，还让我跟大家说不要生气！"

"扑通！一颗心落回到肚子里！"

"快感动哭了，楠宝真是太暖心了，我们再也不生气了！"

"就是就是，有偶像这句话，We don't care ！"

"还要感谢果粒橙大大！您真的太靠谱了！"

许多橙把众人排队欢呼的截图发给自家偶像，表示一切搞定，就开开心心地下了地铁，回家去了。

然而，身在颁奖典礼现场的江楠看到截图回馈，就没那么开心了，他叹了口气，默默地把手机收了起来：难道，这就是传说中的不开窍？

"这要上台拿奖了，你叹什么气啊？"程明枫一脸的得体笑容，嘴里说的却根本不是一回事，"莫非因为身后那位，你家小粉丝跟你闹别扭了？"

要是知道闹别扭就好了。江楠回了他一个哀怨的眼神，程明枫误以为江楠默认吃瘪，忍不住猥琐地嘿嘿嘿笑了。

很不幸，这一幕被投射到了大屏幕上。

摄影师原本框的是他身旁的江楠，但是有机会调侃当红小鲜肉，主持人自然也不会放过，这可都是收视率啊："明枫，你为什么笑得这么奇怪？是对好友入围 MusicTop 最佳男歌手有不一样的看法吗？"

台下的话筒立即递了过来，程明枫不愧是演员出身，反应迅速："没什么不一样的看法，我们说好了，不管结果如何，今晚我都陪他喝酒。"

"啊哦，兄弟情深噢！"主持人夸完，继续追问，"那你刚才的笑是什么意思？"

"啊，那个，"程明枫一脸无辜，"我刚才就是跟江楠打了个赌。"

"噢，什么赌？"

面对主持人的问话，程明枫觑了江楠一眼："能说吗？"江楠配合地摇摇头，程明枫一脸为难地回答主持人，"抱歉，他不让我说，我得听他的。"

全场哄笑，主持人还想兴致勃勃地挖掘八卦，台上颁奖的嘉宾不干了："能不能先让我念一下获奖人，你们再八卦？也许有惊喜噢！"

主持人闻言，夸张地捂住嘴："天哪，惊喜？是什么意思？"

台下的观众听了，开始高呼江楠的名字，颁奖的嘉宾作为老牌天后，带动气氛也是一把好手，故意装耳背道："什么，风太大，我听不见！"

这是一种默认和鼓励，听懂暗示的观众们更加大声响应："江楠！江楠！江楠！"

"没错，"颁奖的天后笑眯眯道，"2016 年度 MusicTop 音乐盛典最佳男歌手获奖者就是，我们的音乐才子江楠！"

欢呼声中，主持人跟着道："真是众望所归啊，有请江楠上台领奖！"

按照流程，此时江楠应该站起身鞠躬感谢，接受周围的好友祝福，然后踌躇满志地离开座位，前往领奖台。一切都很正常，直到他途经顾佳宜身边，顾佳宜忽然斜斜地伸出右手，拦住他的去路。

她的手是标准的握手姿势，然而江楠的回应却只是绅士地欠了欠身，便稍稍侧开身，穿行而过。

原本热闹的会场仿佛有那么一瞬间时间停滞，大家都被这忽如其来的一幕砸晕了：顾佳宜虽然人气比不上包瑞，但好歹也是业已成名的小花旦一朵，这追男人的气势，真是豁出去啊！

只可惜，落花有意，这流水也是真无情……

一二三，木头人

YIERSAN
MUTOUREN

第六章
主动出击

大明星到了菜场，果然记得挑了他的鸡翅，而且
是直接指着鸡笼子，问人家卖活鸡的："这些鸡
的鸡翅膀能都剁下来单卖吗？"

1. 这次我主动

在娱乐圈里，与包大人铁齿铜牙同样有名的，就是江楠的不爱接受采访。在面对媒体追问的时候，小天王江楠最爱说的话就是"问我经纪人"。曾经有位主持人大咖在节目里吐槽说，这一定是因为老天爷做人设的时候，就写的是"但凡江楠要说的话，都让给他家经纪人说"。

早年还有人因此诟病江楠耍大牌之类，现如今江楠越加红了，地位稳固，大家纷纷表示人家这叫低调，比起那些没作品还爱炒作的，简直好得不能再好了。

所以即使他此时身上话题无数，主持人也没想在采访这事儿上为难江楠，免得爆料不成，反而得罪小天王，自顾自地猛夸了他一阵，就把话筒递给江楠，邀请他说获奖感言。

江楠虽然不爱说话，但也没高冷到连获奖感言都不肯说的地步，所以他配合地接过话筒，微笑道："MuiscTop 再次把这座奖杯颁发给我，我感到很荣幸，这是对我的鼓励和肯定，感谢组委会，感谢所有台前幕后的工作人员，感谢在座的各位，还有场外的你，和你们。谢谢！"

这段获奖感言言简意赅，符合江楠的一贯作风，听起来也没什么出格的内容，但就是这段一点儿都不煽情的话，迅速攀上了各大视频网站的榜首，被称为"自证清白最成功系列"：前女友台下互动，他却特地指明感谢"场外的你"，这不是自证清白是什么？

"MuiscTop 音乐才子再获最佳男歌手，当场自曝新恋情！"明天的头条就是他了，妥妥的！

然而，面对如此强大而有力的新恋情证据，包大经纪人在颁奖典礼后接受采访时，却是这样回答的："我可以很肯定地告诉大家，江楠现在没有女朋友，但是他今天，嗯，既然这么说，那就是打算找了。"

台下媒体先是有点儿茫然，他们还从来没遇到这样回应恋情的，不过大家也不是第一天跟包大人打交道，仔细一估摸，联系一下今天的特殊状况，立刻明白了他老人家其实想说的是："江楠现在还没女朋友，但是他今天既然（当着不依不饶的前女友）这么说，那就是打算找（新女友）了。"

太狠了！太狠了！

比起一味地否认和撇清，这句话杀伤力简直 MAX，分手四年，不依不饶，逼得前男友放话找新女朋友，真应了那句笑话——"我惹不起你还躲不起你吗？"

于是，江楠的新恋情再一次被模糊了焦点，现在大家更想知道的是，为何顾佳宜时隔四年这么高调地想复合，而江楠又为何这么态度坚决地拒绝呢？莫非其中有什么隐情？

然而，有些事哄得了外人，哄不了自家人。从颁奖典礼现场好容易脱身的江楠，被好兄弟程明枫和包瑞一左一右包抄在自家的沙发上，接受审讯："说吧，你到底什么想法？"

江楠没搭理他们两个，默默地低头刷手机。

他不合作的态度，让包瑞脸色也不好看起来："今天上台说的话，为什么不跟我商量？还嫌你的绯闻不够乱吗？"

江楠抬头看了他一眼，还是一言不发，气得包瑞顺手摔了一个手边的烟灰缸。

"好了，好了，包瑞，你消消气。"程明枫赶紧出来做和事佬，"我来劝我来劝，你歇歇，歇歇啊！"

包瑞撇开头，程明枫掂酌着字句，孤军奋战，努力挖掘自家好友丰富的内心："江楠，我知道你的个性，不想说的话不说，没把握的事不做，如果一件事预料不到结局，你可能会认为根本没必要开始，鉴于顾佳宜曾经带给你的惨痛教训，所以谈恋爱呢，应该也被你归到这一类了。"

果然，江楠的视线从手机上移开，看向他。程明枫一看有戏，立马继续道："但问题是，你已经喜欢上许多橙了。这点你否认不了吧？也就是说，现在不是你要不要开始，而是你已经开始了。"

"这是我的事。"

"当然，喜欢谁当然是你的事，"程明枫见他终于开口，立马顺着他的话道，"别说我们，就连许多橙你都可以不说，但前提是你不采取行动，一旦你采取行动，譬如说今晚，对吧？这样一个不好会很被动，包瑞也是担心你。"

"顾佳宜突然冒出来，我不想被误会，就顺口说了一句，不是有心的。"江楠松口解释。

"哎，包瑞，"程明枫劝完一个，赶紧去顺另一个的毛，"你听到江楠的话没有？别气了，他不是故意的，就是顺口撇清而已，没别的意思。"

包瑞喝着水，转头冲江楠道："你顺口说了这句，许多橙回你了吗？"

"没。"

"呵呵呵，"包瑞冷笑，"没别的意思，嗯？"

"不是，我怎么有点儿糊涂了，"轮到程明枫蒙圈了，"现在到底什么状况？"

"呵呵呵，什么状况？"包瑞瞥了一眼江楠，实力嘲讽，"大明星是想暗示他家小粉丝追他，跟他表白，然后扑倒他。"

"噗，不是吧？我今天才知道，江楠你竟然喜欢被动式，够婉约啊！"

"谁让他只被人追过，没追过别人呢……"

"也是，哈哈哈！"

面对两个好友的一唱一和，江楠丢开手机，重新温了壶茶，给他两人斟上，然后才不紧不慢地反驳："你们搞错了，这次，我打算主动的。"

"哟，真的啊，你打算怎么做，说来给兄弟们听听？"程明枫的表情活像个倒爷。

江楠没理他，见包瑞把面前的茶喝完，又给他倒了一杯。

包瑞端起茶，摇了摇杯子："依我多年以来的经验，这杯茶不太好喝。"

果然，江楠道："最近除了必要的行程，其他能推都帮我推了，我想在上海多留一段时间。"

"OK，没问题，不过我先跟你说清楚，"包瑞指指自家不省心的兄弟，"我这么做不是为你，我是为了好跟你爸妈交代，省得将来他们问我要儿媳妇，我变不出来怪我。"

江楠拍拍他的肩膀："辛苦了。"

"那你之前跟我说，让我招许多橙进工作室的事，还要办吗？"

江楠想了想："暂停吧。"

包瑞点头："好。"

"为什么要停？"程明枫就不明白了，"许多橙挺优秀的啊，招进来，工作恋爱两不误，近水楼台先得月，多好。"

"我不想把两件事混为一谈，如果在一起，她未必愿意待在我工作室，如果不能在一起，难道我要用工作为难她吗？"

"先创造机会谈着呗，工作嘛，到时候再换也没关系吧？瞧你这慎重的，至于嘛！"

"我问过律师，"江楠道，"她现在大四毕业找工作，先要签学校给的三方协议，毁约的话，学校那边很麻烦。"

"停！"程明枫举手做投降状，"我现在相信你是打算来真的了，好，够爷们，去吧！"

"谢谢，祝福我吧。"

2. 偶像是土豪

然而，一觉醒来的许多橙，却丝毫没有感受到爱神丘比特的降临，她只感受到被子的温暖和人生的艰难。

冬日假期，早晨六点，太阳将升未升，她刚刚荣获大奖得封天王的偶像就蹲到她家楼下，打电话催她起床干活儿……真是做梦都梦不出来的情节……啊！

许多橙一边穿衣服刷牙，一边打着呵欠吐槽，洗漱完，游魂一般走到楼下，因为睡眠不足整个人显得蔫蔫的，还有黑眼圈。江楠见她这样，也有点儿不好意思，认真解释："我本想着上海这么大，我要接你，应该早点儿起床出发，结果出门前拿地图搜了一下，没想到这么近。"

许多橙点点头，努力让脑子转了转："你怎么会有我家地址？"

"你让小林订机票，给了身份证截图，上面有。"

"对噢。"自以为搞明白状况，许多橙挪着步子往外走了十多米，又想起来问，"你的车停哪儿了？"

"我没开车，走过来的，"江楠又再次强调了一遍，"真的很近。"

上海大，居不易，车程半小时内就可以用近来形容了，此时听江楠说他是靠腿走过来的，许多橙才真切地感受到他说得很近到底是个啥意思："这是有多近？"

"嗯，就是出了你们家小区，然后穿过马路，前面那个弄堂，就到了，"江楠低头看了一下手表，估算道，"散步过去，一刻钟吧。"

附近是住宅区没什么酒店，以此推断，偶像说的地方应该就是他在上海的住处咯？

长这么大，跟她住这么近的同学都少得可怜，莫名地，许多橙对自家高高在上的偶像多了一丝亲近感。这俗话说得好，远亲不如近邻嘛！

江楠自然不知道她神游到哪里去了，见她还是呆呆的，伸手拍拍她的脑袋："走吧，带你去吃早饭，我住的弄堂里，有家馄饨很好吃。"

"噢。"许多橙点点头，迷迷糊糊地跟着去了，快走到弄堂口，才想起来：不对啊，这可是她自家家门口，打小混大的地方，不应该她尽地主之谊才对吗，怎么反了？

那什么弄堂里的馄饨摊，说得肯定是李奶奶家的嘛，她家馄饨是好吃，不过她家那猫可够奸猾的，经常在座位下挠人裤腿，让人丢吃的给它，是只吃馅儿不吃皮的家伙，闺名还好意思叫胭脂……

江楠见她整个人忽然精神起来，道："你在想什么？"

"我有点儿饿了，好久没吃馄饨了，我们赶紧去吃吧。"许多橙笑眯眯地回道。像偶像这样的存在，吃顿路边摊，抱持的应该是一颗寻找美食的心，如果告诉他，自己从小吃到大，总感觉很坏兴致，还是假装自己从未来过好了。

果然，江楠听她这么说，边走边介绍道："这家的馄饨你不会失望的，我也是偶尔吃了才发现，比那些大酒店里做的好吃。"

"嗯，吃特色小吃肯定是路边的才正宗嘛。"

"是啊，感觉煮馄饨的这位婆婆有秘方，她的馄饨皮特别薄，汤也鲜，很与众不同。"

馄饨皮薄有韧劲是李爷爷在家手杆的面皮，汤与众不同是因为李奶奶小本经营，不舍得跟大酒店里那样，用鸡啊虾的来吊汤，撒的是猪肉熬出来的油渣，不过油渣都是李奶奶自家熬的，又软又香，倒真是别地儿吃不到……许多橙下意识地咽了口口水，这回她是真饿了。

只是，希望眼神越加不好的李奶奶，待会儿千万别认出她来了。许多橙努力挑了个昏暗的角落，正对着墙坐下。

江楠点完餐，摘下口罩道："你不用这么小心，弄堂里年轻人很少，都是老人家，在这里我还没被人认出来过。"

许多橙挤出个笑容，表示自己知道了，继续趴在桌上，等候李奶奶的降临。

李奶奶来了……李奶奶又走了……全程没有认出她，哦耶！

开开心心地吃完馄饨，许多橙以江楠为人形挡板，贴着他绕了一圈，成功转出馄饨摊，江楠装作没看出她的古怪，配合地抬起手，让许多橙抓住自己的胳膊挡住脸，慢悠悠地往弄堂里走。

老式青砖铺就的小巷道，让踩的人有一种特别的踏实感，早晨的阳光几缕落进弄堂，映得二楼人家阳台的盆栽小葱绿油油，老人坐在门口的小凳上，拿着斑驳掉漆的洗衣杖，捶着脚盆里的衣服，一下又一下："啪……啪……啪……"

岁月静好，现世安稳，平凡的小幸福什么的，大概说的就是这样的生活了。

许多橙跟在他身后张望，虽然她家在本地，但是自从出生，就没住过这样的老弄堂了，以前也就是上学抄近路的时候匆匆而过，没想到偶像会选在这样的地方安家，真是简朴又低调，大隐隐于市，莫非这就是传说中的境界？

她正出神，江楠停下脚步，回转身半拦半抱道："等一下，这边转弯。"

许多橙毫无意外地撞进他怀里，摸摸鼻子退出来，跟着转弯，拐进一条幽静，却稍许宽敞的弄堂。这条弄堂她好像没转进来过，上面有着拱形的门，两边的房屋都是红砖外墙，家家户户都是高门人家，石头门框，倒是很有上海老照片的感觉。

等等，她刚刚似乎想错了什么！许多橙捂着脑袋，却听江楠停在一户乌漆实心厚木门前，撩开门上的铜环，掏出钥匙道："到了，就这里。"

门应声而开，江楠当先走进去，转过来扶了许多橙一把，幸好他扶了这一把，不然她看到门里的景象，非得跪在他家高门槛上。

天井，小楼，马头墙，左右厢房，还有西式小花园，这是民国时候上海典型的石库门建筑啊！一百年前虽然不少，但如今想看只能去买门票逛景点了啊！而且看偶像这家的规模、大小，这房子过去的主人不是江南大户，就是十里洋场的高阶官员，绝对不可能是普通人家住得起的。

放在现在，呵呵，不提它的文物价值吧，单论这寸土寸金的老城中心区，这么大的洋楼还有花园……一个亿买得下来吗？许多橙很怀疑。

她刚才竟然会感叹偶像简朴，实在是 too young too simple。

许多橙默默地摸了摸自己被吓坏的小心肝，努力表现得不那么像刘姥姥，一本正经道："偶像，你赶紧回家拿要带去录音棚的东西，我在这里等你就好。"

"不用出去，我家里就有录音棚。"江楠再一次实力认证了他挥金如土的属性，"我拿家里地窖改的，效果还不错。"

她可是特地打听过，一个专业的录音棚至少也要两三千万的，偶像这话的意思相当于说：房子值上亿算什么，我家的地窖被我改得还值几千万呢……

许多橙已经不想说话了。

她麻木地换好鞋，踩在红酸枝地板上，坐着金丝楠木的椅子，用元青花的茶杯喝了几杯偶·土豪·像亲自斟的武夷山大红袍，上了一趟拥有鎏金水龙头和豪华自动马桶的洗手间，终于看到偶像拿出乐谱，说："消食消得差不多了，我们去下面录音吧。"

"好！"人生第一次迫不及待想去地窖这种暗无天日的地方。

3. 又一首新歌

有点窄的楼梯，琉璃罩里的壁灯昏黄，许多橙趿拉着拖鞋，跟在自家偶像身后，小心翼翼走进录音棚，这录音棚跟她想象中一样，又不一样。

说一样，是果然看起来很高大上，音响、麦克风，各种乐器，叫不出名字的录音设备，还有房间正中央厚重的玻璃墙，处处都彰显着它们的专业和值钱。说不一样嘛，是这房子的设计，嗯，感觉怪怪的，头顶的天花板上凹一块凸一块的，而墙壁，连个直角都没有。

"偶像，录音棚都长这样吗？"

"录音棚为了音效好，建的时候会做特殊声学处理，斜面、空腔，埋吸音棉，这些都是最基本的，"江楠解说完，还不忘打趣她，"怎么，堂堂 F 大的高材生，这点都想不透吗？"

F 大怎么了，F 大就必须全知全能吗？更何况……

"我都说了我那是运气好，才考上的！"

江楠看她一副想炸毛，又不敢的样子，笑意更深："嗯，你运气确实挺好的。"

以前她也是这么觉得，现在嘛……许多橙小声叹了口气，刚想提起精神应付，却见江楠从桌上拿起一张碟，插入笔记本电脑里，然后招呼她道："过来看看。"

电脑里传出轻快而俏皮的歌曲，是她从未听过的。许多橙好奇地走过去："什么？"待看清电脑画面，不等江楠回答，又"啊"的一声，"你，你怎么把这些也录下来了？"

配着音乐播放的画面，正是许多橙在韩国录箫的那段影像和花絮，里面有她各种搞怪的样子，还有偷吃零食的全部过程。

"带子是郑导给我的。"江楠一脸无辜，他才不会告诉许多橙这段MV是他亲手剪辑的，"你想拿回去也可以，帮我听听这首歌怎么样。"

"我哪懂这些啊！"许多橙囧了。

"这首歌名叫 Pretty，讲的是男孩儿对女孩儿一见钟情，想追求她的心情。我好久不写这种纯真校园风格的曲子了，"江楠单手插在裤袋里，表情莫名沧桑，"年纪大了，怕跟不上年轻人的想法，你还在上学，帮我听听，喜不喜欢？"

"偶像，你要是这样说，群里那帮初中生得哭死好嘛！"许多橙无法理解这好好的，自家偶像为什么有这种未老先衰的想法，"俗话说，'男人四十一枝花'，你这三十还没到，哪里老了啊！"

"我让你喊我名字，你还总是喊我'偶像'，这不是代沟是什么？"

怎么又绕到这事儿上来了，她还以为偶像忘了。许多橙觉得头隐隐作痛："我真的只是一时顺口，偶，不是，南木……"

江楠露出满意的笑容，见好就收道："那好，那你帮我听听这首Pretty，我打算把它和《涅槃》一起发张 EP，作为本次回归的收尾专辑。"

偶像这次的回归非常成功，演唱会开得满世界乱窜，奖杯拿到手软，而他的收尾专辑，一首她参与录音，一首她要评价把关，总觉得责任太重大了些。许多橙苦着脸，重重地点了点头："那你别说话，我把这首Pretty 从头到尾再听听。"

江楠点点头，长手一挑，从墙上取下一款头罩式的专业耳机，捋好线，插进笔记本，又要帮她戴上。许多橙有点儿不好意思地动了动，但还是顺从地让他戴了：专业专业，一切都是为了专业的音乐。

歌确实很好听，闭上眼睛，仿佛能让人嗅到阳光下草地的青涩味道，还带着丝丝甜蜜。中肯地说，比偶像刚出道的那张讲述初恋的专辑更加诚恳和动人，大约是经过多年沉淀，偶像的感悟和音乐创作能力更加娴熟了吧。

当许多橙听完歌，这样把自己的感受表述给他听时，江楠的表情开心中竟莫名带着几分羞涩，等等，她的眼睛一定是出问题了，"羞涩"是什么鬼？

许多橙揉揉眼睛，又打了个呵欠，接过江楠递过来的竹箫，终于开始了她今天的工作，先试音，偶像亲自准备的箫，自然音色比她在拍 MV 时用的那管还要好，所以对着乐谱试了几遍，江楠便点点头："去录音室里录音吧。"

穿过厚厚的玻璃隔音墙，望着对面控制器前的偶像，许多橙深呼吸了一口气，拿起箫认真吹了起来，她原以为这并不难，结果录了几遍，江楠的眉头却越皱越深。

许多橙向来临场发挥比平常要更好，所以她完全弄不清出了什么问题："南木，怎么了？"

"你平常吹不觉得，从麦克风里传出来，换气的时候，呼吸声有点儿重？"

呃，这就是专业不专业的区别了，她从小到大，虽然老师一直夸她天赋不错，但她从来没去参加过什么比赛，舞台表演都少得可怜，也就压根儿注意不到麦克风里她的箫声有什么缺陷。再说，她原本就是肺活量不足才去练的箫——就算强行锻炼，呼吸声能不能压得下来还是两说。

江楠显然也想到了其中的问题，在外面朝她招招手。

许多橙有点儿不好意思地走出来："偶……"被江楠抬头瞪了一眼，她中途强行扭转称呼，"南木，要不我还是算了，你找别人吧。"又被瞪了一眼，她乖巧地闭上嘴巴。

"你先坐那儿，让我想想。"江楠吩咐了她一句，转过头，重新把她录的那段调出来，听了几遍，又转身到其他机器上折腾。

随着他的摆弄，箫声里些微气息声感觉完全听不见了，许多橙猜测那就是传说中的混音设备。

听说有很多歌手现场音其实不怎么样，完全是靠强大的混音师后期剪切制作弄出成品，所以他们才会演唱会假唱什么的，楠粉们对此嗤之以鼻，最爱做的事，就是把江楠的现场消音版拿出来炫耀：听听，我家偶像多专业啊，现场多完美，简直是嚼 CD 长大的！

没想到自己竟然会有一天，成了拖偶像后腿的人，许多橙深深地表示忏悔。

江楠处理完，回转身，敲敲她耷拉的脑袋道："我修了一下音，勉强过得去。"

"那能用吗？"她惴惴道。

"你录的那几遍，第一遍呼吸最轻微，说明你确实存在气息不足的问题。这样，我们先休息，待会儿午饭早点儿吃，吃完你补觉，等你精神状态好了，我们下午再试试。"

虽然这待遇听起来不错，但是许多橙却有一种"杀头前吃顿好的"错觉："如果……还是不行呢？"

"如果还是不行，就用这版，"看到许多橙小脸更苦了，江楠失笑道，"放心，音乐好还是不好，本来就没有定论，重要的是表达，别说气息还能消，就算不能，我配上风声、流水声，渲染出自然的感觉，听众一样会觉得很好听的。"

许多橙总算负罪感小了些，拍拍胸脯："那就好那就好。"差点儿以为毁了偶像的大事。

"不过，"江楠补充道，"作为补偿，今天中午是不是该你做饭？"

这种事，当然没问题！许多橙爽快地点点头。

江楠兴致勃勃地站起身："那好，我们去买菜吧！"

"……"

4. 隐形鸡翅膀

自己家附近嘛，菜场在哪里，许多橙当然熟。

为了避免在菜场遇到自家老妈，许多橙还很机智地主动打电话回家说要帮忙买菜，对此，许妈妈当然笑纳了。

然后，她又转过来试图说服自家偶像，让他在家乖乖等着，她一个人买菜就好，结果惨遭拒绝。江楠用的理由非常清奇，他说他还没逛过这里的菜场，打算去找灵感。

就算找到灵感又怎么样？写首《买菜歌》吗？

不过联想到自己录音不力，拖了偶像的后腿，许多橙也只得把内心的吐槽咽回去，带着他去了。反正，菜场那种地方，也没什么年轻人，就当给大明星放风了。

大明星到了菜场，果然记得挑了他的鸡翅，而且是直接指着鸡笼子，问人家卖活鸡的："这些鸡的鸡翅膀能都剁下来单卖吗？"

"偶像，你是想让满菜场的鸡死不瞑目，对着你唱《隐形的翅膀》吗？"把他拖离现场的许多橙，简直哭笑不得，"从现在开始，要吃什么跟我说，我来买！"

"可乐鸡翅。"江楠说完，拿手背蹭了蹭鼻子。

还知道不好意思，许多橙瞥了一眼："这边。"拉起他，往冷冻区走，"有专门卖冷冻鸡翅的，你想吃多少都有。"

江楠望着她拉着自己的手："噢。"

买完菜，返回到自家楼下，许多橙先找地方把江楠藏起来，然后火速把菜塞回家里冰箱，又冲回楼下，拉着江楠赶紧溜，全程很幸运地没遇上自家老妈等一系列熟人。

除了当年，帮情窦初开的俞可亲表白男生，许多橙再也没有做过这么心跳加速的事情了，没想到她能为自家偶像做到这一步，已经是妥妥脑残粉级别了吧。

被她拖着走的江楠,听完许多橙的心声,不仅没有被感动,反而道:"为什么是你帮她表白人家男生?"

"好姐妹当红娘,这不是很正常吗?"许多橙觉得自家偶像真是少见多怪。

"那结果呢?"

"呃,不知道怎么回事,说完那个男生喜欢上了我,"也因此她和俞可亲遭受到了唯一的一次友谊危机,"不过我连搭理都没搭理他,不然我成什么人了!倒是可亲,总觉得那个男生很不错,要不是因为她,我也不会跟她一起打光棍,所以现在特别热衷把我和其他男生凑对子。"

这对子里还包括偶像你……许多橙望着左手大蒜黄瓜,右手鸡翅猪脚,仍旧高大俊逸的偶像,给俞可亲和自己下了结论:这都敢想,真是吃了熊心豹子胆啊!

"以后不要做这样的事,"半晌,江楠才说出听后感,"你本来就比别的女生……招人喜欢。"

招人喜欢这种程度的夸奖,跟爸妈出门经常听到,所以许多橙接收得很自然:"嘻嘻,谢谢偶像的夸奖,不过我家可亲也是很招人喜欢的,你要是见了就知道了,我跟你说,最近有一个超级大帅哥在追她,那个男生以前很胖,可亲对人家……"

一路上,许多橙吧啦吧啦把俞可亲的绯闻八卦跟江楠分享了,又杂七杂八说起她和俞可亲之间的小八卦,江楠也听得津津有味。

等到了江楠的家,在他家高大上的厨房里做了好一会儿菜,许多橙才深刻反应过来:等等,她是怎么就一步步地跟自家偶像这么近乎了?明明之前叫真名都会觉得不好意思的啊!最重要的是,她跟俞可亲一起买 Bra 差点儿遭贼的事,怎么能随随便便往外说呢?就不能说是买外套遇上的吗?

痛悔之情如此让人无地自容,以至于江楠进厨房帮她开了可乐、酱油瓶之类所有需要打开的瓶盖,再退出去,许多橙都涨红了脸,全程装作没看见。

饭桌也显得比较沉闷，江楠啃完一只鸡翅，抬头见许多橙还没吃几口。

"怎么不吃？"

"没，吃着呢！"许多橙夹了一筷子黄瓜，塞进嘴里，见江楠又开始埋头啃鸡翅，姿势与上回在韩国如出一辙，随口感慨道，"感觉我最近跟你一起吃的饭，比跟我老爸吃的还多。"

说者无心，听者有意，这话落到江楠的耳朵里，他怎么听怎么都觉得许多橙在抱怨最近他出现得太频繁了。莫非，他追人追得太紧了，可是他也就是跟她连吃了三顿饭而已，很多吗？江楠心里百转千回，面上却临危不惧："我最近好像也是跟你吃得最多，之前一直都在赶行程，包瑞给我塞什么，我就吃什么，有一顿没一顿的。"

"啊，这么辛苦？"

"嗯，没办法，年底都这样，有时候吃太晚，胃都会隐隐作痛。"

"那是胃发警报了，你去医院检查过吗？"许多橙边说，边心疼地拿碗给他盛汤，"胃不好，要多喝汤养养，尤其是冬天，晚上我给你炖砂仁猪肚汤。"

"嗯，好。"江楠为自己又勾搭到一顿饭，表示很满意，给许多橙夹了好大一块猪脚，"你也多吃点儿。"

宾主尽欢。

许多橙吃完，就按照计划爬到床上去睡午觉了，大约是早上起得太早的缘故，这一觉真是睡的昏天暗地。醒来的时候，许多橙陷在软软的床铺里，好半天才想起来自己是在偶像家里，赶紧爬起床，在客厅里没见到人，便摸索着下了录音棚，果然在那里找到了江楠。

他正闭着眼睛，弹着钢琴，仍旧是那首 *Pretty*，原本活泼轻快的曲调，却被他弹得甜蜜而惆怅，让人无限向往。

只要他想，音乐就能诞生，听众就能被他所俘获，也许这就是他被称为"音乐才子"的原因吧……许多橙托着下巴，坐在沙发上，默默地听着，直到他睁开眼问："好听吗？"

许多橙点点头："好听。"

"哪个版本好听？"他又问。

"都好听。"

江楠笑笑，站起身，伸手从笔记本电脑里摁出碟，递给她："那就 EP 里放之前录的这版，演唱会上首发唱钢琴版。"

许多橙双手高举，托着接过他给碟片，这里面可都是存的她的搞怪视频。嘤嘤嘤，她总算拿回来了，抹抹不存在的泪，说道："偶像您真是个好人！"

被发好人卡的江楠有点儿小郁闷，于是道："那你呢？"他做了个拿箫的姿势，"你准备得怎样了？"

"嗯，这个，"许多橙深呼吸了一口气，不知道是不是考前综合征犯了，忽然觉得有点儿肚子不舒服，下意识地揉了揉，道，"应该……还好吧。"

江楠敏锐地抓捕到她这个小动作："你肚子怎么了？"

"没怎么，"许多橙刚说完，就感觉揉完的肚子有股酸意上涌，接着就小小地打了嗝儿，只好老实道，"可能中午吃太多，然后又一吃完就睡觉，现在肠胃有点儿胀气。"

"早知道就让你消消食再睡了。"

"没事，我活动活动就好。"许多橙放下碟，从沙发上站起来，做了几个早操动作，努力扩展自己的心胸和小肚子，口中还不忘安慰自家偶像，"放心，马上就好啊，不会耽误录音的！"

江楠有点儿心疼又有点儿想笑，看了一会儿，忽然想起来："我妈上回来，好像带了我姥姥酿的梅子酒，据说是健胃消食的，我去找出来给你喝。"

"不用，不用。"这又是偶像妈妈又是偶像姥姥的，她哪里担得起那么大的福分。许多橙连忙伸手阻拦，差点儿扑进江楠的怀里，但也就是差点儿而已，为了避免尴尬，她一个紧急刹车，重心后移，直接把自己倒进了沙发中。

江楠有点儿遗憾地转过身，上楼去取梅子酒。

第七章
前任来袭

说着他伸手扣住许多橙的手指，弯下腰，身影把
她罩在怀里，深情款款道，"橙橙，你喜欢钱，
我努力赚就是，放心，够你花的。

1. 何必不原谅

许多橙摔得头昏脑涨，摸着脑袋好半天才缓过神来，听到下楼梯的脚步声，刚想搭句话，一抬头，却见来人一身红裙，漂亮夺目，有一种极其张扬的美，就是望着自己的表情不太友好，很高傲，很冷冽。

此人虽然许多橙从未见过，但是名字却是如雷贯耳，因为，她就是——

"顾佳宜，"江楠手里拎着个小酒壶，出现在楼梯拐角，"你不请自来，到我这里干什么？"

顾佳宜背对着江楠，却面对着许多橙，所以许多橙完全看清了她在听到江楠说话后的表情变化，那是发自内心的喜悦和哀伤：不管流言蜚语如何，至少这个女人是真真切切爱着她家偶像的吧。

顾佳宜扯出笑容，转过身，稳住声音："我也打算在这附近买栋楼，见邻居家的门没关，进来想看看房子的格局，不算过分吧？"

江楠绕过她下了楼，头都没抬："现在房子看完，你可以出去了。"

"求你不要赶我走……"顾佳宜终于无法粉饰太平，哑着嗓子，眼圈也红了，"南木，以前的事，都怪我不好，分手以后，我一直想找机会跟你道歉，可是你一直不愿意理我。我知道你心里有气，可是都四年了，我们还不能心平气和地坐下来说句话吗？"

江楠没搭理她，转头看向已经自动自发移到楼梯口的许多橙："你去哪里？"

"那个，偶像你们有话慢慢说。"许多橙露出一个赔小心的笑容，生怕当了炮灰，"我先上去坐坐，上去坐坐，嘿嘿。"

"我和她没什么好说的，你过来。"他倒出一杯酒，把酒壶和酒杯放在桌上，朝她招招手，"把梅子酒喝了，我刚温过，别弄凉了。"

偶像，你这是和我有多大仇哇！你前女友眼泪汪汪地要跟你重续前缘，你让我不小心看到现场已经够拉仇恨了，你还让我提壶独饮酒，你咋不让我击缶跳个舞呢？顾佳宜在娱乐圈里的名声，说好听点儿叫作快意恩仇，说不好听点儿，那就是睚眦必报，若是今日一战她输了，她拿你这个天王是没办法啦，但是自己这个全程碍眼的小虾米，指不定什么会落得什么下场……"啊……偶像你别拉我，别拉我，我喝还不行吗？"

"慢慢喝，哪里都不许去。"江楠把许多橙拽回到桌子前，杯子塞到她手里。

见许多橙认命地双手捧住抿了一口，他才抬头继续对顾佳宜道："该结束的都结束了，关于最后的事，我说过，'既往不咎，江湖不见'，你没必要再来找我。"

"然后呢，然后我们之间就这样完了吗？"

江楠似乎对她的问题感到有点儿意外，扯了扯嘴角，低头给许多橙的酒杯续满，没理她。

这一幕，终于为许多橙拉满了仇恨值，顾佳宜指着许多橙，怒火满腔："所以，你是在告诉我，你现在爱上的就是她吗？果然是那个临时助理，呵呵，我就知道！"

临时助理？说的是韩国的那个绯闻吧！那个她和孩子的传言多不靠谱儿啊，粉丝群里都没几个人相信，顾佳宜你竟然信了，你对得起你初恋女友这个身份吗？

许多橙想张口解释，江楠直接托着酒杯堵了她的嘴："再喝一杯。"

她家老爸说得对，被人劝酒真受罪，可是她一个女孩子，为什么要感受这种酒桌文化呢？许多橙含泪默默。

一个人讨厌起来，连呼吸都是错的，更何况她还让自己心爱的人喂酒，顾佳宜的怒火越烧越旺："江楠，你睁大眼睛看看，她有什么好，听说还是你的粉丝，呵！粉丝这种东西最无聊了，她爱的不过是你身为明星的光环，你的名气，你的地位，噢，还有你的钱。

"而我呢？我在你一无所有的时候爱上你，我站在你的身后，陪你一起承受了那么多，看着你一步一步蜕变，成为如今耀眼的你。我才是那个最爱你，最了解你的人。"

"她是什么样的人，我在试着了解，但我可以肯定，她不是你说的那样。至于你是什么样的人，"江楠抬眼看她，目光平静，"我已经不想了解，一切都结束了，结束在四年前，你……出轨的时候。"

许多橙差点儿一口酒喷出来，等等，出轨？明明四年前偶像和顾佳宜双方发的都是和平友好分手的申明啊，没想到真相竟然是顾佳宜出轨！

这个顾佳宜脑子里装的到底是什么，口口声声说爱偶像，竟然给偶像戴绿帽子？怪不得偶像从来不搭理她，换哪个男人都受不了啊！

江楠"出轨"两个字吐出来，顾佳宜情绪彻底崩溃了："我不是故意的，我知道错了，对不起，我后悔了，我早就后悔了，对不起，我乞求你再给我一次机会……"

"你没必要这样卑微地求我原谅，这件事虽然结果错在你，但我也有责任。当时我人气不稳，行程又多，很多事都无能为力，对你也有照顾不周的地方，你想找一个对你更好、更适合的人无可厚非，不过是，忘记通知我一声。说白了，也没什么。"听到江楠这样说，许多橙和顾佳宜都有点儿难以置信。老实说，在女友出轨的前提下，愿意反省的男人真不多见，能说得这么轻描淡写的，就更少了。

顾佳宜红着眼眶喃喃："你，你没必要这样安慰我……"

"我是说真的，其实我对当初暴怒之下，跟你说的许多话，也感到抱歉。"

"不是，不是这样的……"

"好了，你既然坚持要我聊，我该说得都说完了，还有，"江楠边说着，还不忘给无意识干了一杯酒的许多橙添酒，"我希望你明白，我之所以能在这里心平气和地跟你说这些，是因为，我不会重蹈覆辙。既然不回头，又何必不原谅，就是这样，你走吧。"

顾佳宜蹲在地上，抱着膝盖痛哭得像个任性的孩子："不要，我不要……我就要你……我哪里都不去……"

　　江楠低头望向她，带着一种温柔的冷漠："你只是犯了个错，虽然无法挽回，但并非罪无可恕。跟它说声再见，去展开新的生活，这才是你该做的。"

　　顾佳宜干脆哭着瘫坐在地上："可是我做不到，我真的做不到……"

　　江楠冷漠地看着她，丝毫没有安抚的意思。许多橙看顾佳宜哭得愈加可怜，忍不住放下酒杯，伸手去扶。江楠想伸手拦住许多橙，被她嗔怪地看了一眼，动作僵在半空中。许多橙顺势蹲下来，边搀顾佳宜边道："那个，地上凉，有什么事，我们坐到沙发上说，啊……"

　　没想到顾佳宜虽然哭着，力气倒大，一个用力就把她推倒在地。许多橙连续摔了两次，再加上肚子难受，努力爬了一下，竟然没爬起来。

　　"顾佳宜！"江楠喝了一声，阻止不及，慌忙蹲下身从后面托住许多橙的腰，"你怎么样，还好吗？有没有哪里痛得厉害？"

　　其实被推了一把，腰痛还可以忍受，许多橙刚想开口，就感觉小腿又猛地一阵抽搐，这回疼得她整个人蜷缩起来，偏偏顾佳宜这会儿也不哭了，冷笑着看好戏："装模作样，男人都瞎了眼，喜欢你们这种柔柔弱弱的小白花！"

2. 姐妹的心事

　　她哪里是小白花，她简直是沉香她娘三圣母好吗？！

　　许多橙疼得只打哆嗦，连苦笑都扯不出来，心里反反复复只想着一句话：可怜之人必有可恨之处，古人诚不欺我，下次碰到这种事，打死也不往跟前凑了……

　　江楠看着许多橙面色苍白，冷汗直下，也顾不上顾佳宜，一个用力，横抱起她，一口气把她抱到了卧室床上，然后就去褪她的高筒袜。

　　躺在床上，被一个男人顺着小腿往下摸，就算再痛，许多橙好歹也是个女孩子，她抓着床单，努力往上挪移，口中道："不要不要，我没事，嘶……

你让我缓缓就好。"

"乖，让我看看你有没有伤到哪里。"江楠耐着性子哄她，"我动作会很轻的，不会弄痛你。"

许多橙还是摇头，咬着唇道："我真的没事，嘶……刚才那一下不重，呼呼，我只是腿抽筋了。"

她这个样子，江楠当然不肯相信，再次横抱起她，想了一个折中的办法："那我送你去医院检查。"

"不，不去医院！"自从知道了自己的身体状况，许多橙最忌讳的就是医院了，听到江楠这么说，她赶紧挣扎道，"嗷……我真的没事，不信你帮我检查好了。"

江楠听她这么说了，犹疑地把她放下来，跪蹲在地上，褪下她的袜子，缓慢地捏了一遍，确认没摸到骨折的地方，见她还在抽气，便给她按摩起来。他的手法很专业，许多橙立刻好受了许多，过了一会儿，抽筋的阵痛也消失了。

许多橙喘了口气，朝他露出一个有点儿虚弱的笑容："好了，南木，我好了，不用按了。"

江楠停下手中的动作，也坐到床上，拿过床头的纸巾盒，抽出纸，给她擦擦脸上的汗："你的腿抽筋好像很严重，一般人持续时间不会这么长的，要不还是去医院看看？"

没想到江楠会这么敏锐，许多橙眨眨眼："偶像你连这个都有研究啊？"

"嗯，我从小习武，所以多少学过一点儿推拿，因为习武很容易扭到伤到什么的，"江楠解释完，并没有被她轻易绕过去，又道，"不过我学的也是皮毛，看不出什么，还是要带你去医院……"

"不用，不用，我好着呢，"想说自己只是偶尔抽筋，又怕再被江楠撞上，许多橙只是临时捏造了一个十分强大的理由，"那个，其实我感觉我最近在长个儿，嘿嘿嘿，正青春嘛没办法，我智齿也在长，前段时间也是痛得不得了，现在总算长好了一颗，你看！"

许多橙大喇喇地张开嘴，让江楠欣赏她最里面的小牙。没想到江楠真的打开手机上的灯，照进去认真看了，然后道："长得有点儿歪，怪不得你疼，这牙搞不好你将来还得拔掉，我的就刚拔。"

"真的啊？"许多橙下意识地捂住腮帮子，朝他道，"给我看看。"

江楠张开嘴巴。许多橙拿过他的手机，从床上爬坐起来，凑近他："哎哎，你别动，我看不见……"

"嗯咳！"包瑞在房门口，干咳了一声，努力强调自己的存在感。

许多橙尴尬地顿住手，退坐到床边，站起来。江楠转过头，有点儿不满地对包瑞皱了皱眉。包瑞当作没看见，打开手里的文件夹，公事公办道："你一个小时后有行程，时间很紧，Candy 会在车里给你做造型。"

江楠刚想张口，他又道："你昨天刚拿了大奖，又爆了绯闻，今天就一天都不露面，是等媒体找到这里吗？"

说到绯闻和住处，倒是让江楠想起来："刚才顾佳宜来过。"

包瑞扯起嘴角，冷笑："我已经请她出去了，看来那个女人是真疯了。"

"她正好撞见。"

撞见什么不言而喻，包瑞自然也知道江楠在担心什么："放心，只要她还想着跟你复合，就不会主动对外爆料你跟其他女人有什么瓜葛，这么多年，只要有女明星想拉你炒作，她压消息的速度，可都不比我慢。"

"我不会跟她复合。"

"很高兴你坚持这一点，剩下的交给我处理。"包瑞抬手看了一下表，做了个邀请的姿势，"还有五十八分钟，时间比较紧张，小林一时赶不过来，许多橙，麻烦你今天兼任一下江楠的助理，可以吗？"

被点到名的许多橙举起手："噢，好哇，没问题！"

江楠怕她身体不舒服，想让她休息，又觉得她跟在自己身边，有什么事自己也能照应，纠结了三十秒，果断站起身："那我们走吧。"

然而许多橙最终还是爽约了，连同她之前答应的砂仁猪肚汤，原因是许妈妈打电话召唤说，今天许爸爸晚上没应酬，舅妈表姐也过来了，让她回家吃饭。

对此，江楠又从他珍贵的五十八分钟里挤出四分钟，把许多橙送到了她家楼下，以示支持。

许多橙生怕家里人看到她从江楠的豪车里走出来，但很幸运的是，她再次完美避开了这种意外，假装什么事都没发生地回到家里。

给她开门的是舅妈，眼圈红红的。许多橙转头看向老妈，见她也在抹泪，便知道，此次表姐婷婷的出行求医并不顺利。

许多橙举起手里的小酒瓮，笑道："叮！舅妈看！这是梅子酒，我朋友姥姥亲自酿的，说是有助肠胃消化，婷婷姐能喝吗？"

"谢谢，"舅妈露出个笑容，接过来抱着闻闻，"果然是好梅子酒，真香！唉，只是婷婷这个病，反正没个准儿，她现在吃的各种药太多了，能少吃一样是一样，我试试吧，橙橙你有心了。"

"应该的，"许多橙摆摆手道，又张望道，"我姐人呢？"

许妈妈道："在你房间休息。"

"噢，那我去找我姐玩。"许多橙说着，推开门进了房间。

婷婷姐正半躺在轮椅上，望着窗户外渐沉的夕阳发呆，见她进来，慢慢露出一个柔软的笑容："橙橙，来啦。"

许多橙深呼吸一口气，努力让自己看起来精神点儿，"嗯"了一声，反手锁上门，走过去坐到婷婷姐的手边，假装没有看到她蜷缩成爪的双手，微笑道："宋筱婷，我妈跟你说了没？我前段时间去韩国旅游了！"

"叫姐！"宋筱婷瞟了她一眼，又道，"谢谢你的礼物，那套手工韩服娃娃，花了你不少钱吧？"

呃，她还真不知道花了多少钱。许多橙吐吐舌头："还好啦，其实也是别人送我的。姐你呢，出去玩得怎么样？"

"嗯，"宋筱婷也笑着，"山里空气好，山上日出漂亮，木耳蘑菇熬的汤也鲜，尼姑念起经来悠悠长长的，她们用朱砂写出来的字也好看……"

所以活着多好，活着多好哇！许多橙仿佛听到了婷婷姐心底的声音，蓦地鼻子一酸，轻轻拢住她的手："越来越……疼了吗？"

"还好，就是成天闲得无聊，不过现在跟过去不一样，科技改变生活。"宋筱婷仍然是笑眯眯的，"我爸看我手指打字不方便，给我买了'眼球控制仪'，只要眼球能动，就能上网打字聊天，我好多朋友在用，他们有些人聊天的速度，不比普通人慢。我最近也在努力学，回头我们网上聊天哈。"

明明她说得很开心，许多橙却听得落下泪来："姐，你好乐观……"

"我不是乐观，我这叫策略。"宋筱婷摇头晃脑的，像个古板书生，"身体不好，要人伺候已经很招人烦了，如果还天天唉声叹气的，还有谁会找虐喜欢我呢？所以我要笑，笑得让人心疼，就有人对我好了，你看你看，你不就中招了吗？"她的笑容一如健康时的鲜活，"所以你婷婷姐我，狡猾着呢。"

她的话，让许多橙联想起自己最近的强颜欢笑，忍了又忍，终于还是没能忍住，缓缓地跪在姐姐的面前，半趴在她腿上，仰头哭道："可是怎么办，姐，我也是！我也是啊！"

恍惚间，宋筱婷以为自己听错了，她愣愣地问了一遍："你说什么？"

"我也是，我跟你一样，姐……"许多橙还想再说，却已泣不成声。

宋筱婷重重地靠向椅背，半晌，才哆嗦着伸出双手，努力地把她拥在怀里，眼泪滚滚而下："怎么会这样？为什么会这样？为什么要这么对我们，有我一个还不够，还不够吗？"

"姐，呜呜……"许多橙躲在她干瘦的怀里，却仿佛有了安全感，足以支持她把那从不敢说出口的恐惧哭出来，"我好怕，姐，我真的好怕啊，姐，呜……"

"其实姐姐也怕，"宋筱婷蹭着她的头发，轻声道，"怕疼，怕死，怕吃药，怕医生摇头，怕我爸妈哭。得了这个病，没完没了没希望，却到死都清醒……呵呵，老天爷给我们的是个什么命啊，为什么要这么惩罚我们……"

许多橙越发哭得不能自已，却被宋筱婷扶着双肩问道："你什么时候知道的，怎么还没告诉家里？"

许多橙低头擦泪："我，我是想先过个好年。"

"也好。"宋筱婷放开她，苦笑着点点头，转头望向已经下山的太阳，"也好，反正我们早晚是要死的，活着的人还要活下去，让他们多点儿舒心的回忆，也好。本来，我还指望等我走了，你能照应家里……现在我们得想别的办法了。"

许多橙用力地点点头："嗯！"

其实她早已经想到了一个办法，只是她还没准备好，就等，过完年吧。

3. 情敌的对决

然而，生活的现实在于，不过有怎样的大悲喜在前方等待，想熬过去，饭都是要吃的。

要是死猪不怕开水烫，更是一天三顿不能少。

所以，许多橙和宋筱婷哭完，便去做了一大桌菜，一家子痛快地吃了一顿好的。第二天她被江楠召唤过去，以录音为名，顿顿有肉也就算了，还有工作下午茶和烧烤当宵夜；到了第三天，许多橙又邀请在学校闭关的俞可亲出来陪她搓一顿。

俞可亲从学校来的时候，没问许多橙干吗要请她吃饭，好朋友自然是好饭搭子，每顿都问理由，假不假？结果来了之后，她才发现自己今天大意了，许多橙不知道抽了什么风，竟带她来了心中圣地——偶像江楠和他家霸道经纪人合开的高档海鲜餐厅"楠瑞"。

据专业笔迹鉴定人员爆料称，这牌匾上"楠瑞"两个字乃是包大人亲笔所书，所以，跑到餐厅门前合影留念的大有人在。

俞可亲自然也干过这事儿，但至于进来吃饭嘛，却想都没想过。开玩笑，海鲜本来就贵，更何况这种高档餐厅，看看这宣传语：阿拉斯加的鳕鱼、日本的帆里贝、挪威深海的三文鱼……简直是最新鲜的食材，全世界的空运，一个穷学生往里跑，这不是找虐吗？

所以，许多橙拉着她，在服务生的引领下进入包间的时候，俞可亲整个人都是颤抖的，但为了死党的面子，她还是假装镇定地坐了下来，等服务生一走，连桌上免费提供的柠檬水都没敢喝，她就忍不住小声道："橙橙姐啊，你确定钱带够了吗，就把我往这里拉？这里面很贵的！"

许多橙眨眨眼，笑眯眯地从口袋里掏出一张写着"楠瑞"二字的水墨硬卡："偶像给的，出示一下就能吃，不花钱！"

"偶像……对你这么好？"俞可亲张大嘴巴。

"因为他认为我因工负伤，非让我过来吃。"接着许多橙便把她见了顾佳宜，不幸负伤的破事抖给自家闺蜜听，末了又补充道，"其实我本来不想来的，然后一大早偶像给我打电话，说菜都帮我点过了，不吃浪费，所以我就拉着你来啦。"

正说着，服务生又进来了，端上来好大一盘虾。许多橙拿起筷子，低头看了一眼手机确认，然后点点头："嗯，这应该就是他说的波士顿龙虾了，果然好大，看起来不错，来，我们开吃吧！"

俞可亲跟着夹了一块，唇齿间的享受，丝毫没给她带来好心情。她默默吃了一会儿，又抬头看许多橙，欲言又止，许多橙见她这样，忍不住笑道："你该不会又认为偶像对我有意思吧？你想多了。"

"咳，说句不忠心的话，"俞可亲苦着脸，"如果偶像真对你有意思还好，我就怕他拿你当挡箭牌。"

"还好吧，"许多橙想想最近她和江楠是亲密了点儿，面对顾佳宜质疑时，江楠也确实没否认，不过，"我这只是恰好赶上了，等偶像离开上海，他是大明星，我是小粉丝，哪里还有什么见面的机会，录音的事我可都忙完，就等他发工资了。"虽然他说，发的工资要给他买礼物。

俞可亲明明白白看到了许多橙脸上的失落，她犹豫了一下，还是没点破，何必说透呢，徒劳牵挂："那个，你心里有数，别一头栽下去就好。自从包大人放话说，偶像要谈恋爱了，粉丝群里气氛都变了，各个眼睛瞪得跟探照灯似的，你要是真被揪出来，有你好受的。"

"喂，有你这么咒我的吗？"许多橙白了她一眼。

"我说真的，你别以为我开玩笑。偶像这个人气，本来他的女朋友就不易做，如果他真的喜欢你，愿意努力护着你那还好，怕就怕他是烦了顾佳宜的纠缠，想随便找个炮灰，"虽然这样说有点儿抹黑偶像，但是为了好友安危，俞可亲还是硬着头皮道，"如果你真不小心陷进去，他随手塞你一份'恋爱契约书'，说一切都是假的，你不可以爱上他，完了之后人前和你秀恩爱，人后万事不管，任你被所有人欺负，你说你该怎么办？"

越说越邪乎，连"契约"都出来了，许多橙吃了一口虾肉，没好气道："《霸道经纪人爱上我》最近情节进展到这里了？是不是'恋爱契约书'还是包大人帮江楠定的啊？"

"呃，你也看了？"

她看都不用看，一猜就是！许多橙不屑地上下瞄了自家闺蜜一眼。

这种时候不能尿，俞可亲努力挺了挺胸："总之，这也是有可能的嘛！反正，我们作为粉丝，私下里 YY 怎么都好，要来真的，你可得想好！"

"放心吧，不会的，我没那么脑子不清楚。"许多橙安慰她。

"啪啪啪……"包厢门被人推开，站在门外的人鼓着掌，大方得体的笑容里，有几分隐藏着的轻蔑——不消说，正是阴魂不散的顾佳宜。

就知道这位不会轻易放过自己，许多橙苦着脸递给俞可亲一个"要么你先走的眼神"，被俞可亲瞪了回去。

"很好，既然你们对自身定位非常清晰，那也就不用我多费唇舌了。"顾佳宜踩着高跟鞋进了小包厢，随手带上门，一副我是来"握手言和"的姿态，"许多橙是吗？你好，我是顾佳宜，不介意搭个桌吧？"

如果她说这话的时候，愿意伸出手来跟她们握个手，会显得更有诚意一点儿，哼，果然演技差，怪不得混了这么多年还是个花瓶！俞可亲内心吐槽，脸上皮笑肉不笑："不好意思，我们介意。"

顾佳宜假装没听见，按了服务铃，让服务生进来加了双碗筷，开始吃虾，细细品尝完，然后道："嗯，果然还是我喜欢的口味，亏他还记得。"

服务生又进来，开始上副菜，金枪鱼沙拉、西班牙海鲜烩饭，还有其他许多橙叫不出名字的。顾佳宜这个蹭饭的，吃得比她们两个正主儿还香，吃完还笑的一脸甜蜜："都是我爱吃的。"

俞可亲和许多橙：呵呵。

许多橙低头看了一眼手机，距离她给江楠发"SOS"求助已经过了二十分钟，她本意是让江楠想个办法，打电话把顾佳宜叫走，结果也不知道他怎么想的，发了一句"我马上就过来"，然后，就把她撂在这半空中了。

顾佳宜注意到她的动作，不自然地顿了顿筷子，继续展现演技："饭也吃得差不多了，闲着也是闲着，要不我跟你们讲讲我和江楠是如何相爱的吧？"

大胆妖孽！

俞可亲忍不住拍案而起，对于所有的楠粉而言，顾佳宜和江楠之前的恋爱史是不可提的伤痛，尤其是像俞可亲这样经历过他们恋爱时段的老粉，更是觉得恶心：这个女人当初为了显示她在偶像心目中的地位，可没少给他们这些粉丝添堵！现在，她竟然敢真人跑来炫耀，真想上去给她两巴掌！

"你冷静点儿！偶像说他马上就要过来，"许多橙按住俞可亲的手，贴着她耳语，"你是想让偶像看见你英勇揍人的雄姿，还是想给顾佳宜一个扑进偶像怀里求怜惜求复合的机会？"

俞可亲深呼吸一口气："我都不想！"

"那还不赶紧坐下，"许多橙把她拖回椅子上，"不就是听她讲故事吗？采访里她说那么多遍，你没听过吗？"

"可是，我还是好生气怎么办？"

许多橙把筷子递给她，眼神示意：忍住！憋说话！吃菜！

4. 君子不动手

顾佳宜清了清嗓子，开口："我跟他谈的那两年……"

俞可亲把许多橙的警告抛之脑后，放下筷子："等等，你不是跟楠宝谈了八年吗？"怎么一下子缩回去这么多？

"我追了他六年，"顾佳宜解释得很详细，"从十六岁到二十二岁，谈了两年，到二十四岁，一共八年。"

俞可亲莫名得意："啊，是你追的偶像啊？你们之前参加访谈不是这么说的啊！"

"噢，那个啊，"顾佳宜眨眨眼道，"在媒体那里说的江楠如何追我的事，都是我写好让他背过的。这不是觉得女生倒追不好意思嘛！"

"……"为什么还是感觉被秀恩爱秀了一脸，俞可亲又不高兴起来，这次许多橙直接夹了菜堵住她的嘴，"别老打断顾小姐，人家难得说回真话。"

哈哈！"难得说回真话"，说得好！俞可亲努力把嘴旦的菜咽回去，给自家闺蜜竖起大拇指。

顾佳宜假装没听懂，自顾自道："虽然我追了他六年，他才答应跟我交往，但是他说，其实他也对我一见钟情，只不过，是因为觉得他尚未功成名就，一无所有，给不了我好的生活，才迟迟不答应，一直到……那一天，他说他准备好了，说他愿意做我的男朋友。所以他这个人就是这样的，很多事情都放在心里不肯说，但是不代表他心里没有我，也许他只是在考验我，也许他只是在考验他自己的心。我知道我是做错了事，我会改正，会补偿，会做得更好，但是我不会放弃。我既然可以追他六年，追到他，自然还可以在等他六年、八年、十年，等他原谅我，回到我身边。"

虽然知道事情不会跟她说的一样简单，但听到最后顾佳宜能说出这样的话，许多橙还是震动了，对女孩子来说，青春何其短，顾佳宜就算犯过错，可她也已经为江楠消磨了十二年，而且她说，她还要继续等下去。

就凭这一点，许多橙何其羡慕。

算了算了，有什么可计较的，反正她和偶像不可能，能够有人爱偶像爱得这么深，也没什么不好。许多橙举起橙汁，笑笑："那我先祝福你。"

顾佳宜有点儿意外她的反应，但还是点点头，说了一句："谢谢。"

俞可亲虽然有点儿不服，不过也没再说什么。三个人开始沉默地吃饭后甜点。

许多橙以为，这顿饭虽然开局不怎么样，但是吃到现在，也算是比较完满的结局了：顾佳宜知道偶像和她没什么，她知道顾佳宜对偶像还算真心，俞可亲，嗯，俞可亲虽然不太满意，但是她饭肯定吃饱了。

许多橙招来服务生，出示了一下偶像给的贵宾卡，开始做总结陈词："很高兴能和顾小姐共进午餐，那今天就到这里吧，我同学还要回学校，我下午也有事。"

俞可亲起身背书包，顾佳宜却道："等等，这张卡是南木送给你的？"

许多橙不想扯太多，所以道："噢，只是借用。"

"女孩子家应该自重，既然你跟南木没关系，就不要用他的钱。"顾佳宜打量了许多橙一眼，不知牌子的大衣，淘宝款的保暖绒裤，一看就是普通人家的孩子。她微不可察地撇撇嘴，打开随身携带的爱马仕包，丢出一张卡，"这里面有十万块，你拿去吧，就当我资生助学好了。"

忍了一顿饭的俞可亲，终于爆了，撂了书包扑向桌对面："顾佳宜，你 tmd 炫耀江楠也就算了，你还敢侮辱我家宝贝橙橙，我跟你拼了！"

"可亲，咱冷静点儿！"许多橙赶紧死死抱住自家好友，"我刚才跟你说什么来着？偶像马上就到……"

"那我也要揍！"

"俞可亲，君子动口不动手！"许多橙苦苦相劝，"明明我们可以智商上碾压为何要选择力的相互作用，你说对不对？"

俞可亲停下挣扎，红着眼转过脑袋："那你还等什么，给我碾压啊！"

"OK，Please wait for a moment！"许多橙放开自家好友，坐回位置上，

笑眯眯地望着顾佳宜，把玩着江楠给她的卡，语气真诚，"顾小姐，你说得对，南木现在跟我没什么关系，我是不太好用他的钱，所以我觉得我得改变主意，抓紧机会，跟你学习，努力追他当他女朋友。啊不，我的目标应该更宏伟点儿，当女朋友也只能给点儿花点儿，我得努力嫁给他才对，到时候他的财产有我一半，多好！我听说偶像今年光演唱会的收入就上亿，没人帮他花，我都怕他花不掉。顾小姐，你呢，你是不是跟我有一样的担忧？"

俞可亲被许多橙的宏伟愿望惊呆了。顾佳宜的脸色很难看，她刚张开口想骂许多橙，却一眼瞥到出现在门口的江楠，忍不住又笑了："哟，瞧瞧谁来了，这可真是来得早不如来得巧，南木，你都听到了吧？这个女孩儿……要为了钱和你在一起呢！"

江楠进了包厢，摘下口罩，沉默地走到许多橙身后，伸手搭在她的肩膀上。许多橙下意识想躲，想起自己刚才说过的话，心里一横，干脆也伸出手搭上江楠的手背，然后顺势抬头，对他露出一个可怜巴巴的表情：偶像，别生气，要救我啊！

江楠低头对她露出一个安抚的笑容，看向顾佳宜道："我的钱都是我自己赚的，它们是我实力的价值体现，自然也是我的一部分，所以，我不觉得她喜欢我的钱，有什么不对。"说着他伸手扣住许多橙的手指，弯下腰，身影把她罩在怀里，深情款款道："橙橙，你喜欢钱，我努力赚就是，放心，够你花的。"

许多橙目瞪口呆：偶像，你这演技，不做演员真的可惜了啊喂！

他这副爱到深处无怨无悔的模样，把顾佳宜气得直接摔门暴走而出，偏偏俞可亲还记得之前的账，追出去把顾佳宜那张十万的卡丢在她脑袋上，才解气地回了包厢。

包厢里，许多橙立刻松开江楠的手。江楠有点失望，知道进门前听到的告白是自己想多了，闷闷不乐地坐到位子上，不说话。

俞可亲进来看到两个人相顾无言，以为江楠虽然顾全大局，挤对走了顾佳宜，但还是介意许多橙说的话，赶紧打圆场："那个，偶像，其实我们家橙橙不太看重钱的，对您也没有非分之想，她是被顾佳宜那十万块激了才说这话的，真的，我们家橙橙不拜金！"

江楠看了她一眼，淡淡道："她是什么样的品性，不需要别人告诉我。"

她怎么就成别人了，她是许多橙最最铁的死党好不好，她们年轻时一起追偶像同甘共苦，老了也必定要一起跳广场舞的，敢侮辱她们的友谊，信不信她脱粉啊？"偶像你深明大义，呵呵呵，那个，我叫俞可亲，是您的粉丝，能不能……再给我签个名啊？"

5. 绿帽叠中叠

包厢外，被俞可亲砸了脑勺儿的顾佳宜走出去几步，又噔噔噔回头把自己的卡捡起来，再起身就看到包瑞长身而立，站在过道路口。

要说顾佳宜最恨的是谁，必定非包瑞莫属，但是，对上他，她向来屡斗屡输，所以顾佳宜很早以前就决定，绝不在江楠以外的事情上跟包瑞起冲突，省得给自己找不痛快。于是，她假装没看见包瑞，打算擦身而过。

"顾小姐，"包瑞伸手指了指另一个方向，"后门在那边。"

知道是怕压新闻麻烦，但顾佳宜还是被要求走后门刺痛了神经，她忍了又忍，还是没忍住："许多橙有什么好？"

"于江楠而言，她哪里都好；于我而言，她智商在线，不像有些人，"包瑞意味深长地看着她，一字一顿，"做猪队友都不够格。"

"许多橙根本配不上南木，"顾佳宜愤愤道，"我绝不会把南木拱手让人，总有一天，总有一天……"

"放心，真要有那么一天，"包瑞正了正衣冠，"我宁愿亲自上阵！"

顾佳宜："……"

包瑞无视顾佳宜风中凌乱的表情，施施然扶着她转到后门，按下货梯，把她推进去送走，转过身，自怨自艾地叹了口气，自家兄弟谈个恋爱，为了混淆视线，他连自己的绯闻都造了，他容易嘛。这家伙要是还不好好工作……呵呵，自己也不能拿他怎么样！

包瑞敲敲包厢的门，打算提醒自家不省心的兄弟，从广告片场跑出来的时间差不多了，还没推门，许多橙就客气地主动开了门，鞠躬致谢："包大人，今天真是不好意思，耽误了您和偶像的工作，"说罢，她又立刻拖着江楠往外走，"南木，赶紧回片场吧，我和可亲自己回去，用不着你送，这个点，搭地铁可比开车快得多。"

瞧瞧，多会说话，多会做事，有这样的好队友多省心，怪不得他最近饭都多吃了几碗。当然，许多橙手艺也是真的不错，包瑞满意地点头："那行，那我们就赶紧走了。"

江楠还有点儿想磨蹭："真的不要我送吗？"

许多橙坚定地摇摇头，忽而又道："噢，对了，上回你给我的碟，我还没拿呢！"

"Pretty 那张？"

"对啊，昨天我想说来着，后来又忘了，你要是方便的话，我明天可以去拿一下吗？"

其实江楠一直以为碟已经被许多橙拿走了，这几天他自己也没见着，不过想到许多橙明天还会找自己，他还是很乐意的："好哇，那你明天过来拿！"

许多橙开心地应了一声，又催他们赶紧走。俞可亲一直坐在包厢里，看着这一切发生，似有所悟，等江楠和包瑞离开，她才慢吞吞地起身拿包。

许多橙打趣她："你不是很萌包大人吗？我以为你看到包大人也会尖叫地扑过去，怎么动都没动？"

俞可亲哀怨地看了她一眼："包大人是正经人，我可不敢玷污。"她这话引得许多橙直笑。

俞可亲等她笑够了，又犹犹豫豫道："橙橙啊，我刚才观察了一下偶像对你的态度，那个，我们之前是不是误会他了。我怎么觉得，他可能对你是真心的啊？"

"啪嗒！"许多橙手中的打包盒应声而落，俞可亲吓了一跳，赶忙蹲下身去捡："橙橙姐，你这是干吗？就算你不同意我这话，也别把菜扔了啊，我还想省顿晚饭钱呢！"

许多橙望着自己弯曲颤抖的手指，深呼吸了一口气，把它藏进口袋里："对不起啊，你自己拿吧，我手有点儿冷。"

"哼哼，故意的吧，好了好了，不说了，其实你跟隋远师兄在一起也挺好的！"

"不是说好不说的吗？"

"嘿嘿嘿！"

另一端，包瑞和江楠上了车，话题也有点儿严肃。

"录音棚里没有那张碟片，我确定，"包瑞摘掉眼镜，捏了捏鼻梁，"我生怕顾佳宜做手脚，她离开之后就检查过了设备仪器，确定没有遗漏，没想到你还给过许多橙一张碟，那碟里有什么？"

"Pretty 的 EP 版，画面配了橙橙在韩国拍 MV 的花絮。"江楠答道。

"花絮没什么，反正是工作，就算顾佳宜放出去也有的解释。至于新歌，你明晚零点 EP 全亚洲同步发售，国内还好说，韩国和日本都是要打榜的，现在换歌根本来不及。算了，兵来将挡水来土掩吧，她顾佳宜闹出的幺蛾子，还没有我包瑞兜不住的。"

"嗯。"对于包瑞的能力，江楠自然很放心，他担心的是另外一件事，"顾佳宜今天找橙橙，好像聊了不少。"

"要是担心她跟许多橙胡说八道，你自己跟人家小姑娘解释啊！"这种事告诉他这个经纪人有什么用？

"你去帮我解释。"

"你什么意思？"包瑞想起自己开过的玩笑，没好气道，"你还真当我是弹幕啊？"

"你不是弹幕，"江楠把手边的矿泉水递给自家兄弟，托于重任，"从现在开始，你就是官方字幕。"

官方字幕糊你一脸啊信不信！

于是，到了第二天，包·官方字幕·瑞把重新刻录好的碟递给许多橙之后，便道："你等一下，我还有事跟你聊。"

许多橙以为被俞可亲尊称为正经人的包瑞，要跟自己聊工资的事，兴冲冲地点头："好哇，好哇！"

没想到坐定后，他道："橙橙啊，昨天顾佳宜无论跟你说什么你都别信，你以后要以我现在告诉你的这个版本为准，知道吗？事情其实是这样的，嗯咳，你这是什么表情？"

就是觉得"吧唧"一声，包大人您的形象碎了。许多橙按按太阳穴，对于接连两天强迫听八卦的人生，有点儿忧伤："没事，呵呵，您接着说。"

包瑞多聪明的人哪，他迅速理解了许多橙的忧伤，老实说，他也很忧伤，一大男人谁没事愿意八卦兄弟的情感往事啊！但是，他现在是官方字幕，他要专业："嗯，那个，顾佳宜和我们是高中同学，追了江楠六年，江楠没答应。"

这倒是对上了昨天顾佳宜自己说的版本，没想到是真话。

"后来她毕业之后放弃了原本的专业，想进娱乐圈，说是想离江楠近点儿，江楠一时心软就把她介绍进了 BBQ，就是江楠之前签约的公司。不到三个月，顾佳宜就近得让媒体发现了，公司当时打算封杀顾佳宜，把这件事情公关掉。江楠念旧，也不想断了顾佳宜的前程，就在媒体面前承认了她是他女朋友的身份，虽然承认迫于情势，但之后江楠对待这段感情并不马虎，照顾她，提携她，花钱铺人脉一样没少……"

听包瑞说这些，许多橙心里微微有点儿不舒服，包瑞显然也意识到在现任面前，不应该大讲江楠对前任有多好，于是机智地跳过道："就这样过了两年，江楠因为自己搞创作，风格独特，事业上升很快，BBQ 里展之麟是一哥，他觉得江楠威胁到了他的地位，所以经常挑衅。他和顾佳宜怎么勾搭上的我也不太清楚，反正就是四年前的某一天，我和江楠赶完行程提前回家，无意中顺便捉了个奸。"

"嗯，"许多橙扯出个笑容，"讲完啦？"

"没，还有一小段，"包瑞示意她稍等，然后再次清了清嗓子，"顾佳宜怀孕说孩子是江楠的，拉我一起跌进喷水池，说我害她。结果流产的胎儿DNA鉴定显示既不是江楠的也不是展之麟的。好了，我的话说完了！"

囧！这一小段信息量好大，简直浑身破绽无懈可击。许多橙嘴巴张开了好久，才自己给推上去："偶像……辛苦了！"

可怜的南木，这头上戴的绿帽堪称是"叠中叠"啊！

包瑞深有同感地点点头："鉴于顾佳宜太挑战底线，江楠当时情绪很崩溃，事业也差点儿段了，直到现在他发新专辑，情绪还会不稳定，所以我希望你最近多陪陪他。"

唉唉，怎么忽然绕到她身上了？

"我陪？"

"嗯，我最近很忙没时间，"包瑞抬头看了一眼楼上，一本正经道，"今天下午你有空吧？"

"没有。我妈妈今天给我布置了任务，让我去挖野菜。"再说有时间她也暂时不想见江楠，昨天俞可亲的话，她到现在还没消化掉。

包瑞可不管那么多："那你就带他去挖野菜！"

许多橙还想回绝，他叹了口气劝道："你就当同情同情你家偶像吧，他也怪可怜的。"

"好吧……"

第八章
拜见岳母大人

"没想到我有生之年,还能亲眼见到大明星江楠,
真人好帅!"许妈妈拉着自家女儿的手,声音哽咽,
"其实你妈我更喜欢刘德华的……"

1. 妈妈的计策

许妈妈心目中挖野菜的宝地是她家附近，一片被围起来的建筑工地，也不知道是不是建筑商资金链出了问题，总之停工两三年了，里面丘壑遍地，杂草丛生，还有勤劳的大爷大妈开垦出来的小菜地。

许多橙挎着竹篮，递给江楠一把铁锹："会用吗？这可是我外婆传下来的，你可不能弄坏了。"

江楠掂了掂铁锹，挽了个花把势："放心吧，我用过，我小时候在乡下待过。"

许多橙半信半疑，正待指导他野菜长什么样子。江楠蹲下身，麻溜儿地把脚底下一株荠菜给挖了，甩甩土，丢进她篮子里。没想到偶像真的连这个都会，真是跨界跨出天际了。许多橙压下心里浓浓的违和感，跟着也想蹲下身，却被他反手扶在半空中，她茫然道："你干吗？"

"铁锹只有一把，我挖就好了，"江楠抬头笑了一下，"你别蹲了，腿容易抽筋。"

偶像……可能对你是真心的……脑海里再次出现俞可亲说过的话，许多橙忽然有点儿想哭：真又如何？假又如何？如果自己不是，自己不是……

江楠发现她情绪不对，一副天塌下来的样子。

"怎么了？"

也不知哪里涌出来的勇气，许多橙蓦然开口："南木，你知道渐冻人吗？"

"我知道啊，就是 ALS 患者，中文名好像是叫'肌肉萎缩性侧面硬化病'吧？我之前被点名参加过'冰桶挑战'，真的好冷，所以印象深刻，"江楠站起身，"怎么忽然说这个？"

"我……我……"许多橙张了张口，望着他温柔的眉眼，声音慢慢低了下去，"我表姐她是渐冻人。"

江楠伸出手摸摸她的头："别伤心。"

许多橙歪了歪脑袋，躲过他的手，扯出个笑容："其实还好啦，刚开始知道的时候很伤心，现在也接受现实了。不说它了，我们挖野菜吧。"

"有什么我可以帮忙的吗？要不我让包瑞去约专家会诊看看。"

她摇摇头："我姐这病治了三四年，北京上海的大医院该跑的都跑遍了，偏方也吃了不少，根本没用，这病依目前的医疗手段，没得治，只能养着耗时间。"

江楠听了点点头，他对渐冻人了解有限，倒是包瑞，他本科学的是生物制药，回头让他多关注这块看看，要是有治疗希望再跟许多橙说吧。

这么想着，江楠没再多说什么，开始埋头挖野菜。许多橙就跟在身后，亦步亦趋地指点："这边，这边有棵大的，还有那边，那边……哎，你采这个果子干什么？"

"不是挖野菜吗？"江楠抓着枯干小树上的红果，无辜道，"这是野生枸杞子啊！"

"枸杞？"许多橙凑过去仔细观察了一番，"还真是，原来枸杞是长树上的。"

"这不算树，枸杞是灌木，春天的时候，它的叶子也是可以吃的，也有小贩拿它的叶子晒干充茶叶卖，好多人根本分不清。"江楠说着，又从树上捋下一串，闻了闻，"这些枸杞子秋天熟了没人摘，都风干的差不多了，你拿回家可以直接泡茶喝。"

"哇，真的吗？你懂好多！"许多橙说着，从口袋里扒拉出来一个小塑料袋，笑嘻嘻地撑开，"真不愧是我偶像，嘿嘿，谢您老的赏！"

江楠曲起手指，弹了一下她的脑门儿，捋下一串枸杞子丢进去。这株枸杞并不大，所以很快就被江楠捋秃了。许多橙有点儿不满足地咂咂嘴，试图寻找下一株。江楠倒是心很定地蹲下来继续挖荠菜，毕竟这是许妈妈要求的品种，不挖满一大篮，何以表现他的实力？

就这样一个干活儿一个玩，夕阳西斜，篮子里的菜渐渐满了，江楠又帮许多橙从水洼里捉到一只比指甲盖大不了多少的小毛蟹给她玩，乐得许多橙直夸自家偶像"文武双全"。

江楠被她闹得乐在其中，两人倒也其乐融融，直到偏僻荒芜的建筑工地，出现了一个不该出现的身影——许妈妈。

许多橙在感觉有人时，第一反应是把江楠摁得蹲下身去，所以许妈妈走到近前的时候，只看清茅草丛里有个男人的后脑勺儿。不过即使是这样，她今天到此一游的目的也达到了："别躲了，我都看到了，你们这反侦察能力也太差了，我不过是略施小计，就被捉个正着。"

江楠：原来自己今天是自投罗网……

许多橙赶紧挪了挪，边把江楠遮严实，边打哈哈："妈，你在说什么啊，你让我挖野菜，我这不正挖着呢嘛，你先回家，我马上就好。哈！"

许妈妈纵横江湖多年，岂是那么好糊弄的，白了自家女儿一眼："行了，就你那点儿道行，就别跟你妈面前丢人现眼了！我就说嘛，这几天去跳广场舞，街坊邻居怎么看我的眼神怪怪的，李奶奶还神神秘秘地跑来跟我唠嗑，说小伙子不错，就是扮相有点儿怪，我猜这里面肯定有事，原来是我家女儿谈恋爱了。"

"妈，你说什么呢，我没有谈恋爱！"

"哎呀，行了，行了，人都带到家门口了，还说没谈。"许妈妈对自家女儿的胆量越发看不上眼，"你妈我是说过上学的时候，不允许你谈恋爱，那也就是说，怕你谈得太明目张胆影响学习！你现在都上大四了，转过年就找工作，我又不想把你留成老姑娘了，你谈就谈呗，快领给我看看。"

听到许妈妈如此开明，江楠很想站起来，无奈许多橙摁他肩膀摁得死死的，感觉他乱动，还转过来瞪了他一眼，他只好继续窝在草丛里。

许多橙还想负隅顽抗："妈，你真的误会了，我真没有谈……哎，妈，你干吗？你不要再往前面走了啊，妈，别动，有话好好说！"

"许多橙，你什么意思？你妈我话都说得这份上了，你还不让人出来，难道你身后的那个见不得人？"许妈妈越想越惊悚，"你偷人了？当小三了？勾搭有妇之夫了？！女儿，我告诉你，这可不是我们家的家风啊！"

这哪儿跟哪儿啊！"妈，你女儿我是这样的人吗？"许多橙觉得自己真是冤枉死了，"我身后这个人，他真的不是我男朋友，妈，你先回去吧，算我求你了！"

许妈妈觉得自己今天要不把这个案子破了，简直枉费自己养了眼前这小白眼狼二十年。她放弃跟自家女儿纠缠，转而道："身后那个，你给我站起来，放心，阿姨我不吃人！"

江楠赶紧站了起来，许多橙摁都没摁住，气得直跺脚。

"嗯，不错，"许妈妈满意道，"现在再把脸给我转过来。"

江楠对此同样执行得一丝不苟，他掸掸身上的草屑，转身的动作颇有天王巨星风范。许妈妈看清他的样貌，使劲眨眨眼，忽然感觉头有点儿晕，她拿手搭在额头上支成凉棚，看看太阳，再看看自家女儿身后的男人，再看看太阳，再看看男人："……"

许多橙看自家老妈一副随时快要晕倒的样子，赶紧去扶她："妈，妈你还好吧？都说了让你不要看的，你看你，吓到了吧！"

"吓人"的江楠："阿姨好，我是江楠，您也可以叫我南木。"

"没想到我有生之年，还能亲眼见到大明星江楠，真人好帅！"许妈妈拉着自家女儿的手，声音哽咽，"其实你妈我更喜欢刘德华的……"

原来她妈的偶像是刘德华，她今天才知道："妈，你要是喜欢刘德华，回头让南木去帮你要张签名就是了。妈，你现在最重要的是振作，知道吗……因为你女儿快要扶不动你了！"

江楠听许多橙这么说，连忙走过去，托住许多橙的腰，以减轻她的负重。许多橙立即感觉人轻松了很多，长吁了口气。

许妈妈终于理智回笼，扶着自家女儿站稳，再瞅瞅她身后的男人："你跟人家大明星很熟？"

"算是吧。"

"你之前追星追的就是他吧，看演唱会，去韩国？"

"是的。"

　　"你还投怀送抱了？"

　　许多橙和江楠：噗……

　　"妈妈你说什么呢，我没有！"许多橙赶紧否认，反手拍开江楠搭在她腰上的手，"我跟他清清白白的！"

　　这种话，以许妈妈过来人的经验，怎么可能相信。她抓紧自家女儿的手，干脆利落道："走，跟妈妈回家！以前的事，妈妈就当不知道，以后再也不准跟人家来往！"

　　江楠见势不妙，阻拦道："那个，阿姨，我觉得您误会了……"

　　"我误会不误会，这件事都跟您大明星没关系，是我没教好女儿，她先招惹的您，我给您赔礼道歉！不过，您是大明星，什么世面没见过，喜欢您的粉丝那么多，您再挑个别的，我们家女儿不懂事，给您添麻烦了，您请回吧！"

　　许妈妈这番话说得既漂亮又麻辣，江楠本来就不善言辞，再加上还没跟许多橙挑明，也不知道该如何应付这样的场面，只好拿眼睛去看许多橙，希望她给点儿提示。

　　许多橙是了解自家妈妈脾气的，她现在正在火上，跟她对着干只会更惨，所以许多橙麻利地抓起野菜篮子，边被妈妈拖着走，边给江楠挥手："没事没事，我会跟我妈妈解释清楚的，你不用担心，先回去吧。"

2. 四个诸葛亮

　　江楠目送许多橙被她妈妈抓着绝尘而去，独自被留在荒凉的建筑工地，深深体会了一把"天苍苍野茫茫"的孤寂感，默默地掏出手机，拨电话给包瑞。

　　包大人正为夜里零点发 EP 的事，忙得脚不点地，接起电话道："有话快说。"

　　"许多橙被她妈妈抓走了。"

"噗咳咳……"包瑞已经好多年没被自己的口水呛着了，"那什么，这个问题有点儿超纲，"有事能难住十项全能的包大人，也是蛮不容易的，但是对于一个真正的聪明人来说，智慧并不等于解决所有问题，而是能做出正确选择，所以，他提议，"你先回来，我们找人商量商量。"

包瑞找来商量的是从韩国凯旋归来的准女婿兼准奶爸韩希贤，他刚在老丈人丈母娘面前过五关斩六将，成功获得婚事筹备许可，这人选可谓是非常靠谱。

江楠的心放下一半。

小伙伴程明枫听到八卦，不请自来，一见江楠就乐不可支地打趣："哟呵，我听说你家许多橙被王母娘娘抓走了，哇哈哈哈，看你今天还怎么嚣张！"

"我今天是嚣张不起来，不过，"江楠打开一次性筷子，戳了戳桌上的简餐，淡然道，"从现在开始，你说的每一句话，我都会转告给她。"

"江楠你学坏了，你竟然会记小黑账！"程明枫不甘心地偃旗息鼓，打开简餐盒子，把蒸蛋倒进饭里拌拌，"好，我不说了，真是的，你们商量，我蹭我的饭行了吧！"

程明枫的蹭饭属性也不是一天两天了，其他几个懒得理他。韩希贤中文夹着韩文先把自己的经历当成事例讲了，以供参考，着重强调了丈母娘不给好脸色是绝对正常的，老丈人操家伙赶人也是有可能的，把另外三只没见过世面的未婚小伙听得一愣一愣的："这么惨？"

"中国应该没韩国那么可怕吧？"江楠心存侥幸。

韩希贤问他："许多橙是中国所谓的独生女吗？"见江楠点点头，韩希贤忍不住幸灾乐祸，"那只会更惨好不好？唯一的女儿要跟人走，想想都牙痒啊，我一代入我家慧妍的肚子里是个漂亮的女儿，我就很想揍将来某个臭小子一拳！"

"回来，别扯远了，"包大人思路明确，直指中心，"我们时间有限，赶紧讨论完对策，让江楠上门解释，这种事拖得越久越不容易有好印象。"

"这话说得对，这次慧妍怀孕，我才上门，我岳父母怨气可大了，说我早干吗去了，唉，可怜我被灌了两斤白酒喝到吐，才把这事揭过去。"

还是没说到重点，包大人只好直接问具体的："希贤，通过你的亲身经历，你觉得女方父母一般比较希望女儿的男朋友是什么样一个人，对他和女儿在一起有什么要求，忌讳又有哪些？"

"他们一般希望女儿找一个家世不错、工作稳定的男人，"韩希贤边想边回答，"要求就是对女儿好，能养家；忌讳就是，嗯，不能花心，不能经常离家，还有不能脾气太大吧。"

"听到没有？"包大人转过头对江楠道，"这些都是你要表现的重点。"

"可是我不经常离家这点达不到……"江楠有点儿担心。

包大人随手点拨："那就避重就轻，再描画蓝图，告诉他们将来某一天你会退居幕后，整天宅在家的。"

"这样……可以吗？"

"可以，可以，"韩希贤赞同道，"我也是这么跟我岳母说的。"

"OK，那我们继续下一个问题。"包大人继续拎考前重点，"第一趟登门拜访，需要做哪些准备？"

"要带礼物，即使被扔出来，也要努力送进去！由于随时有被赶出来的风险，所以说话要开门见山，勇于表达。像我，我被小舅子推搡出来的时候，我就高喊，"韩希贤说着，不自觉站起来，握拳高举，"我一定会对慧妍负责的！我已经准备好钱买婚房，就等她挑地方了！我还给她和宝宝买了保险和基金！然后，"他一拍桌子，"我就被请回去了！"

听起来简直就是一场战争，江楠："……"

包瑞也有一种不忍直视的惨痛感，倒是程明枫，一改之前看笑话的心态，认真道："哎，等等，我怎么觉得你们现在讨论的方向有点儿不对啊。江楠的情况，和希贤根本不一样啊，希贤是要和慧妍结婚去拜见岳父母，江楠和许多橙还没正式谈，跟许多橙的爸爸妈妈说这些是不是不合适啊？"

"那你觉得说什么合适？"包大人瞥了他一眼，"理想，人生，风花雪月？"

程明枫也不知道该说什么，但是："我就是觉得说这些太早了点儿。"

这个时候，过来人的经验就体现出来了，韩希贤接道："其实对于女方父母而言，早点儿说还是晚点儿说，他们对女儿的另一半都是这些要求，所以问题的关键不是说早了，而是江楠现在去见许多橙的父母有点儿太早了。"

"我就是这个意思，刚才表达有误，"程明枫咽下一口蒸蛋，表示自己要重来一遍，"江楠，你现在八字还没一撇，就打算去见岳父母讨论婚事，这不合适吧？"

"但他现在已经被发现了，还闹得让许妈妈误会，许多橙也不知道在家怎么样了。如果现在不去拜见，那么势必会加大他追求许多橙的难度，以后就算追到，也只能偷偷摸摸在一起，而且一旦被发现，下场更惨。"包大人再次强调了一下残忍的事实，然后拍拍自家兄弟，"我们能给的建议都给了，你自己做决定吧。"

江楠倒是没犹豫，他回道："既然早晚要去，那不如早点儿去，"兄弟几个见他这么说了，刚想祝福几句，他又加了一句口号，"一切不以婚姻为目的恋爱，都是要流氓，我不是那种人。"

"……"

"行，既然你有这样的信念，那事情就好办了，"包瑞放下筷子，擦擦嘴，"赶紧吃饭，吃完我陪你去挑礼物上门。"

"嗯。"江楠努力吃饱赴沙场。

左手维生素、蛋白质粉，右手核桃红枣芝麻组合套装，包瑞还帮他拎着人参鹿茸灵芝等几大件，都是中老年人喜爱的养生食品。

"敲了门，先进去再说，别堵在门口，知道吗？我可不想明天帮你压夜闯民宅的新闻。"

"你不跟我上去吗？"

包瑞抬头望了一眼楼上的灯光，耸耸肩："陪你上去的话，我是无所谓。不过我可提醒你，从小到大我都比你讨长辈喜欢，我要是表现太好，到时候出了什么岔子，你可别怪我。"

江楠莫名想起许多橙说她帮俞可亲表白，人家男生喜欢她的事，觉得包瑞的假设也不是没可能。不想因为这种意外兄弟反目，他果断接过包瑞手里的东西："那你先回去吧，我自己上去。"

"去吧。"养了这么多年的猪，终于学会到人家里去拱白菜了，真让人感慨……啊！

江楠自然不知道自家兄弟在想什么，拎着大包小包的东西，艰难地爬上了五楼，核对了一下门牌号码，敲门，里面的人反应挺快，喊了一声"来啦"，就把门打开了。

由于听出来人是许多橙，他倒也没太紧张，倒是许多橙吓了一跳。

"南木，你怎么来了？"

"我不放心你，就想过来看看，还带了些礼物，拜访一下你爸妈。"

许多橙听江楠这么说，下意识地瞄了一眼他手上大包小包的东西，脸都绿了，她好容易才跟她妈妈解释清楚，她和江楠之间白得跟豆腐似的，他这一登门，她妈肯定又得厥回去。

"这儿没你的事，"许多橙说着，就想把江楠推出去，赶紧关门，"你回去吧，我明天再跟你说具体情况，快回去，别添乱……"

"既然来都来了，堵在门口像什么话，"许妈妈如背后灵般出现，扯开自家女儿，努努嘴，示意江楠，"先进来吧。"

3. 岳母看女婿

没想到进门这么容易，还是许妈妈亲自许可的，江楠多了些信心，把手里的东西放地上，按包瑞教的说道："阿姨，许多橙这段时间一直兼任我的临时助理，快过年了，这是公司发的年货，我顺便给她带过来。"

谁家年货发冬虫夏草人参灵芝这些东西啊，当我妈妈没上过班吗？许多橙不忍心地撇开脸，等她妈妈开喷。

没想到许妈妈只是看了一眼，就对自家女儿道："橙橙啊，家里酱油没了，你下去打瓶。"

糊弄谁呢？"这晚饭都吃过了，打什么酱油啊！"许多橙不干，她要是走了，江楠死无全尸怎么办？

"快去。"许妈妈才不管她想什么，随手抄起桌脚的可乐瓶塞到许多橙手里，把她推到门外，又道，"买完再去小区广场跟你钱阿姨说我今天不去跳舞了，半个小时之内别回来。"说完也不管女儿还杵在门口，"啪"的一声把门关了。

感觉到门的震动，江楠总算有了点儿实质的紧张感，他下意识地拿手背蹭蹭鼻子，硬着头皮开口："那个，今天下午的事，我想您误会了。"

"嗯，我知道，"许妈妈招呼他，"不用紧张，你坐下说话吧。"

江楠朝身后看了一眼，退到一张椅子旁边，慢慢坐下，两只手放在膝盖上，又想开口，却被许妈妈打断道："你别急着表态，阿姨先说几句。"

"好。"

"我女儿回来之后跟我说，你们之间没什么，她只是担了你的临时助理，还帮你录了歌，这段时间忙完，以后不会有太多联系。"江楠想张嘴解释，许妈妈又摆摆手，示意他别开口，"我知道你们之间没她说得这么轻巧，但没关系，只要以后她不主动去找你，我就放心了，也希望你别再来找我们家橙橙了，这事儿到此为止，如何？"

那必须不行啊！

但江楠知道自己要这么说，肯定下一秒就要被赶出去，他想起包瑞之前提点他的说话艺术，于是不问反答道："阿姨，我能知道您为什么不允许橙橙和我来往吗？"

"很简单，"许妈妈双手抱臂，霸气外露，"你不符合我相女婿的条件。"

果然来了，江楠有一种考前押对题的兴奋："那阿姨您对女婿的条件是……"

许妈妈露出一个"既然你问了，我就让你死得瞑目点儿"的笑容，伸出一根手指："我希望我未来的女婿比我女儿大不超过三岁，男人本来平均寿命就比女人短，我不想我女儿到老还守寡，而你，比我女儿大八岁，这第一条就不符合！"

果然他之前担心年龄差还是有道理的，虽然许多橙没嫌弃她老，但她妈妈嫌弃他了，还嫌弃到死！

"第二，"许妈妈伸出两个手指，"我未来的女婿长得不用太帅，更不用太出风头，这女孩子嫁人，还是要找老实憨厚的，才不容易出轨，你是大明星，所以，这第二条也不符合！"

冤枉啊，他只被出轨过好吗？还有，阿姨你怎么能以貌取人呢？长得帅不帅又不是本人能控制的！职业歧视就更不对了啊！

"第三，也就是最重要的，谈恋爱是两个人的事，但结婚是两家子的事，结婚讲的是门当户对，我不想我女儿在你身上浪费青春，最后又因为门不当户不对被甩，与其让她到时候再伤心，不如我这个当妈的现在就狠狠心，把你们俩拆散掉！"许妈妈说完，拍拍身上不存在的灰尘，站起身表示话题结束，"好了，我该说的都说完了，你听明白就走吧！"

江楠当然不愿意就这样"被送客"，所以他跟着站起身道："那个阿姨，关于门当户对的问题，我想说，我家也挺普通的，我爸妈就是在老家镇上开了个店，所以我不觉得……"

"你搞错了，我说的门当户对，不只是说你出身如何，还包括你现在的地位和生活方式，生活方式，你懂吗？"许妈妈生怕自己用的词太时髦，江楠还听不明白，干脆摊开来道，"这么说吧，你是大明星，天天天南地北地飞，到哪儿都有人追捧，吃的山珍海味，穿戴绸缎名牌，逍遥起来肯定比神仙也不差了！

"可我们小门小户，嫁女儿过日子求的是实在，说了也不怕你笑话，我就希望我女儿嫁在我家家门口，我每天出门遛个弯儿就能看到她，给她带带孩子买买菜，守着她别让人欺负！

"所以，你看，这生活方式根本不一样的！"

阿姨，大明星的日子真的跟神仙差好远的好吗？江楠觉得自己好委屈，不过他知道，现在不是抠字眼儿的时候，许妈妈说话又快又利索，他得在有限的时间里，抢先把话说了："那个，阿姨，我的房子离这里走路就一刻钟，绝对符合您的条件！"

许妈妈眼睛瞬间亮了起来，但想想又摇头，江楠这次学乖了，不等她开口又赶紧道："我的房子没有房贷，房产证加名字过户都不是问题！"许妈妈的眼睛再次亮了，但很快又想摇头，江楠继续补充，"家务不用她做，孩子我请人带，欢迎您随时监督！"许妈妈的眼睛又亮了，这回她犹豫得比较久，最终还是咬咬牙，打算否决，江楠不得不祭出大杀招，"橙橙是独生女，以后我们孩子可以生两个，一个跟我家姓，一个跟您家姓！不谈嫁娶，结婚就是结婚，男方女方都一样！"

终于，许妈妈败下阵来，她手撑着脑袋道："等等，你得让我想想！"想了会儿，她又不放心地问江楠，"你刚才说的话，都当真吗？"

江楠点点头："当真，您要是不信，我可以写保证书。"

"保证书就算了，"许妈妈挥挥手，不是很坚决道，"这种大事，我也做不了主，要跟橙橙爸商量商量，你先回去吧！噢，对了，还有先把你那堆东西带回去，省得我再让橙橙送。"

要是许多橙在这里，就会领悟，这其实就是有答应的意思了，因为他们家的大事从来都是许妈妈做主的，但是江楠体会不了这其中的门道，他一想到还要过"岳父"这一关，觉得自己有必要再回去跟韩希贤取取经，所以没再坚持留下来，而是乖乖拎起东西道："那阿姨，我就先回去了，不过我希望您暂时不要把今天的话题告诉橙橙，那个，咳，我刚追她，还没来得及表白，怕吓着她。"

"你还没给我女儿表白，你就跑我这里来表决心？"许妈妈一副不满的表情，"你怕吓着她，你怎么不怕吓着我啊？"

您都要当王母娘娘了，谁还能吓着您啊！江楠心有戚戚。

许妈妈见他不说话，也知道自己这话问得没多大意义，于是换了另外一个好奇地问："哎，大明星，你喜欢我女儿什么啊？"自家女儿喜欢他，很好理解，天王巨星嘛，可这天王巨星喜欢自家女儿，还打算娶……怎么想怎么都觉得挺离奇的！"我女儿就一普通小姑娘，脾气一般，大学还没毕业，长得还行吧，但也没漂亮到那份上，也没见过什么大世面……"

"橙橙很好的，你不要这样说她！"江楠第一次打断她的话，明显不高兴。

"……"还没在一起呢，这就护上了？虽然是从自己肚子里爬出来，但是许妈妈还是想长啸一声，女儿你何德何能，何德何能啊！

"行，我不说了，"儿孙自有儿孙福，她也管不了那许多，"不过我有两点要提醒你：一、不要随便占我女儿便宜；二、不要乱给她钱花。其他的，等橙橙爸回来我们商量了再说，你回去吧！"

说罢，许妈妈有气无力地挥挥手，开门送江楠出去。

江楠跟着她起身，走到门跟前，又顿下脚步，掏出钱包，取出一张卡递给她："那我把这个给您吧。"

"什么？"许妈妈莫名其妙。

"橙橙这段时间的工资，一共两万块。"

临时助理自然是有工资的，但是——"这是不是太多了？"

"嗯，对于学生来说是有点儿，我怕犯您第二条，所以交给您处理了。"

"不是，我是说，你是不是故意开高工资给橙橙了？"

"没有，阿姨您看，这是她的工资条和税单，"江楠说着，又从钱包里掏出两张单子递给她，"上面都写得清清楚楚的，专业替身工资五千，录音五千，临时助理工资没一万块，但是临近年关，大家都会发年终奖金，所以公司给她凑了个整的，一共两万。"

不管这钱是多还是没多，但细心到打工资条和税单，来照顾接受方的心情，也算是难得了。许妈妈忽然觉得冒出一个光芒万丈的大明星当自家的毛脚女婿，也不是不能接受的事。

"行，卡我先替橙橙收着，你这手上的礼物……其他拎回去，红枣和芝麻核桃糊留下吧！"

4. 公私和分明

许妈妈说这话，行的是老辈人的礼，老辈人讲礼尚往来，不打算来往礼自然不能收，但如果想结通家之好，这礼物收授可就有门道了，毛脚女婿头一回登门是大事，送礼的得送成双成对，丈母娘家如果考虑答应，就要收一半回一半，做长辈的还要给红包。

不过，鉴于许妈妈还没拿定主意，所以不可能这么周全，只好先收两样不算值钱的东西意思一下。

当然，她的这一番思索，江楠是不懂的。

江楠同学本质上是一个靠才华吃饭的单纯孩子，人情世故什么的，主要靠包瑞，可惜万能的包大人也没结过婚，所以此处没有提示。

但俗话说，急中生智，终身大事面前，江楠同学的脑袋瓜忽然"叮"一下就开窍了，冥冥中，他敏锐地感觉到这礼物和许妈妈态度之间的必然关系。所以，他先是乖巧地按照许妈妈的要求，默默放下了手中红枣和芝麻核桃糊，瞄了许妈妈一眼，见她表情尚可，又迅速丢下蛋白质粉和维生素，等到他打算丢人参时，许妈妈喝止了他这种打蛇上棍的行为："可以了！你回去吧！"

"噢，好，"江楠若无其事地站起身，"那阿姨我先走了。"说完自己利索地开门，又给许妈妈鞠了个躬，才把门带上，努力稳住脚步下了楼，嘴角却是控制不住的喜色。他一共带了十样礼品，许妈妈收了四样，虽然这四样总价格只有总物品的几十分之一，但它们毕竟占了百分之四十的数量。也就是说，许妈妈也不是完全不愿意他和许多橙交往，往好里算，至少有四成是肯的？

他这种隐秘的得意与兴奋之情，在楼下见到一无所知、急得团团转的许多橙时，达到了顶峰：瞧你这傻样，其实你妈妈快要答应我们了。

"怎么样？怎么样？我妈妈跟你说什么了，赶你出来了？没打你吧！"

许多橙看到江楠的身影，赶紧冲上来，摸上摸下，查看他是否完好无缺，结果一抬头，发现他望着自己傻笑，疑惑道："你这是什么表情？"

江楠压了压嘴角，一本正经："没事。"

总感觉哪里不对，许多橙眯起眼睛，探究："我妈那儿，你过关了？"

"还没有。"

她猜也是："那你傻乐呵什么？"

"嗯，因为，感觉阿姨也没很生气。"江楠说着，举了举手里剩下的东西，"还把红枣和核桃什么的收下了。"

"不会吧？"自家老妈向来做事果决，今天这是什么意思？江楠不比包大人，没有舌灿如花的本事，怎么可能就让老妈有这么好的态度呢？许多橙仔细打量了江楠一遍，难道是因为江楠长得太帅了？

想不明白的许多橙摇摇头，打算回家套套自家老妈的口风，于是道："不管怎么说，你能顺利脱身是好事，以后可千万不要再跑来我家了，今天吓死我了，你赶紧回去吧！"说完，她拍拍江楠的肩膀，没啥诚意安抚了一下，就提起脚下一可乐瓶的酱油，打算上楼。

江楠伸手抓住她，默了一下，道："你不欢迎我？"

这不是欢迎不欢迎的问题，这是没法欢迎的问题啊！她今天才发现自家偶像这么的"纯情"，贸贸然跑来见她父母算怎么回事？她可是女孩子！他倒是玩得开心了，要是因此把她妈的眼光"biu"一下拔高了，将来……好吧，其实也没什么将来。

这么一想，许多橙忽然觉得自己也没什么好坚持的，随口哄他道："我没有不欢迎你，我是怕我妈误会，这样吧，等下次有空呢，我趁我爸妈不在家，带你来我家玩，好不好？"

这个回答，江楠还是很满意的，于是他松开手，把手里剩余的礼品，搁在楼道的角落，拎过她手里一大瓶酱油，道："你手上力气太小了，我帮你拎上去。"

"哎，不用，你把东西还给我。"他怎么就听不懂人话呢，都说了她妈在家坐镇他去不行了啊！

许多橙从江楠身后追上来，伸手去抢酱油，结果没注意脚下的台阶，被绊得直接磕倒在他背上。

江楠反手抱住她，又一个敏捷的弯腰转身，把她往上搁高了两个台阶背背好，单手托得稳稳当当，转过身继续爬楼："忘记你腿容易抽筋，还是少爬楼比较好，我顺便背你吧。"

学过武术了不起啊？！"放我下来！"

"声音小点儿，你不怕邻居听到动静，出来看情况吗？"

她还真怕！许多橙被他闹得没辙，干脆不挣扎了，把身后的羽绒服帽子翻过来盖住脸，只希望没人能认出她。

江楠感觉到她的动作，扬了扬嘴角："生气了？"

"我哪敢，"许多橙闷闷地趴在他肩膀上回了他一句，又道，"你把礼物就这么扔楼下，不怕丢了啊？"

"丢了就丢了，算你的。"

"哪有这样算的，"许多橙崭毛了，"你那可是人参鹿茸冬虫夏草，很贵很贵的！不准算我头上！"

"好，那就不算。"江楠毫无原则地应道。

许多橙总觉得两个人这样的姿势、这样的对话，太暧昧了，再联想到之前的事，越发觉得心里乱。

江楠一口气爬到五楼，脸不红气不喘地把她放下来："到了。"

"嘘！"都到了家门口了，还敢说话，不要命了你！许多橙瞪了他一眼，一把抢过酱油瓶，挥手示意他赶紧下去。

江楠偏不如她的意，露出一个疑似挑衅的微笑，抬手就是"砰砰砰"三下，嘎嘣脆亮地敲响了她家的门。

江南木！许多橙吓得气音都破了。

不过好在江楠同学还没渣到家，在听到许妈妈的脚步声后，便半跑半蹦地纵身下了楼，把许多橙吓得惊魂未定，偏偏还要装作啥事没有的样子：

"妈，我回来啦！呵呵呵，这是您让我打的酱油！"

许妈妈脸上敷着面膜，很女王地抬抬下颚："放厨房里去吧。"

"哎，好嘞！"许多橙店小二般搭了个腔，手脚麻利地把酱油送回厨房，又狗腿地返回到自家老妈身边，"妈，那个，刚才，您……心情还好吗？"

"嗯，你妈我现在压力比较大，"也不知道真做了大明星的丈母娘，会不会有狗仔队偷拍她，"所以我就敷了个面膜保养保养。"

为什么她妈这话，她好像没听懂？许多橙眨巴眨巴眼睛："南木，不是，我是说江楠他都跟您说什么了呀？"

"没说什么，就聊了聊未来规划，还有你的工资，他给我了。"

更莫名其妙了，她妈和江楠能聊什么未来规划？不过听到后半句，许多橙觉得这都不重要了："我的工资他给你了？"

"是啊，一共两万块，工资条和税单放在桌上，你自己看吧。"

许多橙走过去，坐到桌旁，拿起这两样她从来没接触过的单子研究了半天，还是觉得："是不是给多了啊，这个录音和替身的钱我不懂，但是这个临时助理，我总共才做了三五天，怎么可能有一万块？"

许妈妈并不知道她打工的时间这么短，她还以为女儿之前追着江楠到处跑的时候，就在工作了，闻言也是一愣，想到江楠加工资的借口，总算琢磨点儿意思出来："人家说了还算年终奖金的，大概是希望你再多干一段时间。正好，你寒假在家闲着也闲着，帮人家多跑跑腿，如果到时候时长不够，咱再退钱就是了。"

"妈，您之前可不是这么说的。"您之前可是让我把家里的 CD 照片统统丢掉，发誓跟江楠老死不相往来！怎么他本人来了家里一趟，您这立场倒得这么快呢？"您不怕我跟他谈恋爱啊？"

对此，许妈妈的回答是这样的："你妈我是个公私分明的人，我相信我女儿也是。"

好一个公私分明，许多橙给她妈妈跪了！

第九章
想得美，你咋不上天呢

她要告诉所有人，虽然分手多年，但你心里还有她，和她藕断丝连，为她写歌，而她也深爱着你。

1. 初恋的谋算

再说江楠,他在许多橙家楼下盘桓了一阵,才拎着剩下的礼物,一路走,一路偷笑,开开心心地回了家。一进门,就见工作室的工作人员都在忙碌中。大家还不忘用一种怜悯的眼神望着他,这种眼神一般会出现在顾佳宜出幺蛾子之后,所以:"她又干什么了?"

"一个小时之前,顾佳宜在酒吧喝得'酩酊大醉',然后自弹自唱了Pretty,现在微博上正在疯传这段视频,舆论目前同情和嘲讽各半,不过也有爆料号在传这是你零点即将要发的新歌,"包瑞低头翻了翻手机信息,"人家回复我了,跟我猜想的一样,是她放的风。"

江楠抬眼看他:"别告诉我你没做应对准备。"

你在怀疑我的智商吗?包瑞没好气地瞥了他一眼:"我向来有把你的歌做版权登记的习惯,所以她要是敢炒作你抄袭,呵呵!还有,昨天知道她拿了CD,我就跟各渠道商通口风说,由于歌曲有可能遭到泄露,我再送一首新歌给他们首发,现在已经把你备选的那首《木有枝》都送出去了。"

"音源既然已经提前泄露,如果有渠道觉得对品牌有影响,不愿意接受我的新歌作为补偿,可以让他们把Pretty撤了,我们赔偿违约金。"江楠补充道。

白来的热度,谁会不要?对于渠道来说,访问量才是王道,没准儿他们现在正在暗搓搓地修改宣传语,"只为初恋,Pretty一曲传情","顾佳宜和包瑞唱功大比拼"都算正经的,猥琐点儿,还指不定怎么写呢!

不过这些话,包瑞当然不能跟江楠说,所以他道:"放心,这些琐事我来处理,你安心准备你的新歌演唱会就行,不过我担心顾佳宜还有后招,所以你最好跟许多橙解释一下,噢,对了,你去她们家,情况怎么样?"

"噢,很好哇!"江楠说着,忍不住露出笑意,伸出四根手指,"我觉得阿姨有四成肯答应!"

　　"咳，这么精准的概率你是怎么算出来的？"该不是自家兄弟没听懂人话，被人嫌弃还闹不清状况，这种事也不是没发生过啊……

　　"回头告诉你，我先上楼写歌。"江楠拍拍他的肩膀，边一路笑着上楼了。

　　嘿，还卖起关子了！要不是怕扰了他写歌的灵感，包瑞真想跟江楠说道说道什么叫人世艰辛，红尘不易，泼他几桶冷水。现在，哼，算了，跟谁过不去也不能跟钱过不去！

　　然而，有句话叫作"人算不如天算"，包瑞这厢放了江楠，可那厢的顾佳宜却憋出了个大招。

　　"我真的很抱歉，因为喝多了，昨晚把南木的新歌在正式发布前就唱了出来，"镜头前，顾佳宜哭得梨花带雨，"我当时脑子很乱，想起了许多以前的事，然后他这首歌又，又……"

　　"这首歌又怎么了，"情感丰富的女主持人，微红了眼眶，煽情地问，"是不是提到了你们从前的许多事？"

　　顾佳宜低头擦了擦泪："嗯！"

　　"那佳宜，我可以问一个问题吗？Pretty 这首歌你是如何提前知道的，是江楠唱给你听过？"

　　"嗯，是啊。其实这首歌大家听过就知道，是一首校园民谣，也是他早期的风格，然后，嗯，"顾佳宜说到这里，不好意思地笑了一下，"都是很久以前的事了，原本我自己也快忘了，前几天我一个人无聊，在上海老街闲逛，忽然想起他曾经说过，想要一座怎样的房子和家，那附近的环境跟他曾经描述的很像。然后，然后，我就听到了这首歌，"说着，顾佳宜又哭了，"我就顺着音乐声，找到了他，当时，我，就，眼泪怎么止都止不住……我真的很想……可是他却请我出去……"

　　"佳宜佳宜，你别哭了。"女主持人抚着顾佳宜的肩膀，又把纸巾递给她，"佳宜啊，事情都过去了，别再伤心了。"

　　"我也希望事情都过去了，可是，即使不说以往感情的事，单说音源提前泄露，对于一个音乐人来说，就是一件很严重的事，我又……惹他不高兴了……"

这话主持人也不好接口，毕竟往大里说，这确实涉及商业机密的，所以她只好继续安抚顾佳宜别哭。

顾佳宜哭过一阵，见主持人不接话，干脆自己继续说："所以我想说，这件事我愿意负全责，在这里我想给南木，还有他的合作伙伴们郑重道歉。"顾佳宜边说边站起来，对着镜头深深鞠了三躬，又抹了抹眼泪，"如果你们要向法院提起诉讼索赔，我也一定到场，认真聆听，一定赔付。"

简直各种深情不悔，诚意满满，包瑞看完直播，直接把手里的遥控器摔了，以后谁敢说顾佳宜没演技，他跟谁急！

"瑞哥，现在我们该怎么办？"小林愁眉不展，毕竟他们之前做的是顾佳宜会放风江楠抄袭她创意之类的预设，好让这边放下身段去求她，所以草拟的申明也是对着这个去的，结果现在完全用不上，谁会想到顾佳宜又是道歉，又是主动招惹官司呢？

"她什么意思？"江楠表示完全看不懂战斗行情。

包瑞沉默了一阵，忽然冷笑："呵呵，是我想错了，顾佳宜这次来势汹汹，未必全是为了想跟你复合。也对，这都多少年了，她也不是什么都不懂的小姑娘，娱乐圈花花世界什么没见过，怎么可能还会像过去一样，闹来闹去就为了跟你在一起，否则，又何必当初。"

江楠对顾佳宜的心历路程丝毫不感兴趣。

"所以，她到底想要干吗？"

"她啊，呵呵，她想要的多了，这次她大张旗鼓地倒追你，你愿意复合最好，现在国内小花流行三十岁之前结婚，算算岁数她也差不多了，你正当红，过去对她也不错，是最合适的人选，如若不行，"包瑞讽刺地扯了扯嘴角，"那她也想要牢牢占据你绯闻女友的位置，让利益最大化。"

"'绯闻女友'……这算什么位置？"

"你以为，顾佳宜不是科班出身，出道晚，演技烂，代表作一部没有，凭什么能担着小花旦的名头，赚着大牌的钱？"江楠在包瑞的注视下，默默摇头，换来包瑞白眼一个，"当然是凭你，凭你我当初给她铺的路，凭你和她一直以来的绯闻曝光。你现在名气越来越大，她这个从未过时的初恋女友，自然也是人气直飙，我听说，她现在对外接个游戏代言，报价可都是五百万朝上的，号称无数宅男的'初恋女神'。你想想，如果这个时候，你对外宣布你有女朋友了，跟她再无瓜葛，从此翻篇，她再也没办法贴着你炒作，她会怎么样？"

"她钱会少赚？"

"很好，回答正确。"

江楠觉得顾佳宜完全不可理喻："那我不管她，非要公开呢？"

"问得好。"包瑞捡起地上的遥控器，"啪"地打在电视机上，"这就是她今天演这场戏的原因，她要告诉所有人，虽然分手多年，但你心里还有她，和她藕断丝连，为她写歌，而她也深爱着你。不信去看看，现在网络、媒体肯定到处都在议论你们是不是要复合，这个时候，你要是敢公开了新恋情，你猜结果会如何？舆论一定会是你薄情、花心、劈腿，罔顾这么多年的感情，另结新欢，而许多橙则会被暗示为第三者插足，然后，一堆人会哭着喊着再也不相信爱情了。从此，顾佳宜成功洗白，永远的初恋女神，再也不用担心当初出轨的事。"

2. 天王的气势

"好个顾佳宜，真打的一手好算盘！"一旁脑子转过弯来的小林，跳脚道，"当初是她被抓奸在床，现在却要逼着楠哥为她守节，还有没有天理了！"

包瑞喷了："会不会说话，谁守节？"

"楠哥！啊不是，"小林抓抓头，尴尬地解释，"不好意思啊，楠哥，我就是太激动了！"

江楠："……"

"我的意思其实是，"小林努力拉回正题，"那我们不能让她就这样胡说八道啊，而且，顾佳宜最后还敢说要想诉讼索赔，就去法院，她会亲自到场什么的，真当我们不敢跟她对簿公堂啊？"

"不是敢不敢的问题，而是真要这么做，她肯定求之不得。"包瑞摇摇头，有一种"众人皆醉我独醒"的寂寞，"你以为观众想看娱乐圈什么？是真相吗？不是，是热闹。来来去去，东拉西扯，开始看的很高兴，后面看得没耐性，最后结果不管如何，在他们眼里，从此你楠哥和顾佳宜都是一路货色。所以，这是个坑，我们不能踩，懂吗？"

江楠已经习惯自家兄弟时不时的智商 Show，根本没往心里去："你既然看得这么明白，那就是已经想好解决办法了？"

"当然！"包大人胸有成竹，"她顾佳宜算盘打得再精，也要看我包瑞肯不肯答应。不过她这次出的题确实有点儿难度，要劳驾我亲自去跟她见一见，这还是四年以来头一次，呵呵，不错不错，有进步。"

"那你尽快处理。"许多橙是知道内情的，应该不会计较今天的事，但是她妈妈就不好说了。一想到许妈妈说起来话一往无前的气势，江楠还是有点儿小胆寒的。

"那申明呢？版权申明还要发吗？"小林还记得他要问的事。

"顾佳宜又没说抄袭，发什么版权申明。从今天开始，避免正面跟她交手。"包瑞挥挥手，下达作战方针，"所有有关顾佳宜的事，工作室一律封口，所有的宣传渠道，装死三天！"

自打江楠被封小天王的那天起，他们工作室就没这么窝囊过啊，包大人，您这回对上进击版的顾初恋，是真的有把握吗？

不管怎么说，工作室的应对还是严格按照包大人的指示执行了，无论外界怎么炒作绯闻，怎么打探内情，这边反反复复就一句话："来，听歌！"

挖掘不到爆料的各路媒体，被工作室油盐不进的态度弄得有点儿恼火，心里一横，行，既然你不肯配合，让听歌是吧，那我们就拿歌说事好了！

　　江楠出道十年，专注音乐，一步一步走到今天，歌自然是经得起听的，媒体对着歌词一首一首掰扯"隐喻"，分析绯闻，倒是引得不少路人跑去把新歌听了，纷纷表示：绯闻我们不懂，但江楠的歌是真好听啊！

　　《涅槃》问佛，可有来生，有意境；*Pretty* 里的少女天真无邪，够甜蜜；就连后来放出的那首也好听得不得了，山有木兮《木有枝》，心悦君兮君不知，简直不能更诗意啦！

　　再加上楠粉们趁机宣传，江楠此次回归拿了多少奖，演唱会有多火暴，专辑在国内外卖到飞起，爬上了哪些权威的榜单，日韩英美一个不落，多么为国争光。围观群众更是连连赞美：天王不愧是天王，真了不起啊！

　　官方粉丝群里，"安利"的捷报频传，大家倒是暂时把顾佳宜抛在脑后了，反正她作死也不是一天两天了，包大人肯定会给她好看的！

　　俞可亲更加坚信这一点，在微信里和许多橙絮絮叨叨："顾佳宜她真敢说啊，当初在录音棚你可都看见是怎么回事了，她就不怕你出庭作证吗？"

　　许多橙回她："这种事，不太好打官司吧。"

　　"为什么不打？造谣生事，损坏偶像名誉，偷拿你的 CD，泄露偶像的音源，条条都是大罪！包大人岂是坐以待毙、甘心受辱的人，我觉得他肯定会帮偶像打官司的！"俞可亲自顾自地分析完，见许多橙不理她，又道，"哎，许多橙，你给个反应啊？你该不是怕了顾佳宜，不敢出庭作证吧？"

　　"胡说什么呢你，真要作证，我肯定上啊！"许多橙没好气道，"我只是觉得这事儿没那么简单，而且 CD 那个，我也只是猜测，偶像和包大人都没有这么说，你可千万别往外抖啊！"

　　"哎呀，知道知道，你跟偶像的事，我一个字都没跟别人说过，不过你待会儿见到偶像，可千万要把今天的事问清楚，现在这样，可憋死我了！"

　　"我尽量吧，好了不说了，我到偶像家门口了，先这样。"许多橙说完，就把手机塞回口袋里，抬手推开半掩的门，脑袋往里探了探，就见江楠正坐在小花园里晒太阳，于是下意识地朝他露出一个讨好的笑容。

　　谁让她昨天刚把江楠从家门口赶跑了，今天又好意思来登人家门呢？

　　江楠开始没明白她这副表情的意思，反应过来之后，好好欣赏了一番，才道："进来吧。"

　　"哎，好，嘿嘿！"许多橙抱着手里的锅，屁颠屁颠地走到他跟前。

　　"你手里拿的是什么？"

　　"荠菜羊肉饺子，我妈剁的馅儿，我包的！"许多橙掀开锅盖，不无邀功道。

　　江楠不上当，慢悠悠地接腔："是我挖的野菜。"

　　"那是那是，军功章里当然也有您的一半。"许多橙赶紧拍马屁，见江楠仍旧似笑非笑的，把今天自己想说的几件大事在心里盘算了一下，决定先挑好听的说，于是道，"我妈说，你把我的工资给她了，给得太多，所以她让我过来看看有什么可以帮忙的，实在不行，就专门做饭，好歹掌勺也算是门技术活儿。"

　　许妈妈，江楠还是很敬畏的，所以端正了一下表情，道："嗯，阿姨考虑得很周到。"

　　哪里周到了，许多橙鼓起嘴："可是，这跟说好的不一样，你把钱都给她了，我拿什么给你买礼物啊？"

　　这句戏言江楠自己都差点儿忘了，不过看许多橙很烦恼的样子，他故意道："是这样，我后来考虑了一下，买再贵的东西，也没有亲手做的有意义，所以钱就给你妈妈，你帮我亲手做个礼物吧。"

　　"……"她今天才发现，原来一本正经的偶像也挺会刁难人的，做手工送人，说得简单，哪那么容易啊，小时候手工课上教的做毽子、沙包什么的，肯定不行……再大点儿，叠星星，做风铃，编手串什么的，啧，好肉麻，至于什么飞机模型、航海模型，男孩子喜欢的那些，对不起，她不会，只是人在屋檐下不得不低头。所以，许多橙只好先道："行吧，我想想，不过丑话说前头噢，我会的可不多。"

"没关系，我不挑。"江楠笑眯眯道。

欺负她欺负得挺高兴嘛！许多橙心里嘀咕了一句，罢了，既然已经舍身饲虎，那她就把今天要问的先一股脑儿说了吧，省得还要再找机会。

"那个，偶像，今天的事，粉丝群还都挺关心的，嗯，你们会打官司吗？如果需要的话，我可以出庭作证的！"

想到包瑞今天早上的分析，江楠敛了笑容，认真道："这件事与你无关，你就当作什么都不知道，放心，不需要你出庭作证，我们也不打官司。"

3. 你咋不上天

果然跟她猜的一样。理智告诉许多橙，江楠这样做，并没有包庇顾佳宜的意思，可她心里面却怎么想怎么都过不去，所以，她扯出个笑容，点点头，表示知道了，又磨磨蹭蹭地道："南木，我可以问你个问题吗？"

"什么？你说。"

"就是，明明当初她做得那么过分，你们发和平分手申明，已经很保全她颜面了，为什么她这么多年还敢这么嚣张？还敢做出这样的事？"她为什么敢笃定你不会拿她怎么样，而你确实又从来没真的下狠手反击过，是不是你们达成了什么默契，所以，"她不怕你把当年的真相，说出来？"

江楠没想到许多橙会问这样的问题，愣了一下，但还是老老实实道："当初她住院，她妈妈来照顾她，曾经当面求过我，希望我不要把事情说出去，说这样她女儿一辈子就完了，我答应了。"

所以这就是顾佳宜的倚仗？这么说来，还是江楠的默默纵容，造就了如今的局面吧。虽然从道义上来说，这么男人的做法真的很不错，但是……一想到江楠也曾经拎着大包小包的东西，登门探望过顾佳宜的父母，许多橙就感觉心里堵得慌。

再联想到包瑞说，江楠也曾经很认真地对待过那段感情，提携照顾，为顾佳宜铺路……

　　罢了罢了，都是过去的事了，自己有什么好争的？再说，自己又哪有
资格争？这样的真相，反而让许多橙更容易劝自己看开些：你看你看，江
楠也不是只对你好，他就是这么一个人罢了，如果换个女孩，大概他也会
一样对待吧。

　　所以，就算江楠现在有一点点喜欢她，她也不过是段短短的插曲，有
什么好放不下的？更何况，这事儿也不确定，所以，她较真个什么劲儿！

　　江楠见她一直沉默，也觉得氛围有点儿尴尬，不自然地站起身，小心
翼翼地看她脸色："你在想什么？你是不是生气……"

　　"我没有！"许多橙反射性地回道，说完才觉得自己有点儿紧张过度，
掩饰性地抱紧自己手里的锅，"那个，我没事，偶像你现在饿吗？我去帮
你煮饺子。"

　　"噢，"江楠也想不出自己该怎么解释，顺口道，"好哇。"

　　许多橙点点头，又机械地道："那蘸饺子的醋呢，里面要不要放麻油、
辣酱和香菜？"

　　"都要。"

　　"那我去煮。"许多橙转身就往厨房里走。

　　江楠望着她的背影，心里有点儿小开心，又有点儿做错事的慌乱。

　　开心的是，他看出来许多橙吃醋了，说明许多橙还是在意他的；慌乱
是因为，早知道在未来某一天会因为这件事闹得不愉快，他当初答应的时
候，就该慎重些，至少要讲明条件，不该让他喜欢的女孩子难过。

　　正当江楠拿起手机，又想跟包瑞打个电话的时候，即将跑进厨房的许
多橙，看到小林手里一大摞衣服，忽然顿住了脚步："那个，小林哥，这
些衣服是不是偶像 MusicTop 上穿过的啊？"

　　"啊，是的，"小林侧过头，对她开玩笑，"一套礼服，两套打歌服，
都在这里了，许助理，你要看看？"

　　许多橙真的放下锅，伸手去摸了摸礼服："这是丝绒的料子吧，还挺
厚的。"又去摸摸里面的衬衫，"嗯，真丝的，不适合做底子，不过可以

当滚边布，啊，还有这个，"她再摸摸造型复古的打歌服，"棉麻的，糨糊粘得比较牢，这个好！"

小林："啊？"

许多橙笑容满面地抬头朝他道："小林哥啊，我听说，明星的衣服都只能穿一次的，这个也不能捐给小朋友，你一般会怎么处理啊，会扔掉吗？"

好好的衣服，扔了干吗？小林刚想回答，两人身后的江楠忽然接话道："不扔的话，你打算用来干吗？"

"俗话说'巧妇难为无米之炊'嘛，你不是想让我做手工送你吗？"许多橙转身，小眼神萌萌的，伸手戳着衣服，朝他讨要，"嘿嘿嘿，嗯嗯嗯？"

巧妇？这个形容他喜欢，江楠按下他心里那点儿猥琐的小脑洞，面上越发严肃："行，那就不扔了，给你用，不过，你要好好做，我可是会随时检查的。"

"行，没问题，您就瞧好吧！"许多橙欢快地应了一声，把刚才那点儿不开心都忘了，琢磨着怎么做东西，哼着歌钻进了厨房。

江楠见她又开开心心的，刚才那点儿担心也消散了，满意地重新坐回藤椅上，边晒太阳，边写歌。

只有小林，心事重重地抱着衣服回到屋子里，愁了一回儿无解，拿出手机给包大人打电话："瑞哥，你让我还给赞助商的衣服，被截和了！"

包大人开口道："怎么回事？"

小林赶紧吧啦吧啦把事情讲了。包大人听完，一点儿情绪波动都没有："那你就去跟赞助商把衣服买下来，随便他们折腾。"

"可是我听许小姐的意思，她是想把衣服拆了做手工啊，三套衣服加起来至少也得过百万，这合适吗？"而且花了这么多冤枉钱，她还不知道，楠哥岂不是媚眼抛给瞎子看了！

"人家小两口玩情趣，你操哪门子心，有这个精力不如多吃点儿好的。噢，对了，许多橙包的饺子记得给我留点儿，我还从来没吃过江楠亲手挖的野菜，这回得跟着沾沾光。"

"……"为什么他的 Boss 们重点总是不对？小林表示看不懂这个凡人的世界了。

包大人早已超凡脱圣，修成不动明王，才不管别人会想什么，挂了电话，拿起桌上的咖啡，慢条斯理地吹了口气，喝了一口，又摇摇头，往里面加了勺糖。

他对面的顾佳宜自然没这么好的耐性，端着手里的咖啡，冷笑道："她倒是挺会哄人的。"

"她会哄，"包瑞抬头看了她一眼，"总比有人不会哄强。"

对此，顾佳宜还真没什么好说的，她虽然追了江楠多年，还真没给他做过一顿吃的。不过话又说回来，她又不是那种一无是处，只能当家庭主妇的小女生，不会厨艺很奇怪吗？

撩了撩长发，顾佳宜很有女神范儿地点了根香烟，吸了一口："行了，我们也不要兜圈子了，说正事吧！"

"OK，女士优先。"

"我的要求很简单，"顾佳宜吐了个眼圈，猩红的指甲在桌上点了点，"江楠承认 Pretty 这首歌是为我写的，我们私下里还是朋友，我可以容忍他跟许多橙谈恋爱，如果他们被媒体抓拍到，我还可以帮忙解释。怎么样，毕竟对于一个普通小姑娘来说，跟偶像谈恋爱，外界的压力还是很大的，有我替她挡着，也不失为对她的一种保护吧？"

呵，想得美，你咋不上天呢？

4. 往事如烟散

望着顾佳宜胜券在握，不无得意的表情，包瑞抿了口咖啡，忽然想回忆一下过往："我记得上一次见面，我们也是在这里，约谈你怀孕该如何处理的问题。"

顾佳宜面色一变："你是想威胁我？"

"你上回就是这样，没等我把话说完，就拉着我往喷泉池子里滚了。"包瑞回忆完毕，耸了耸肩，"不过现在不比从前，你和江楠之间早无情分可言，所以，我今天确实是来威胁你的。"

顾佳宜听了他这话，也不知想到了什么，夹着香烟在水晶烟灰缸上磕掉烟灰，忽而笑道："反正闲着也是闲着，不如你把之前没讲完的话，讲完它？"

"也行，不过在这之前，你能不能帮我先解个惑？"包瑞望着身后不远处的人工喷泉，问出了心中埋藏已久的疑惑，"你在拉着我跳水之前，是不是不知道，胎儿也是可以做 DNA 鉴定的？"

顾佳宜手抖了一下，面无表情道："我之前拍过一部宫廷剧，有一场故意落湖掉胎的戏，导演要求比较高，我练了很多次才过，我以为我可以控制好力度。我以为孩子会没事。"

包大人感觉自己闹不明白了："你既然不想孩子有事，你为什么要拉着我跳水？"

"很难理解吗？"顾佳宜红着眼眶，恨声道，"如果没有你在江楠身边，江楠可能就会什么都听我的，如果不是你，他可能早就跟我复合了！"

"你当江楠是白痴吗？"包瑞都不知该如何形容自己的心情，"你以为你们的事都是我帮他拿的主意吗？"

"难道不是吗？你可是王牌经纪人，业界公认，无所不能的包大人！"

"我可真谢谢你的夸奖了！要我真有这能耐，当初我就不会同意他跟你谈，要我真能做主，四年前我就不会在这里坐过！"

"什么意思？"

"想知道，好，那我告诉你。"包瑞站起身，双手撑着桌子，"四年前，你刚分手就说怀孕了，我是根本不信的！我第一时间跟江楠说，让你去做胎儿亲子鉴定，可是江楠自己咨询了妇产科医生后跟我说，带你去做孕检他没意见，如果你是假怀孕，那见面都不必，如果你是真怀孕，不需要带你去做亲子鉴定……"

"为什么？"怎么会怎么会，她就是怕做亲子鉴定才铤而走险的，拉着包瑞落水，为的是让他们兄弟起间隙，更想让江楠对她不忍心，可江楠怎么会不要自己做亲子鉴定呢？明明，明明……

"因为江楠听医生说，胎儿小的时候，抽取羊水做亲子鉴定，胎儿可能会致残；如果过了四个月做，万一……对妈妈身体伤害大不说，那个时候胎儿手脚俱全，在妈妈肚子里会动会笑，能听能看，跟活人也没什么区别了，不管是谁的孩子，都是一条命，他不忍心真走到那一步！"

"所以呢，所以呢，他的意思其实是，其实是？"

"其实是，如果你真的怀孕，不管孩子是谁的，不管你们将来如何，他都愿意担负起父亲的责任，抚养孩子。"

顾佳宜怔怔地抬头望他，不敢相信自己的耳朵。

"不过，谁能想到，你只听到我要带你做孕检，就拉着我跳水了，孩子也没了。"包瑞说着看了一眼窗外蓝蓝的天，寒风呼啸中，白云还在飘，他又缓缓坐了下来，"我该说什么呢，老天开眼？人算不如天算？善恶终有报，天道好轮回？就是可怜了那个孩子。"

顾佳宜终于"哇"的一声哭了出来，伏在桌上，好不伤心，不知是为错失了与江楠复合的机会，还是为当年在算计中失去的孩子……

包瑞边等她哭完，边喝咖啡，中途还加了两次糖。没办法，他对顾佳宜真的同情不起来，作为一个不会游泳的人，毫无防备掉进喷泉池，他整个人都是蒙的，幸好池水不够深，他摸到边缘，努力攀着站起来，才没发生意外，不然，说不定挂的就不只是顾佳宜的孩子，还包括他了。

也因为他不会游泳，根本没人相信顾佳宜的栽赃，流产的胎儿被顺理成章地拿去做了亲子鉴定，鉴定的结果，也证实她确实心中有鬼。

顾佳宜哭完，自己把眼泪擦擦干，又补了个妆，重新点起根香烟，时间已经在半个小时之后了。她哑着嗓子道："说吧，你打算威胁我什么？你从来不讲废话，这事儿是不是跟孩子有关？不过我想提醒你，江楠当初可是答应过我妈妈，不会把整件事说出来的。"

"他当初答应你母亲，是怕你声誉受损，不好嫁人，而不是助纣为虐，让你到处讨要好处。这么多年，我们对外是什么都没说，可是你却靠着不存在的孩子，成功让展之麟和他前女友分道扬镳，孩子的亲生父亲现在更是你的金主，听说你下部戏就是他投拍的？"包瑞手指在桌上轻轻划动，写下一个"邹"字，"可怜他太太，还一心以为你真的想跟江楠复合，把你当半个亲生女儿待，根本没防着你。你说，如果我把当初亲子鉴定的原件寄给她，会怎样？"

"这不可能，你怎么会知道，你怎么会有亲子鉴定的原件？"顾佳宜忽然想到了什么，大叫道，"我妈骗我，她说帮我收起来的，竟然骗我？"

"没错，是我从你妈妈手上拿过来的，许出去那么大的承诺，江楠重情义，根本料不到你会反咬一口，我作为他兄弟，怕他身败名裂，又怎能不防？"包瑞说着，把手机里亲子鉴定的原件照片在她眼前晃了晃，"一共三份，江楠的，展之麟的，还有你那位神秘先生的。"

顾佳宜瞪大眼睛望着他的手机屏幕，确认他没有忽悠自己："你，你到底想怎样？"

"我希望你安分守己，把今天以及今天以前，对媒体捅的娄子，还有私下里的手脚，都处理处理干净。从今往后，把江楠说过的那句话，牢牢记在心里，他大度'既往不咎'，也希望你有良知'江湖不见'，当然，出于江湖道义，我还想郑重地提醒你，不要伤及无辜，不要再害人，否则……"包瑞指了指头顶，粲然一笑。

"包瑞，我恨你！"

呵呵！"给你三天时间，勿谓言之不预。"

一二三，木头人

YIERSAN
MUTOUREN

第十章
别让她伤心

这世界变化太快，
我已经承受不来！

1. 岁月催人老

包大人放完狠话的第一天，顾佳宜什么动静也没有。

许大厨娘光荣上岗，早饭小米粥配咸鸭蛋，还有自家腌的雪菜炒肉丝当小菜；中午四菜一汤，有江楠最爱吃的可乐鸡翅；晚餐阳春面，每个人碗里的汤料可自点。

在做饭的空隙，许多橙还充分发扬了艰苦朴素、吃苦耐劳的精神，把江楠一百多万的衣服全剪成了破布。小林全程心痛，包大人面无表情，江楠拿手机当摄影机用，拍了许多"经典瞬间"，留作纪念。

包大人放完狠话的第二天，顾佳宜也没有什么动静。

许大厨娘早饭烙的煎饼，与街上卖的可不一样，是她舅舅的不传之秘，薄、脆、鲜、香，有甜咸两款可供选择。江楠和包瑞一人吃了两锅，由于程明枫一大早就跑来蹭饭，小林痛失一锅。中午韩希贤突携家属蹭饭，又是一顿混战。饭做累了的许多橙干脆晚餐准备火锅，想吃自己动手，你们想怎么抢怎么抢去！

包大人放完狠话的第三天，早晨，天晴，还没人去关心顾佳宜的动静，因为许多橙说家里有事，不来做饭。

江楠叼着小林从酒店买回来的面包，蹲在小花园的天井旁，玩许多橙昨天做的糨糊。这是她拿糯米熬的，一边熬一边在锅里搅，出来就是糨糊了，想想还是挺神奇的。江楠依稀记得小时候家里也是有糨糊的，过大年的时候，会用它来贴对联，这么想着，他拿起自己一张作废了的乐谱，沾了点儿糨糊，贴到天井盖上。

包瑞西装革履地从旁边经过，江楠立即站起身，手里还拿着糨糊："包瑞，你看，这是许多橙昨天做的糨糊，还挺有用的。"

"我知道你想炫耀，如果有时间我也不介意捧捧场。"毕竟天天吃人家做的饭，"但是，我刚才接了个电话，顾佳宜把邹太太哄去瑞士度假了，我估计她又要出幺蛾子，我得去找外援。"

江楠敛了笑容："她还真是……其实我想过了，既然她不遵守约定，那我就发申明澄清真相，别人爱信不信，我和许多橙在一起，好好过日子，日久总会见人心的。"

说实话，包瑞最近还挺对他家兄弟刮目相看的。他原以为江楠挺磨叽的，譬如顾佳宜追了他六年，他才勉强接受，结果到了许多橙这里，他没到六天就喜欢上人家了，还追得这么起劲。又譬如，自己威胁完顾佳宜之后，试探地告诉他，自己从顾妈妈那里把亲子鉴定拿回来了，江楠不仅没生气，还回了他一句"谢谢"。

今天更是啊，把顾佳宜捉奸在床都没见他拿出这样的斗志，简直热血少年，果然许多橙是不一样的吗？

这样的江楠，包瑞还真怕他一时冲动，坏了大事。

"你有这样的决心是好的，我知道，你也不在乎不相干的人怎么评价你，但是，许多橙呢？人家好好的一小姑娘，什么都没干，莫名其妙就成了大家眼里的第三者，哪怕是短暂的、一时的，她也很冤好不好？"

"你说得对，"果然许多橙就是不一样的，一听到会妨碍她的名誉，江楠立即冷静下来了，走到他写歌的石桌旁，倒了一杯水，端给包瑞，"你有好办法？"

包瑞真是悔死当初教江楠这一招了。江楠刚出道的时候，顶着一张面瘫脸，完全不会求人办事，他身为经纪人那个苦口婆心地劝啊，"你不会说话，你态度好点，倒茶总会吧"，结果，他对别人还是没学会，全用在他身上了！

把武夷山大红袍仰头一口干了，包大人认栽道："办法我当然有，你放心，两天内，肯定把事情解决得圆圆满满，之后你想怎么炫耀你家许多橙都行！"

江大天王感动地又给他倒了一杯冷茶："好兄弟！"

"……"一定要想个办法向许多橙告状，抓住机会要求加菜，哼！

　　不知道自己被包大人惦记上的许多橙，正在家里收拾东西，昨晚她很意外地收到了表姐宋筱婷的信息。

　　宋筱婷先是开开心心地展示了一下她用"眼球控制仪"的打字速度，然后跟许多橙说，今天有时间过去她家一趟。

　　对于表姐的要求，许多橙自然满口答应，所以一大早就打算出门过去，没想到许妈妈听了她的话，却道："你等等，你舅妈上回来，问我要家里不穿的旧衣服，你跟我一起拣拣，带过去。"

　　"旧衣服？"

　　"是啊，她说今年婷婷病得厉害，已经不能自理了，她没法儿去上班，治病还要大把地花钱，婷婷身体不好吃食也不能省，衣服就凑合凑合，让我们有旧的就给点儿她们穿穿，说反正她娘俩也不怎么出门。"

　　听了她妈的话，许多橙鼻子一酸，为了表姐的病，舅舅家里的条件已经差到这种程度了吗？

　　想起小时候，许多橙其实是不太喜欢这个舅妈的，原因很简单，她家舅妈太争强好胜，什么都爱攀比。看到许多橙必问成绩，不管考得好不好，最后都会拐到夸她女儿如何如何优秀上；看到许妈妈，先淡工作，舅妈是会计，工作体面，再谈衣服首饰，每每也要压许妈妈一头。要说她人有什么优点嘛，大概是从不屑占人便宜，给小孩儿发红包，也喜欢包大个的，以示她家日子在亲戚朋友里过得最好。

　　这些年，表姐身体不好，舅妈脾气收敛了许多，大概还指望她和舅舅将来老了，自家能多照应照应，对许妈妈也颇为巴结。

　　现在竟然开口要旧衣服穿……

　　她宁愿她认识的还是当初那个不招人喜欢的舅妈。

　　许多橙偷偷把眼泪抹了，从衣橱里拿出两套自己没穿过的新衣服，塞进包袱里。许妈妈摸摸她的头："乖女儿，别太担心，我和你爸爸商量过了，等再过两天，去送点钱和年货给他们过年，我们帮衬着点儿，日子总是能过下去的。"

是啊，所以，她家绝对不能再倒了。

许多橙抬头望着自己的妈妈，庆幸岁月还没残忍地对待过她。

她们母女出门，人家都开玩笑说她们是姐妹，惹得许妈妈愈加喜欢保养打扮自己，人显得年轻。许妈妈也总爱赶一赶时髦，跳舞、看戏剧、出去旅游什么的，明明只比舅妈小了七岁，看起来却像小了二十来岁，隔着辈。

这样很好，这样就很好。

她已经这样了，爸爸妈妈更要好好的。

2. 别让她伤心

许多橙拎着一大包衣服，在地铁和人海中川行，笑着，却还是忍不住流下眼泪。她也无所谓别人的目光，一口气跑到舅舅家的家门口，想想又折出来，在他家附近找到一家银行，把自己卡上的两千八百块都取了出来，这是她去韩国返程省下的机票钱。

打开包袱，找了一件衣服，许多橙把钱塞进衣服口袋里，拉好拉链，又跑进银行的厕所，洗了洗脸，在外面转了一圈，确认没什么异样，她才登了舅舅家门。

舅舅上班照常不在家，把衣服递给舅妈，随便说了两句，许多橙便去看宋晓婷。感觉宋筱婷比之前瘦了点儿，气色倒还好，正在电脑前用那个所谓的"眼球控制仪"打字。于是她凑过去道："哟，宋筱婷，不错啊，这东西果然看着很高级，是挺方便哈！"

"叫姐！"宋筱婷还是一如既往地纠正她的称呼。

"是的姐，好的姐，说吧姐，"许多橙从她桌上的果盘里捡了颗荸荠丢进嘴里吃，笑嘻嘻道，"喊我来什么事？"

宋筱婷抬头看了她一眼："在我面前你还装什么，"又侧了侧头，"去把门关起来。"

"噢。"

等许多橙转身把门关了，带上锁，宋筱婷又道："过来，把我腿上的毯子掀开。"许多橙依言行事，把毯子掀开，发现她轮椅侧缝里夹着一个药瓶，伸手取了出来，递给她。

宋筱婷摇头："是给你的。"

"给我？"

"这里面装的药叫力如太，可能是对我们最有用的药了，虽然不能治病救命，但是可以延缓病情的恶化，你拿去吃吧。"

"姐你哪儿来的药，你该不是自己省下来没吃吧？"这两年，许多橙不知听舅妈念了多少遍，这药多贵，进口的两千多一盒，国产的也要六百多，每次买药都发愁，吃一颗都要算账，表姐根本不应该有富余的药。

"姐，你这样不好好吃药，舅舅舅妈多伤心啊，你知不知道你现在情况在加重？赶紧收起来，我没事的，我不是跟你说过了吗，过完年再说啊！"

"我知道，可是你现在不方便去看医生，这个药还是早吃为好，再说，"宋筱婷没好气地看了她一眼，"谁跟你说这是我不吃省下来的，这是我偷偷买的！"

"你偷偷买的，姐你没骗我吧？你从哪里买的？"

"从我一个朋友那里买的。"见许多橙还是一副不相信的样子，宋筱婷只好道，"好了好了，我都告诉你，不过你可别嫌晦气。"她顿了顿，叹了口气，"我有个朋友气切失败去世，这个药是我从她女儿手上便宜买的。这种事不单我们，癌症什么的圈子里也经常有的，毕竟对重病有效的药都挺贵的，人走了，丢掉可惜，家里人又没用，所以会便宜卖给还活着的病人。"

药的来源清楚了，但是——"气切？"

"嗯，气切。"见许多橙不明白，宋筱婷继续解释，"我们这个病最后都会走到这一步的，不能动弹，不能说话，最后呼吸衰竭，想要活下去，就要选择气切，就是气管切开，接上呼吸器，如果手术成功，那还可以活下去，如果手术失败，人就没了。"

听着表姐平静的叙述，许多橙忽然觉得身上好冷，有点儿不安缩了缩身体："噢，这样。"

宋筱婷知道她害怕，可是也无从劝起，只是道："你把药收起来吧，我为了替你保密，可是费了好大工夫才拿到药的，你要是不拿走，我妈发现赃物，说不定就保不住了，你不是说想让家里过个好年的吗？"

买都买了，许多橙也就不矫情了，大不了……以后，再还回来。

"好，姐，那我拿走了，谢谢你。"

"跟我还说什么客气话。"

"我就是随便客气一下，宋筱婷，你还当真啊！"

"叫姐！"

"咚咚咚！"

"你们两个躲在屋子里闹腾什么的？"舅妈在外面拍门，"赶紧把门开了，让我进去铺被子，这还忙着呢！"

许多橙吐吐舌头，转身想去开门，宋筱婷在身后小声提醒："药药药！别抓手上！"

许多橙赶紧把药揣口袋里，才把门打开。

舅妈抱着干净的被子，进屋之后先是威严地扫了一圈，又闻了闻，没找到异常情况，疑惑地开始铺被子，一边铺，一边还不死心地翻翻枕头下面。

姐妹俩坏坏地相视一笑：她俩合作多年，岂是这么好拆穿的！

许多橙帮舅妈把换下来的被子丢进洗衣机洗了，又做了午饭，陪着她母女俩一起吃了，本来下午就走的，可是宋筱婷说什么也不让她走，非要跟她普及渐冻人病情发展的过程，生怕她不好好吃药、锻炼、配合治疗。

她多想告诉拼命想让她活下来的姐姐，这根本是无用功，自己早已拿好了主意……

"你别嫌烦啊，我病情发展到现在，指不定哪天一觉醒来，说话就不利索了，趁我现在还能说，你让我痛快地说完吧。"宋筱婷努力抬起手，搭在她手上，仰头笑着，"好橙橙，你以后出门不方便，也要好好的，我们姐妹俩大概也是见一面少一面了。"

真的，说不出口啊！

她说的每一句都在笑，可是许多橙听的每一句都想哭，回家的时候，望着满天繁星，好想问问老天爷，这是为什么……

在外面盘桓着，许多橙一点儿都不想回家，可惜，她这个姐姐啊，却还是不肯放过她，望着手机里的新信息"到家了吧，记得吃药，别忘了"，想起她姐姐眨半天眼睛，才打对一个字的样子，这条短信也不知写了多久。

许多橙掏出药瓶，干咽下一颗，然后发短信回道：吃啦，放心，亲！

吃吧吃吧，不管怎么样，活着的时候，别让任何人为自己伤心，她能做到的，也只有这些了。

3. 谁是与谁非

"今天召开这场新闻发布会，是想跟大家说，关于我不小心泄露江楠新歌音源的后续。"顾佳宜在镜头前，笑得大方得体，"很开心，他的经纪人瑞哥说，不会追究我的法律责任，也原谅了我的任性。在这里，我要郑重地向江楠和他表示感谢。"

台下的媒体跟着起哄："那你们复合了吗？"

"啊，抱歉，没有噢，"顾佳宜耸耸肩，做了个"我也很无奈"的表情，"而且他还告诉我，Pretty 不是当初为我写的那首，而是为别的女孩子写的，然后我仔细回忆了一下，似乎有不一样的地方吧，其实这两天我还蛮伤心的。"

有个女记者抢到话筒，迫不及待道："顾小姐的意思是说，江楠这首歌不仅送给你，现在还送给了别人？"一首歌送给前后两个女孩子，听起来很渣哎！而且不是他们想的意思吧，江大天王有新欢了？

"啊，我可没有这样说，你们不要多想噢。"顾佳宜的否认听起来更像是一种承认，说完又急急忙忙道，"不管怎么说，我都很感谢他们不追究我的责任，拜托大家也让这件事早点儿过去吧！"

"啪！"包瑞暂停视频，对面前雍容华贵的女子道："这段是她上午开新闻发布会说的，下面这段是她下午在一个品牌代言上夹带的。"

他说完，视频继续播放。

顾佳宜换了一身清凉装，在热热闹闹的商场高台上："请大家不要再问我关于江楠的问题了，从今往后呢，我心目中的男神就是我的师兄展之麟了！我觉得这么多年，他像大哥一样照顾我，保护我，也挺好的，哈哈……"

"这是她昨晚参加《女人夜话》栏目的现场。"包瑞说着，再次点开一个视频，望着里面成熟干练侃侃而谈的顾佳宜道，"她在里面谈了很多，总结起来有三点：一、男人从不变心，永远喜欢二十岁的女孩子，所以她输了；二、她认为女人应该独立优雅，成熟懂事，而不是甘于平庸，装柔弱善良，成天把心思花在哄男人上；三、展之麟很不错，当初支持你的事业，如今是她的男神。"

"所以，顾佳宜的意思是，"雍容华贵的女人，脸上带出温柔的笑意，"攀不上江楠，下一个目标，改为那个姓展的了？"

包瑞点点头："恐怕是这样，不知道岑姐，有没有兴趣出一出当年的怨气？"

"当然想出，不过按我的意思呢，他们俩一个人蠢一个眼瞎，真是绝配，不如就搁一锅里煮烂算了，省得祸害旁人，现在点破，反而是让姓展的逃过一劫。"

"原本我也是这么想的，但是现在没办法。"包瑞无奈地叹了口气，"顾佳宜现在明摆着就是逼江楠无法公开新恋情，如果不能迅速扭转舆论，她洗白完毕，坏人就是我们做了。"

"我懂。"岑姐举了举手中的红酒杯子，"这么多年，我人在国外打拼，看着风光，其实冷暖自知，国内人气没降，还多亏你和江楠的打点，我很承情。所以，你放心，既然今天架了梯子，搭好台子，请我来唱这出戏，那岑姐我说什么都得替你们把它唱好了！"

包瑞站起身，恭恭敬敬地给她鞠了半躬："谢谢岑姐。"

"不用这么客气，那我今天晚上也上一上这个《女人夜话》栏目好了，凭你包大人的招牌，给我插个队，没问题吧？"

"当然没问题。"包瑞举起酒杯，先干为敬，"只要报上您，华语影坛大满贯影后岑今的美名，国内哪个节目不随岑姐您上？"

"哈哈，不敢不敢。"

"畅谈女人话题，维护女性权益，大家好，这里是《女人夜话》。"一向稳重的女主持人池语，今晚显得尤其兴奋，"今晚，节目组很荣幸地请到了一位神秘嘉宾，她成功演绎过许多女孩儿少女时代的梦想，也成功塑造过很多或坚强独立或悲情美丽的母亲，她'当'过'卖花女'，她'做'过'女皇帝'，她是华语影坛的大满贯影后，也是好莱坞眼中的东方明珠，她就是岑今，我一直以来的偶像！"主持人说到最后，干脆跳起来，亲自去迎接升降台上，缓缓入场的岑今，"岑姐啊，我终于把您给盼来啦！"

岑今对这种场面驾轻就熟，笑着摆摆手，便牵着主持人的手，一起回到了座位，后面的话题更是全程掌握了主动权。岑今并没有过多提及自己获得了哪些荣誉，反而如大姐姐般，聊了不少圈内的趣事，借以表达她对女性权益的看法："想上学的能上学，想工作的有工作，愿意单身的没人逼婚，想结婚生孩子的，婚内权益有保障，女性平权，如此而已。"

不得不说，这样的观点十分大气，即使稍显空洞了些，但是架不住岑今混圈多年，人脉广，资历老，信手捏来几个当红偶像的糗事，也不怕说得说不得，都往外倒，惹得全场爆笑连连。

岑影后也是老牌经济公司 BBQ 出来的，所以她说的那几个小辈，几乎都是 BBQ 出身，就连早已独立的江天王，也没能逃脱。

"他比我小，却死活不喊我'姐'，后来有一次我忍不住问他为什么，结果江楠说'你看起来比我小，我叫不出口'，我当时心里还挺美的，就原谅了他！"

"哈哈哈……"观众一阵疯笑。

也许最近娱乐八卦已经习惯把江楠和顾佳宜联系在一起，女主持人想都没想就道："那他的初恋女友顾佳宜呢，喊岑姐什么？"

说完，场面倏地冷了一下，女主持人才恍惚意识到自己说错了话。虽然不曾摆在台面上，但是岑今私下里确实不止一次地表示，她非常不喜欢顾佳宜这个曾经的小师妹，甚至有传言称，当初岑今会与 BBQ 一哥展之麟分手，就是因为展之麟对顾佳宜太照顾了。

不过还好，岑今闻言看起来并没有很生气，反而掏出手包里的手机晃了晃，道："我这儿有一段顾小姐跟我说话的录音，想知道她喊我什么吗，我放给你们听听？"

"好！"台下的观众异口同声。

"既然如此，那我就满足一下大家的要求啦！"岑今说完，笑眯眯地开始摆弄手机。

这样的直播节目主持人也是没法喊停的，所以即使察觉情况有些怪，但她还是只能赔着笑道："既然岑姐这么说，那我们就一起听听吧！"

"呜呜，对不起，岑姐，我已经怀了麟哥的孩子……我没有骗您，岑姐，这是我的孕检结果，这是我和他一起出去……嗯……的照片……孩子真的是麟哥的，江楠已经跟我分手了，岑姐您能不能也成全我们，岑姐……"

录音戛然而止，全场惊呆，神同步。

只有岑今仍旧笑眯眯地对着镜头道："所以，大家都亲耳听到啦，顾小姐也是叫我岑姐的。"说罢，她又看了一眼不知该如何接话的主持人，伸手拍拍她，安慰道，"没事没事，我保证这段录音是真的。顾小姐要是去法院告我，我肯定能赢，不会害你担'播出事故'的责任。"

真不愧是她多年偶像啊，主持人终于缓过劲儿来了："谢谢岑姐，岑姐我相信您！"

4. 幕后之黑手

今日热门话题:

这世界变化太快,我已经承受不来!

谁给我捋捋?

大神回答:楼上问的是江大天王和顾佳宜扑朔迷离的恋情吧,经过我潜心钻研一宿,现总结最新版本如下——这二人相识于十二年前恋爱于六年前分手于四年前,但是,多年来顾佳宜想复合复合再想复合江天王拒绝拒绝又是拒绝,终于,三天前顾佳宜说不再复合,指出江天王另结新欢而自己男神变更为师兄展之麟,成功召唤出展之麟前女友如今的大满贯影后岑今。岑影后无愧我华语影坛输出型人才,一段录音彻底扭转时局,成功把顾佳宜打入劈腿、小三、白莲花的深渊,事情过去一天,BBQ 仍旧拒绝回应。回答完毕。

大家下午好,我来给大家补充一下最新战报:BBQ 一哥展之麟对着媒体隔空喊话岑影后,说她当年为什么宁愿相信顾白莲花也不相信他!为什么不给他一次机会,江楠和顾佳宜分手另有原因,他敢发誓当年的孩子不是他的!并且他还要求顾佳宜澄清流言,有本事提供胎儿的亲子鉴定,否则法院见!补充完毕。

"号外!虽然 BBQ 还在装死,但顾佳宜即将开拍的电影换女主角了,邹氏影业的负责人说,是因为她不再符合影片女主纯洁美丽的形象。"

"还有还有,她代言的品牌香水 SUB,也说会换人了!"

"哈哈,真是大快人心!"楠粉们欢欣鼓舞,齐齐落下激动的泪来。这么多年,她们打不还手骂不还口,容易吗容易吗!终于,终于顾佳宜把自己给作死了啊!"管理员管理员,快点儿出来换群公告,把那条'不准攻击顾佳宜'去掉啊,现在所有人都在骂她,我们也想过过瘾啊!"

文明礼貌的管理员没说话,只是默默地把群公告改掉了。

大多数人见了,还是挺高兴的,纷纷表示要出去撒欢,抖一抖积攒了这么多年的顾白莲的黑料。小部分人却又开始嫌官方太磨叽："怎么回事啊！这么大的事，今迷和麒麟都冲在最前面，明明楠宝才是最大的苦主，你们官方一点儿反应都没有，是不是还想包庇顾白莲啊，如果这样，我们退群了，宁愿当野粉！"

管理员再次修改群公告：少安毋躁，楠宝晚上开完新歌演唱会，包大人会发申明的！

这还差不多！"坐等申明，我家包大人才是最强的！"

包大人当然才是最强的，因为他就是幕后黑手啊。不过他也没想到岑影后这么给力，岑影后手握录音作为证据多年，竟然也一直保持沉默，果然他不懂女人，不了解女人的手段——早知如此，他该早找这个外援才是，扼腕！

不过，在接起顾佳宜打过来的电话时，他又恢复成了那个算无遗策，无所不能的包大人："顾佳宜，我说过，给你三天时间，勿谓言之不预，是你毁诺在先。"

顾佳宜在电话那头大喘着气："可你明明，明明只是威胁我说，要把亲子鉴定给邹太太的！"

"我说你就信？你不知道有一招，叫声东击西吗？我都要出手了，怎么可能提醒你，让你有时间去对口供，消灭证据，骗邹太太去瑞士度假？我猜猜，你是不是还告诉她，我打算拿一份亲子鉴定诬陷你，离间你和邹家之间的关系？"果然，那头顾佳宜沉默了，包瑞嗤笑，"胎儿的尸体早就被处理，单凭一份亲子鉴定证书，你说是我伪造的，以邹太太对你的信任，更愿意相信你也不无可能，所以，我何必自找麻烦？"

是啊，他不会自找麻烦，是她太天真，被包瑞一句话牵着鼻子走，弄得全世界都在看她的笑话。

顾佳宜从小自认聪明，又长得漂亮，每每能把人哄得团团转，偏偏对方还甘之如饴。开始她也是心虚的，后来就只剩下得意了，就连曾经遥不可及的江楠又如何，还不是乖乖任她摆布？可只要对上他身边的包瑞，她就会栽跟头，如何都跨不过去。

"包瑞，我恨你！你不要得意，早晚有一天，你会栽在比你更聪明的人手里！"

"呵呵，你知道我为什么一直笑你蠢吗？因为你犯了聪明人最容易犯的错误，那就是，当旁人都是傻瓜。"包瑞一字一句道，"放心，我不会。"

这世上的问题，要是都能靠智商和情商排列组合解决，他又怎么会沦落到在演唱会后台捣糨糊？

"差不多就行了，跟那个女人有什么好说的，"江楠边化妆边在他身后当监工，"挂了电话，认真捣啊，不然明天橙橙还不够用，我的鞋子怎么办。"

包大人顺手挂了电话，狠狠瞪了他一眼："怪谁，要不是你把糨糊都拿去贴东西，她会不够刷鞋帮吗？"

许多橙原本正默默偷听，被江楠这么一打断，提着身上拖拖挂挂的长裙转过身道："我都说放着让我来了，没事，我明天弄得及。"

江楠慷他人之慨道："没关系，让包瑞弄好了，反正他现在也不忙。"

一边蹲在电脑前刷邮件，一边和着锅里糨糊的包瑞：呵呵哒。

许多橙见状，想起身去端锅，蹲在她身边弄造型的 Candy，嘴里叼着大头针，赶紧含混不清地阻止她："别动别动，好橙橙，再坚持一下，我这还有两个羽毛没插上去。"

"对啊，你别乱动，你身上这件霓裳羽衣凹造型很麻烦的，"江楠对着她头上的那三根火红色呆毛越看越乐，"明明我想要的感觉是凤凰，为什么出来的是，嗯，火鸟、金刚鹦鹉？"说着还装模作样地叹了口气，"看来还是不够专业的缘故。"

他不说这个还好，一说，许多橙满肚子气："你现在换人还来得及！"

她不就会吹个箫嘛，这事怎么就能被江楠物尽其用到这种程度呢？先是她的微博被充当灵感来源，完了 MV 里充当替身，接着录音棚陪同录音，现在还要到现场，穿上这一身羽毛装，边奏箫，边充当人形凤凰，她这个临时助理当得容易吗？

"我也不想啊，是你妈妈说，我给你的工资开高了，所以我才努力给你找兼职的。"江楠一副"这事可不赖我"的无辜表情，"你天天煮饭抵工资得做到什么时候。"

也对噢！"那我这次演出能抵扣多少工资啊？"许多橙希冀地眨眨眼。

江楠默默地伸出五根手指："五……百。"

呵呵，明明以前当个替身都有五千的！好累，感觉不会再爱了。许多橙面无表情地转过身，决定脱粉十分钟。

江楠见她真的被自己惹毛了，更加得意，丝毫没有哄的打算，反而在她身后挪动椅子，装模作样地哼着新歌，优哉游哉地刷足存在感。

包大人和许小工：此人好烦！

好容易 Candy 把许多橙要插的羽毛都插上了，许多橙刚想起身动动已经酸麻的腿，手机响了。她看了一眼是自家老妈的，疑惑地接起来："喂，妈，什么事？啊，你们来演唱会现场了，我送的票，我不知道啊……我现在在后台，噢，噢，好，那你们慢点儿啊！"

挂了电话，许多橙兴奋感激的眼神直往江楠身上溜。原本无所事事的江天王感应到这一切，开始一本正经地低头看手机，如老僧入定。许多橙见他不理人，只好拖着酸麻的腿，蹭到他身边蹲下，仰头道："嘿嘿，是你送票给我爸妈，还有我姐他们，让一起过来的吧？"

江天王目光盯着屏幕，高冷地点点头。

"哎呀，你怎么不早说，忽然知道他们过来，搞得我压力好大，"许多橙又是兴奋又是纠结，显得有点儿语无伦次，"我小时候啊，六一儿童节参加演出，我妈妈都是要让我写作文的，不过这次她应该不会让我写了吧。还有，我表姐婷婷以前钢琴也弹得特别好……噢，对，我姐，会场有台阶，我姐轮椅肯定不方便。"说着说着，许多橙急急地站起来，"不行，我得出去看看！"

江楠一把抓住她："你要出去看我没意见，他们的位置很好找，就在最前排，不过你这身衣服，还是让 Candy 给你找件长风衣罩在外面比较好，省得吓着他们。"

"怪谁！"许多橙瞪了他一眼，扯开他的手，又往他跟前靠了一步，抬起胳膊。江楠以为自己今天一而再再而三地惹恼许多橙，她这是气急了，想打自己两下出出气，正在犹豫自己是躲还是不躲，却见她猛地搂住自己的脖子，趴到肩膀上，闷声道，"不过还是要谢谢你。"谢谢你今天的安排，让我的家人一起，开开心心的，看着他们眼中那个聪明健康的孩子，在这万人瞩目的舞台上演出，犹如一场荣耀。哪怕多年以后，他们回忆起这一幕，大概也会抹掉眼泪，骄傲地笑一笑吧。

"我很开心。"许多橙说完，不想让人看到她红了的眼眶，低着头拽过一旁的 Candy 往更衣室而去。

被留下的江楠从受宠若惊中回过神，不忘好心情地跟自家兄弟炫耀："她果然被感动了，我还是很厉害的吧！"

5. 尘埃终落定

江楠之所以这么说，是因为在他做这一系列"惊喜"安排的时候，包瑞一直端着一张嘲讽脸。在包瑞看来，这种"喜欢你所以欺负你"的拙劣游戏，跟幼儿园里的小男生喜欢拽漂亮小姑娘的辫子没什么区别，幼稚，幼稚，太幼稚！

可是，他万万没想到，许多橙竟然真的吃这一套，而且感动得眼泪都流了下来……好吧，他果然不了解女人！

不过，包大人也不想就这样放弃立场，落了自己的气势，于是道："总之，私下里的惊喜随便你怎么弄，待会儿上台你悠着点儿。"

江楠莫名其妙："待会儿上台悠着点儿什么？"

给了他一个"到这种时候你还想蒙我"的眼神，包瑞没好气道："你今天又是哄许多橙陪你上台，又是邀请她家人在台下观看，不就是想表白吗？听说你还特意让舞美准备了玫瑰花瓣？"

"我这只是单纯想让她开心一下。"江楠解释完，见包瑞仍旧一副"我不信不信就不信"的面孔，耸耸肩，"你多大的人了，别那么幼稚行不行？"

包瑞简直不敢相信自己的耳朵，指指自己："我幼稚？"敢说他包大人幼稚，还有没有天理了！

江楠认真地点点头，然后道："有顾佳宜的前车之鉴，如果今天我当众表白，不管橙橙答应不答应，大概她都会挨足了粉丝的口水，好一点儿的，只是评头论足，不理智的，还不知道做出什么样的事情。也许将来这些还是避免不了，但我也不能现在让她毫无心理准备地受这份罪，在这之前，我会尽量地让公众接受她的存在，而不是在如今这种舆论争议最大的时候，把她推到众人面前。过日子求的是安稳，没必要闹得这么沸沸扬扬，轰轰烈烈的给谁看。"

"这你都能想到？"不是说恋爱会让人智商下限吗，为什么他家兄弟这智商是噌噌噌往上涨呢？涨得他都快觉得不真实了！该不是被人给穿越了吧？"不管怎么说，兄弟，你有这份觉悟，我就安心了，我觉得我得多活十年！"

"嗯，哎，手别抖，糨糊和得匀一点儿，别洒出来，橙橙明天还等着用。"

"……"有异性没人性，手好痒！

包大人人前风光无限，人后被江楠虐也不是一次两次了，虽说他此时仍有反击的余地，但江楠马上就要上台又唱又跳两个小时，如果自己下手重了，出了幺蛾子，还得他这个经纪人收拾。这么一想，包大人再次选择了忍气吞声：哼，他这都是为了顾全大局，还有，还有许多橙中午那顿蟹黄汤包的分上！

事实证明，包大人没有白白牺牲，演唱会开得很成功，不仅现场观众听得如痴如狂，网络直播也是爆了纪录，成为全网在线人数观看最多的一届演唱会，一举奠定天王人气，更把合作的视频网站乐得合不拢嘴。同时，微博话题前三也被江楠包揽，除却第一条正儿八经地讨论江楠的新歌，后两条分别是，江天王老是朝台下左前排看，是不是女朋友就坐在那里？以及，演唱会结束，包大人就要开发布会了，他会如何替江楠讨伐顾佳宜这朵白莲呢？

终于演唱会结束，媒体采访直播开始，包大人成功聚集了所有人的关注。江楠虽然是正主，但由于他不接受采访，大家也只能当他是个好看的布景板，偶尔在他喝水或者微笑的时候，镜头扫过。

"……今天江楠的新歌演唱会办得非常成功，感谢大家的支持，我知道都这么晚了，你们还守在这里、守在电脑前等我是想听什么，不过，在此之前呢，请允许我先把赞助商和合作方们感谢一下。"包瑞说着，从口袋里掏出一张便笺，飞快地念了一遍，然后笑眯眯道，"不好意思，我谈合约的时候六亲不认，但是谈完大家还是好朋友，所以我得多配合配合，好了，大家有什么要问了，可以开始了！"

包大人说话从来都是这么单刀直入，所以大家也都习惯了，等他说完，立刻一拥而上，开始问八卦："关于顾佳宜，包经纪人您有什么看法吗？"

"没有。"标准的包式回答。

大家也不气馁："那她最近的言论，您就不打算反驳一下？"我们可等着您这个大 Boss 舌战群雄哪！

包大人又不是炮仗，一点就着，他不答反问："难道她顾佳宜现在说的话还有人信？"问完没人回答，他又转头问左右，"你信，还是你信？"

他身侧的记者被问得哑口无言，多少镜头对着啊，说一句"信"岂不是与白莲花为伍？

后排夹在队伍里同仁赶紧声援他们："那敢问包大人，关于 *Pretty* 这首歌，究竟是写给顾佳宜，还是江楠新女友的呢？"

"嗯，在这样的庆功会上，总算说到点儿正题了。"包瑞给了后方媒体众一个赞许的眼神，摆摆手，"我可以很直接地告诉大家，不存在写给谁的问题，真要说，也只能说，江楠出道这么多年，他的每一首歌，都是用心写给广大歌迷朋友的！"

媒体众：不要脸，太不要脸，包大人你还能说得再义正词严点儿吗？

广大歌迷：虽然我们知道包大人纯粹是说好听的，但是，听着好爽！

就在大家以为，今晚上包大人打定太极，势必听不到什么猛料的时候，一直坐在他身后喝水的江楠，忽然站了起来，抬手接过他身边一个记者的话筒，主动开口道："其实 Pretty 这首歌，在正式发布之前，我的确给一个女孩儿试听过。"

等等等等，他们听到了什么，江大天王这是要承认恋情的意思吗？

"所以顾佳宜所说的那个女孩儿是存在的？"

"哪个女孩儿？"江楠反问。

由于从未近距离跟江天王对话过，更别说如此"深情"凝视，被反问的女记者心中小鹿乱撞，一股脑儿把自己听到的往外倒："就是顾佳宜说，有个女孩儿是你的写歌对象，她的年纪应该不大，大约二十岁，各种平庸，喜欢装柔弱善良，博男人同情，丝毫没有现代女性的成熟和独立……"望着江楠愈加难看的脸色，女记者终于清醒了些，咽了口口水，小声地替自己辩驳，"不是我说的啊，都是顾佳宜说的……"

老实说，江楠知道顾佳宜这两天没说什么好话，不过他倒还真不知道她竟然这么敢说，把许多橙污蔑到这种程度。没错，这是污蔑，江大天王黑着脸，再次拿起话筒，予以否定："这不是事实。"

整个会场瞬间鸦雀无声，这是要爆了吗，要爆了吗？好激动怎么办？

媒体长枪短炮赶紧对准江大天王，电脑前的围观群众纷纷贴着屏幕，包大人……包大人只能干看着，很有心机的记者天团，已经把他面前的话筒都撤了，还故意把他和江楠隔了开来：绝对不能让素有诡智的包大经纪人破坏了大好场面，这可是江大天王亲自要爆料，从未有过好吗，这个月的奖金就靠它了！

万众期待下，江大天王爆料道："我们家橙橙高考成绩比重点本科线还高了一百分！"

"……"哎，不是，江大天王说的是啥，这说的是个啥？

现场的众记者面面相觑，屏幕前的围观群众也纷纷木了：我刚才掉线了吗？还是网站抽了？我是不是漏了什么啊？怎么有点儿听不懂？不是在说绯闻吗，关高考成绩什么事？

虽然这高考分数真 tmd 高啊，原来现在跟天王传绯闻也要看成绩了吗……学渣开始集体跪着唱《征服》。

江楠继续严肃认真地总结："而且，她家教严谨、坚强独立，不仅在学校成绩优异，假期社会实践也做得很好，还助人为乐、关心他人，这样的女孩儿，一定能成为对社会有用的四有新人，根本不是有些人可以污蔑的！"

Excuse me，我们不是在探讨绯闻吗？

前面那么多集香艳狗血的八卦都上演了，什么初恋、流产、父子成谜，天王影后豪门，你方唱罢我登场，多年苦恋全是空，就差最后一个完美收官，苦主随便来个批判声讨就可以了啊，我们要求真的不高的！

可是，为什么事情会回到"四有新人"建设社会主义这么高大上的事情上来？这让人还怎么写报道，摔！

6. 当妈的直觉

由于和家人在一起回家的路上，所以这场她被点名的采访直播，许多橙并没有看到，等她把所有的事都安顿好，洗洗漱漱，换上睡衣，爬上床，发现自己的手机已经被消息塞爆了。

所有人都在问同一个问题：橙橙是吧，你是江楠的女朋友吗？

提问者大多来自粉丝群，许多橙一个都没敢回，直觉告诉她，现在要是敢冒头肯定死定了，所以她第一反应是去找俞可亲了解情况。俞可亲二话不说就先扔了个视频链接给她，然后道："虽然偶像没承认你是他女朋友，但是他这么当众维护你，也够扎眼了，你小心点儿，微博微信有什么敏感信息，赶紧删了。"

许多橙赶紧把视频看了，很无语很无语地给江楠发了一长串的省略号，又爬去登录微博，其他倒也罢了，她之前那个奏箫视频和明权贤妃的典故，得马上删了，不然被人联想出什么来，她可是跳进黄河也洗不清了。

幸好她动作够快，微博还没被人寻摸过来。许多橙确认自己这番动作，没有引起任何人的议论和怀疑，才后怕地退出了微博。

江楠的信息跟着到了，竟然是问她这么晚了，怎么还没睡。

"你在媒体面前有必要那么夸我吗？"许多橙一个电话拨过去，特意强调了一个"夸"字。

"想当初第二次见面，在演唱会后台，你就是这么夸我的啊，"江楠一字一句重复起当初让他震撼到羞耻的赞美，"什么有理想、有道德、有能力、有爱心，善良体贴的四有偶像，总是带给你们正能量，你是这么夸我的吧？所以，我夸你四有新人，有什么不对？"

"我当初那不过是因为刚见到偶像，一时太激动，表达有点儿用力过猛好吗？至于这么记仇嘛！"现在想让她这么夸，她还不乐意呢！更重要的是，"就算你夸我，也没必要爆我名啊！"

"对不起，我一时顺口就说漏了，"江楠有点儿赔小心道，"怎么，生气啦？"

"嗯，有点儿生气，"但也没很生气，许多橙不是傻子，江楠愿意在公众面前维护她，肯定多少都带着真心，不管这份真心是出于爱护还是爱，只可惜，她注定无法回应。"其他人还好，粉丝群开始乱猜我身份了，你说，现在我该怎么办？"

"装死？"

呵，这还用你教？"你就没有点儿更有建设性的提议？"

"唔，我好好想想啊。"

"嗯，你慢慢想。"许多橙随手抓起枕头底下的药瓶玩，过了一会儿，电话那头传来江楠翻页的声音。许多橙猜他又在写歌，江楠与其他人偏好安静的创作状态不同，他很喜欢在情绪波动的时候，或在热闹的地方写歌，他说这样比较有生活的激情。

许多橙对此总结认为，这个习惯有好的一面，譬如，不容易得抑郁症；也有不好的地方，譬如，别人正聊得开心，他会走神，而且一走好久，如果对他不够熟悉，这样沉默地相对而坐，其实很尴尬。

还好她已经成功度过了这个阶段。

无所事事了一会儿，江楠那头也没挂电话的意思，许多橙单手打开药瓶，从里面倒出一颗药，塞到嘴里，拿起桌边的水喝了一口，吞下药，又把药瓶盖上，捏在手里慢慢玩。

姐姐说得对，真得了病，除了亲人，就是药最让人安心了，即使，是她这样早决定了未来的人。许多橙自嘲地笑了笑。

房门忽然打开了，许妈妈端着果盘走进来，许多橙心里一惊，面上却是啥事没有，手垂下来，趁机把东西塞到被子里，塞完才反应过来：她想藏的是药瓶，但是随手塞掉的却是手机，失策！

许妈妈毫无意外地看到了药瓶，她放下果盘问自家女儿："你手里拿的是什么？"

"哦，这个啊，我姐的药。"许多橙开始睁眼说瞎话，"她买了不方便去买家拿，让我帮忙，结果我今天忘记拿给她了，正烦着呢，打算是不是明天要给她送去。"

许妈妈眼神眯了一下，接过她手里的药，看了看："药是你姐吃的那种没错，不过，她的药不让你舅妈拿，让你拿什么，你老实交代，到底怎么回事？"

"好吧好吧，我老实交代，你千万别跟舅妈说，"许多橙露出"老妈你最大"的表情，乖乖巧巧道，"这个药是姐从她一个病友那里买的，那个病友去世了，药没吃完，她家里人便宜卖的，我姐觉得挺划算，又怕舅妈嫌晦气，所以就让我去拿来着。"

许妈妈从来不是好糊弄的人，虽然许多橙的话听起来没有丝毫的问题，但她就是觉得哪里不对，不想把有些话问出来"咒"自己的女儿，她把药瓶放到桌上，拉起自家女儿的手，细细打量了女儿半天，又拿起果盘，端高了些，差不多抵到许多橙的太阳穴："来，吃草莓。"

当初，舅妈就是这样发现表姐手臂抬不起来的。许多橙为她妈的敏锐感到心惊，她抿了抿嘴，抬高手臂，成功从果盘里捏起一颗草莓塞到嘴里。妈妈明显舒了口气，把果盘放到桌上，又拿起药："这个药我也觉得有点儿晦气，就别放你房间里了，我拿到厨房冰箱里放着，你有空给你姐送过去，今天忙演出忙了一天也累了，吃完草莓，早点儿休息吧。"

"噢，好哇。"许多橙当然不敢有意见，见自家老妈出去顺手带上房门，她赶紧把手机掏出来，发现已经结束通话了，大概是刚才塞进来的时候不小心按掉了，她也没多想，发给江楠一个"晚安"，然后赶紧和自家表姐通气，让她千万别露馅儿了。

等许多橙一盘草莓吃完，表姐才回了她一个"好"字。许多橙把心放回肚子里，拿纸巾擦擦黏黏的手，打算随便喝点儿水漱漱口，关灯睡觉，她姐又跟着发来一条：他知道吗？别跟我当初一样。

因为这句话，许多橙失眠到半夜。

半梦半醒间，她想起当初那个她差点儿喊表姐夫的人，曾经也是对表姐很好很温柔的，可当他知道表姐生病了，走得却是那么自然。他给表姐留了十万块，然后说，本来这是他攒了许久，留着给表姐买结婚钻戒的，可是表姐这样的病，他没那个勇气赌上一辈子，所以，他能给的只有这些了。

表姐当时哭得很厉害，但却死抱着许多橙，不让她去找那个人理论，表姐说，这是人之常情。

是啊，夫妻本是同林鸟，大难临头各自飞，不过是，人之常情。

更何况，他们还不是夫妻。

第十一章
她的笑，让他心痛

桃之夭夭，灼灼其华。
之子于归，宜其家室。

1. 桃花正枝头

太阳升起，又是新的一天。

今年的春节来得有点儿晚，说是寒冬腊月底，其实已经是六九看杨柳的天气了，江楠家花园里的桃树，俏生生地打出了几个花骨朵，粉嫩嫩的，好不招人。

许多橙只穿了一件小夹袄，晒着太阳也不冷，就坐在树下缝布鞋的滚口，指针翻飞，眉眼细致。

江楠原本趴在桌上写歌，抬头看到这一幕，竟出了神，脑海里反复响起《诗经》的话，"桃之夭夭，灼灼其华，之子于归，宜其家室"，大约说的就是此番景象吧。

他恍惚觉得自己的计划应该提前些，实不该辜负了这大好春光。

"橙橙，最近我刚好没什么行程，我们出去旅游好不好？"

"不去。"呵呵，她要是敢跟男人一起出去旅游，她妈一定会打断她的腿。当然，作为一个懂得说话艺术的好孩子，许多橙不会把话说得这么难听，"都快过年了，家里有好多事要做，买年货，大扫除什么的，我妈妈不会同意我出去玩的。"

"噢。"果然冲动行事，不容易成功，还缺乏可行性，他就应该按照原计划那样，正月里登门拜年，先拜橙橙家的，再借机带着许多橙回老家拜拜，自然而然把这事儿挑明了，水到渠成，多好。

由于在内心认识到了错误，并对自己进行了批评和纠正，所以江楠也没再执着于这个话题。许多橙紧张了半天，见他没再说话，不自在地转了转食指上的铜针箍，暗笑自己想多了：她怎么会就无端端联想到江楠要跟自己表白呢……

气氛有点儿尴尬，好在江楠的手机忽然响了，他看了一眼，接起电话，边"嗯"着，边进了屋子。

许多橙松了口气，继续并拢手指夹住包布，缝鞋帮滚口，胡思乱想了一阵，才开始真的考虑起大扫除的问题。

过两天就是腊月二十四，小年夜，习俗扫尘，奈何老爸老妈基本照常上班，所以历年大扫除都是许多橙作为主要劳动力，一般她白天先拆窗帘，再擦窗户，把门上的旧对联和"福"字拿热水敷上，等到了晚间泡烂，洗门的时候再一起洗掉。

不过听天气预报说，这两天要下雨，她是不是要提前把活儿干了呢？

正犹豫着，江楠拿着手机又转了回来，走到她跟前。

许多橙看他有话要说的样子，便仰头道："怎么了？"

"我妈打电话过来说，前两天，我太爷爷做梦梦到太奶奶，太奶奶说想他了，醒来之后太爷爷就说自己时日无多，让子孙后辈都回老家见他最后一面，现在所有人都在往家赶，我妈让我和包瑞也赶紧回去。"

这种事许多橙也不知道该怎么劝，憋了半天干巴巴道："那你就赶紧回去，不过路上别急注意安全，你太爷爷兴许就是无聊了，想有人看看他，等你们都回去，他这心情一好哇，没准什么事都没有了。"

江楠扯出个笑容："我也希望是这样，不过太爷爷年纪大了，身体一向不大好，年中的时候，家里还特意提前给他过了百岁生日。"

老人家提前过生日冲喜的风俗，许多橙多少还是听说过的，这么说来，江楠太爷爷可能真的时日无多了，她也不好再说什么场面话，默默点了点头，低下头打算继续缝滚口，江楠又开口道："那个，太爷爷还交代，让我把你带回去。"

"我？"

江楠其实也不知道该怎么说这事儿，虽然他确实是想带许多橙给家里人看看的，但也没想过要闹这么大的阵仗，更何况，头一次带女孩儿回家就是为了奔丧什么的，怎么看怎么奇怪，可问题的关键是，现在这事不是他控制得了的。

"其实我和包瑞不仅是同学，还是亲戚，你上回跟他父母一起看演唱会，又帮过他们，所以他父母在老家把你夸了又夸，不仅我爸妈，家里亲戚都知道我有女朋友了，我又是家里的重长孙，所以……"

所以老人家想见的儿孙名单里，也把她拖带上了。许多橙囧道："要不我去帮你解释一下？"

真不把许多橙带回去，且不说家里那关他过不过得去，江楠自己也会觉得很遗憾："这可能是太爷爷对我最后的心愿了，如果可以，你陪我回去一下，好吗？"

许多橙手上的针抖了一下，没说话。

江楠立在她面前，见她不肯答复自己，又慢慢地补充了一句："我也想带你回去见他们。"诚恳而坚定。

这几乎已经算明示了。

甚至比单纯的表达爱意，张口说"喜欢"说"爱"来得更重，因为在中国这样一个古老传统的国家里，一个男人愿意带一个女孩儿回家乡，见他所有的亲朋好友，不仅意味着爱，还意味着承诺和责任。

而她，承受不起。

虽然总是催眠自己不可能，但在江楠对她很好，好到她忘记现实的时候，她也曾经偷偷想过，假如，假如他对自己表白，自己该怎么办——回应是不可能的，但她也很自私地没有想过拒绝，而是打算含混过去，拖一拖，等自己……再放手。

这世上，没有人不贪恋爱别人对自己好的。

可是，她没想到等到事情真的发生了，她完全不受理智控制地给了江楠一个痛快："我不去！"说完，她大喘了口气，也不去管江楠的脸色如何，把针插进鞋底，脱了食指上的针箍，一股脑儿把东西塞进杂物袋里，站起身就往门口走。

江楠反射性地拦住她："你去哪里？"

许多橙拽开他的手，红着眼眶，大声道："我要回家！"怕他不明白自己的意思，她又一字一顿道，"以后再也不来了！你去找别人吧！"

　　江楠完全被她决绝的气势弄蒙圈了，刚才好好的，怎么突然就这么大的火气，难道是——"你怕你妈妈不同意是吗？都怪我不好，是我只顾着想太爷爷的事，忘记快过年了，你妈妈可能不让你出门，是我不好，惹你为难了，你别生气，啊？"

　　明明她在发无名火，偏偏他低声下气赔小心，这么一个，一个她仰望着的人，为了她甘愿做到这步……许多橙心里酸到不行，好容易提起的那股气立刻烟消云散，抬手擦掉眼泪，扯出一个笑容，嗔怪道："知道你还让我跟你回去？你说，你是不是故意的？"

　　看她心情好了起来，江楠松了口气，也跟着笑了起来："我真不是故意的，我发誓。"说着，还装模作样地竖起三根手指。

　　许多橙瞥了他一眼，一副"暂且信你"的表情，然后道："好了好了，别在这里跟我废话了，快去收拾东西，我记得你说，你老家离上海不算太远，所以你经常和包瑞路上换着开车回去？"

　　"嗯，这次也是，我已经跟包瑞说过了，他在赶过来的路上。"

　　"那你快去收拾东西，"许多橙再一次催促他，"快过年了，要是有能当年货的东西也多带点儿回去，等包瑞来了早点儿开车走，白天开车肯定比开夜路安全。"

　　"好，我知道了。"嘴上虽然这么答应着，脚下却没动，许多橙知道他担心什么，若无其事地把杂物袋里的东西翻出来，坐回到树下的椅子，重新开始纳鞋帮。

　　江楠这才放心地离开，还不忘偷偷折到门口，把门锁带上，好像这样她就走不了似的，真是幼稚到家。

　　许多橙咧嘴想笑，眼泪跟着掉了下来，她最近总是这样，明明是些好笑的事，眼泪却莫名其妙往下掉，隐形眼镜都戴不住了。

2. 妈妈的期许

等许多橙缝好一只鞋滚口的时候，江楠又拿着手机从屋里走了出来，看起来很开心的样子，许多橙抬头问他："东西收拾好了？"

他摇摇头："没有。"

该不是太爷爷忽然没事了？许多橙不好直接问出口，只好等他自己说。

谁知江楠跟个小孩子似的蹲到她跟前，挥挥手机，兴奋地邀功："我刚才跟你妈打电话，阿姨同意你跟我回去了噢！"

"不可能！"她妈妈是"男女没有纯友谊"论的坚定拥护者，所以长这么大，许多橙都没什么太亲密的异性朋友，更别说去人家家里玩了，江楠家这么大的事，她妈疯了才让她去掺和吧？"这种玩笑不要开啊，"许多橙拿着针做要戳江楠状，"假传懿旨可是大罪！"

"我说真的！"江楠见她不信，也不着急，很有把握道，"阿姨现在人正好在家，你不信的话就自己回去问她，顺便把要带的行李收拾一下，等包瑞过来，我去接你，或者，我现在先送你回去？"

江楠如此胸有成竹，搞得许多橙一头雾水，但她还是推拒了江楠亲自护送的想法，自己跑回了家。她妈果然在家，不过躺在床上，屋里也没开灯，看上去在睡觉。

这大白天的，她老妈不上班，跑回来睡觉？许多橙有点儿不放心，走到床前小声喊道："妈，妈你是不是哪里不舒服啊？"

"没有，"许妈妈睡得迷瞪瞪的，睁眼动了动，说话带着点儿鼻音，"就是这两天晚上老睡不好，正好下午单位没什么事，我就提前回来补个觉。"

许多橙"噢"了一声，帮她把滑到床下的毯子拖拖好，才说起回家的目的："妈，江楠今天给你打电话了？"

"嗯。"

"他说他太爷爷快不行了，想带我回去见最后一面，你答应了？"

"嗯。"

还真的……许多橙声音不自觉地拔高道："妈，你是不是没睡醒啊，这事儿怎么能答应他呢？"

被自家闺女这么一嗓子，许妈妈终于清醒了，垫高枕头，爬坐起来打了个呵欠，边解释道："我想着人家愿意带你回去见家长，也是一片真心，这是好事，虽然吧，现在见是急了些，但是将来你们真要谈婚论嫁，这次你不去，就算江楠不计较，他家里有想法怎么办？当然还是把规矩做在前面好。"

"妈，你说什么呢，什么谈婚论嫁啊？"她就不明白了，她妈究竟是什么时候被江楠收买的啊，还收买得这么彻底，"我压根儿就没想跟他谈！"

许妈妈瞬间呵欠都不打了，惊讶地望着她："我说女儿，你是不是眼光太高了，这样的……你都不想要？"那可是天王巨星，上赶着想带她女儿去见家乡父老，结果她女儿还不乐意？

"女儿啊，咱可不能始乱终弃啊！当初可是你追着人家满世界乱跑，天天爱来爱去的！"

"妈，这是两码事，"许多橙当然没法跟她妈解释这内里的情况，更何况，她也没法否认自己对江楠早已动心，"总之，我不能去人家家里，你赶紧打电话跟人家说，你改主意了，不同意我去！快点儿！"

"你不去就不去，你自己跟人家说。"许妈妈表示她才不要背黑锅，往被窝里一钻，"你妈我做事，从来说出去的话能当钱使，改口的事不干！"

"这明明是你捅的娄子！"

"但是你先招惹的人家！"

得，没得谈了，许多橙只好自己动手，丰衣足食，她开始在床上翻她妈的手机："那你把手机借我，我自己发短信！"

"哎哟，别碰我，我头疼，我今天浑身不舒服，哎哟！"许妈妈摸着额头，展现她有点儿夸张的演技，"我这两天啊，都没睡好，也不知怎么的，眼睛一闭就想到你小时候，你生下来早产，手指比麦秆还细，哭都没力气哭……"

"妈！"又来，每次都这样，一想逼她妥协，她家老妈就开始话当年，这些话她早就听了八百遍了，受不了。

"唉，那个时候我一个人带你，没日没夜，身体不好，奶水不多，你吃不饱就咬我啊，把血都咬出来了，还有哇，我记得也是这寒冬腊月天，你晚上尿床，我把你抱在我肚皮上睡，自己去捂那冰凉的老棉花……"

"好了好了，我不拿你手机，我自己去跟人家说，行了吧？"

"又怕睡着了压到你，就眯着，有趟我实在太困，不小心睡了过去，醒过来有被角搭到你脸上，把我吓得啊，"许妈妈说到动情处，声音都哽了，"扯开被子就拿手试你还有没有气儿，我当时就想，你要是有什么三长两短，我也不活了！"

"妈，你胡说什么呢！"明明是听过很多遍的话，明知道她妈在做戏，但许多橙还是心拧得难受，"行啦，我这不是好好的嘛，你说吧，你到底想怎么着？"

"你跟江楠回去一趟，我都答应人家了。"

"……"这到底是谁的妈？

"其实我愿意你去，也不单是为了他家的事，我就是希望你去见一见他家百岁的老太爷，"许妈妈伸手比了比，"这可是一百岁，人瑞啊！"

一百岁，期颐之年，人间祥瑞，多少人求而不得。

"那又怎么样？"

"你外公外婆去世得早，爷爷奶奶离得远，舅舅家如今又是这样，"这几天许妈妈总是心神不宁，晚上睡不着觉，药瓶的事，她去问过侄女婷婷，听着也没问题，女儿在家好端端的，大过年的，她也不能就这么拽女儿去医院，不想往坏处想，能求的就是菩萨保佑了。

"女儿啊，你现在年纪还小，等将来上了年纪，你就懂了，人这辈子，求名求利，只要你用心，老天爷还能看着给，但唯独求长命百岁，儿孙满堂，难啊！所以有机会去看看，沾沾光，也是好的。"

3. 邀我至田家

许多橙最终还是坐上了江楠开回老家的车，她妈说的她都懂，但是这并不是最主要的，最主要的是，她知道她妈开始怀疑了。

这世上，大概真有母女连心这回事吧，明明她隐藏得很好，但是她妈妈仍旧不放心。许多橙很怕她妈再这样疑神疑鬼下去，会随时拉着她去医院检查，到时候还不得什么都露馅儿了。

与其这样反常地赖在家里，不如就依了她妈，到江楠老家晃晃时间，就是有点儿对不起江楠，那么开心地带她回家。

窗外的田园风光愈加秀丽，小桥流水间，散养的鸭鹅游来游去，绿油油的小麦田埂上，萝卜缨里杵出一截截胖萝卜，有人家门前，蜡梅和桃花忘了时节，争奇斗艳。

许多橙有点儿怅然地呆望着，手里不自觉地把玩着药瓶，倒来倒去，发出清脆的"哗啦"声。包瑞换下江楠开车，江楠伸了伸懒腰，没坐在副驾驶上，反而跑到后面来跟她挤。

江楠拿起她吃了一半的巧克力塞到嘴里，又连灌了好几口热水，才道："在想什么呢？"

"没有啊，"许多橙微笑地转过头，"就是觉得外面风景挺不错的，很适合踏青。"

江楠顺着她的目光，朝外张望了一下："还好吧，再过一两个月遍地油菜花，那才好看，回头我再带你回来。"

再过一两个月啊……

许多橙把药瓶倒了过来，听着里面药片全往下掉的急促声，仿佛时间的沙漏。

江楠见她不搭理自己，也没多想，只当她还有点点别扭，虚握着她的手腕，摇了摇药瓶："这是什么，是你给……"

"是钙片，我补钙用的！"许多橙截断他的话道，回答完才觉得自己太急切了，就算谎言早已准备好，也应该把别人的问题听完才是，"咳，嗯，你以为是什么啊？"

有那么一瞬间，她觉得江楠周身的空气仿佛凝固了，用一种她不懂的眼神在审视着她，但当她想仔细看时，江楠又恢复了原来的样子，温柔宠溺，却又带点儿孩子气。

"我以为你带了什么奇怪的东西，想吓唬我。"

"喊，我才没那么幼稚，"许多橙白了他一眼，随手把药瓶丢回包里，下意识地想避开这个话题，"我们还有多久到啊？"

"快了，看到前面那片竹林没有，那就是我太爷爷年轻时候种的。"

许多橙抬眼望去，果然发现了一大片的竹林，郁郁葱葱的，在青砖黛瓦间，鲜活得紧。

"宁可食无肉，不可居无竹，太爷爷好雅兴。"

"噗……"包瑞在前面不厚道地笑出了声。

江楠尴尬地解释："你误会了，我太爷爷年轻时候是竹匠。"

"竹匠？"

"就是用竹篾片或者竹篾丝编织各种生活用品，譬如竹篮竹椅竹筐什么的，还有竹凉席。我太爷爷当年编的凉席很有名，人称'凉席王'。"

虽然还不是很了解，但想起小时候家里睡的竹凉席，那么大，完全靠手工编出来，还又光滑又凉快。

"那真的很厉害哎！"

许多橙表示很佩服，在见到太爷爷本尊时，更有一种见到年画里老寿星的错觉。老人家白眉长须，穿了一件绛红色的大袄，手里抱着一个铜汤壶捂手，虽然是坐靠在床上，但笑眯眯的，人也显得很精神，丝毫看不出病态。

屋子里挤满了人，有逗老人家开心的，也有互相交谈的。江楠拉着许多橙胡乱叫了几个长辈，便在人群里找到他妈，然后道："妈，这是橙橙。"

江妈妈正在跟人商量晚上要哪些人给老太爷陪夜，见自家儿子带着女朋友回家了，先是拍拍自家儿子的手臂，等许多橙喊了一声"阿姨"后，更是笑开了颜，夸了句"好孩子真漂亮"，又道："家里忙，委屈你这次急匆匆地来。"

许多橙赶紧摇头，江妈妈看起来是个很好相处的人，这让她大松了口气，不然冒失地跑过来，人家不待见她，她还真不知道怎么办。

江楠见自家老妈和许多橙气场相和，自己也偷偷松了口气，转头看了一眼床上的太爷爷，低声问："妈，太爷爷……"

江妈妈收了笑容，微微摇头："两天没吃了，今天忽然精神大好，"顿了顿又道，"你太爷爷正等你和包瑞回来呢，哎，包瑞呢？"

江楠望了望身后，没瞧见人："去找他妈了吧。"

"行，那你先和橙橙过去见太爷爷。"江妈妈说着，也不待儿子反应，把他往床边推了一把，大嗓门儿道，"老太爷，您快看，江楠带着他对象回来看你啦！"

被称为"对象"的许多橙立刻成为了所有人的焦点："……"

江楠半拥着她，靠到老人家跟前，也很大声地喊了句："太爷爷，我回来看您啦！这是我女朋友橙橙！"

"一个个说话都这么大声干什么，"太爷爷捋了捋胡子，不高兴地拿手指了指自己的耳朵，"我戴了助听器，听得见！"

屋子里响起畅快的欢笑声。

江楠被家里人笑得耳根都红了，但还是拽着许多橙的手，压低声音又重复了一遍："太爷爷，这是我女朋友橙橙。"

太爷爷眯着眼打量了一遍许多橙，连说了三个"好"字，对江楠道："南木啊，你是'南'字辈的老大，你看你几个堂弟都结婚了，你也该着急了，太爷爷看这姑娘就很不错，以后啊，好好跟人家过日子。"

江楠答应得很爽快："知道了，太爷爷。"

太爷爷满意地点点头，又道："忙事业，不光是为了赚钱，你搞艺术的，就要跟梅兰芳大师学习，做一个爱国报国、德艺双馨的艺术家，晓得吗？"

屋子里又是一片笑声，江楠一本正经应道："太爷爷，我晓得的。"

"晓得就好。"太爷爷说完，喘了口气，又转头看许多橙。

许多橙立马下意识地挺胸抬头，努力表现自己根正苗红，太爷爷笑得胡子直抖，然后道："是叫橙橙吧？看起来比我这重孙子要小得多啊，多大了？"

"嗯……二十一，"许多橙努力把岁数报大了些，报的是虚岁，"过了年就二十二了，太爷爷，我不小。"

"哈哈，好好，你过来，太爷爷这儿藏着好东西留给你呢。"他说着，一手松开铜汤壶，往被窝里摸了摸，然后捏着拳头又伸了出来，像个老顽童似的，在许多橙面前晃了晃，才摊开手掌，是两枚小银元，"拿着，我江家的传统，新媳妇叫人都给的，太爷爷这份你先收起来。"

冒充临时女友也就算了，冒充新媳妇……许多橙没敢接，望了江楠一眼。江楠抓着她的手一起接过了银元，合在两人的掌心里，却不看她，也不说话。许多橙只好硬着头皮弓了弓腰："谢谢太爷爷。"

"哈哈，别怕这臭小子，男人忙外面的事，女人在家就该做主。"太爷爷说着，手还扬了扬，颇有些老当益壮的威势，"有一句话说得好，妇女能顶半边天，生男生女都一样，橙橙你说是吧？"

长这么大从来没被人称为"妇女"，更没有想过生孩子的问题，但面对老人家殷切的目光，许多橙也只能一一应了下来。

太爷爷越说越高兴，又开始打听她是哪里人，家里都是干吗的，爱吃什么爱玩什么。许多橙答一句，屋子里的人就跟着笑一阵。

江楠见她越说越羞躁，看着大家闹得差不多了，赶紧找了个理由，把她从屋子里解救了出来。

许多橙被他拉着走到人不多的地方，赶紧甩开他的手，假装若无其事地整理刘海儿，然后道："银元你收起来吧，我没地方放。"

过了明路，又是自家地盘，江楠也不急在一时，施施然地把玩着银元，问她："饿吗？晚饭还有一会儿，要不要我找点儿东西给你先垫点儿？"

许多橙摇摇头："不饿，路上一直在吃零食。"

"那我带你去我家新房那边逛逛，本来太爷爷也是住在那边的。"江楠指着不远处的三层小楼，解释道，"这边是祖屋，平常没人住，太爷爷前两天非要搬过来，虽然我妈都打扫过来了，但还是有点儿霉湿味，又冷。"

"好。"

4. 太爷爷去世

江楠带着许多橙往新房走去，一路上不住地跟她普及庄里的各种常识，譬如这个庄上的人基本都是亲戚，是当年江家老老太爷带着一家老小，从苏州一带逃荒到这里定居的，又譬如一眼望过去，这家是他二叔，那家是他堂叔公，还有堂伯堂叔堂哥堂侄……

所以，许多橙指着江楠家隔壁："为什么包瑞家也会在这里？"他不是姓包吗？

"噢，包瑞的奶奶是江家的姑娘，包瑞的爷爷当年是上门女婿，所以他姓包。"

许多橙点点头，懂了。江楠拎着她的行李，直接把她带到自己的房间安置："外地回来的亲戚太多，家里客房都住满了人，你就住在我房间，我晚上会去跟包瑞挤挤。"

"好。"

江楠见她一副很拘束的样子，又道："屋子里的东西你随便用，卫生间的柜子里有新毛巾和牙刷什么的。"

"嗯，我知道。"许多橙坐到书桌前，放下随身背的背包，把手机充电器掏出来，找到插头开始充电，转头笑道，"你刚回来，家里事那么多，去忙吧，我自己可以搞定的。"

"嗯，那我再过去祖屋一趟。"江楠说着，打算离开房间，余光敏锐地瞄到许多橙又从包里把药瓶拿了出来，捏在手里，又顿住脚步，"那个，药你现在要吃啊。我去帮你拿瓶热水过来。"

力如太这个药一天要吃两次，早晚各一次。许多橙望了望外面将黑的天色，道："好哇，跑了这么长时间，我得及时补钙了，谢谢啦。"

江楠扯出个笑容，转身下了楼。

许多橙用手机给老妈发了个安全到达的信息，抬头开始打量起周围，这个房间应该是江楠从小住的，墙上还贴着他小学时代"三好学生"的奖状，玻璃橱柜里有许多江楠和他父母的合影。许多橙仔细研究了一番，得出结论，江楠小朋友幼时还挺萌的。

大略逛完江楠的房间，他还是没有返回，许多橙犹豫了一下，还是决定先去洗手间，咳，人有三急嘛，她之前跟两个大男生同乘车，就算中途到了休息站，都没好意思下车上厕所呢。

江楠随后提着热水瓶，拿了一套茶具回来的时候，自然是没看到人影，不过这毕竟是他家，侧耳听了一下洗手间的动静，他就知道人去了哪里。江楠家的洗手间是紧靠着他房间的，但是洗手间的门并不在他房间里面，而是在外面的客厅。

那个药瓶就搁在书桌上，是个视线的死角，江楠把茶具和热水瓶放到桌上，没有丝毫停顿地打开药瓶，倒出一颗药，另一只手掏出手机拍了两张照，又把药瓶原样摆回去，出了房间，在祖屋附近找到了包瑞。

包瑞正被几个亲戚拉着，游说给他们几家的孩子补补课，数学英语作文一样都不能落，谁让包大人是当年全庄人敲锣打鼓戴红花，送去 Q 大的高考状元哩！

可怜一向英明神武的包大人，正被他家姨姥姥拉着，一把眼泪一把鼻涕地说当年她是怎么给坐月子的包妈妈熬红糖小米粥的，见江楠来了，他赶紧找了个理由脱身，拉着江楠窜到田埂上，才想起来问什么事。

江楠道："我之前跟你说的，橙橙家表姐是渐冻人，看能不能找得到比较好的医生问问诊，你打听得怎么样了？"

"打听过了，目前的医疗手段，这个病还没有治愈的可能，所谓治疗，就是吃药运动按摩保养，家里面人悉心照顾，提高生活质量，延长生存周期。"

"那……能活多久？"

"据说平均寿命三到五年，悉心照顾活十年二十年的也不是没有，那个英国物理学家霍金，不也是，他都活了几十年了吧。可见每个人情况还是不同的，你回头好好安抚一下你家许多橙，别太难过。"

江楠没说话。

包瑞拍拍他肩膀，犹豫了一下，又道："不过还有个事，我得提醒你一下，渐冻人这个病据说有些是有家族史的……别这么看着我，"对着江楠倏地投过来的冷冽眼神，包瑞举起双手，一脸无辜，"我没有挑拨离间的意思啊，就是，就是告诉你一声。"

"她……表姐的事，不要告诉家里。"

包瑞比画了"OK"的姿势。

"还有这个，"江楠掏出手机，给他发了照片过去，"你帮我去问问，这个药……治疗效果好不好，她表姐在吃。"

"没问题。"

交代完，江楠默了一下，换了话题："你去见过太爷爷了吗？"

"刚出来，我妈让我去前庄租个发电机回来，祖屋门口正在搭棚，怕断电什么的，晚上估计我们要通宵。"

"我陪你去吧。"

"好哇。"

兄弟俩沿着乡间的马路走着，间或跟人打打招呼，聊起见到的儿时玩伴，玩笑地说这说那。

"刚那个孙子小时候打架了只会回家告状，没想到现在也混得人模狗样了，抱在手里的是他女儿吧，长得倒是挺漂亮的！"

"一看就是像他老婆，哎，对了，听说你也被太爷爷催婚了？"

"你也是？"

"那肯定啊，听说过二十的都被催了一轮！"

"噗……"江楠终于忍不住笑了。

一阵风吹来，拂着田间青苗轻佻摇摆，仿佛，时光还在，欢乐还在，一切都被温柔以待。

与其他人忙忙碌碌不同，许多橙作为客人，自然悠闲得紧，吃完晚饭，看了会儿电视，便一个人早早睡了，结果睡到半夜，她感觉屋外吵吵嚷嚷的，接着屋里的灯就被打开了。许多橙有点儿困难地睁开眼睛，就见江楠眼睛红红立在床头。

"发生什么事了？"

江楠坐到她的床头，张了张口："太爷爷他……"声音哽咽。

虽然回来就是为了这事，但是许多橙见到老人家精精神神的，说话也爽利，还以为不会这么快，没想到……

她从被窝里爬坐起来，伸手碰了碰江楠的手臂，望着他，轻声安慰："那个，你别难过，没事的啊。"

江楠眼泪跟着就下来了，忽然弯腰用力抱住她。

许多橙被他忽如其来的亲密搞得有点儿僵，但这种时候，她也不好作什么男女有别，愣了愣，便伸出手轻拍他的后背，一下一下，像哄小孩子那样。

江楠抱着她狠哭了一阵，回过神，被她的动作搞得有点儿哭不下去了，拉开她的手道："你起来多穿点儿，我在外面等你。"

才意识到自己穿了个睡衣，衣衫不整的许多橙"嗖"地钻回被窝："知道了，你快出去啊！"

江楠出去了，许多橙磨磨蹭蹭地爬出来，确定门是关好的，才迅速把衣服套了起来，又三抓两抓把头发抓成马尾，围了个大围巾，遮住了红彤彤的脸，跑出来跟江楠一起去了祖屋。

5. 悲伤与期盼

祖屋外已经搭好了棚子，最上面还架了个大喇叭，播着哀乐，要不是来来往往都是人，这三更半夜的，还真有点儿瘆人。

正堂屋里，孝堂也已经摆好了，花圈挽联白蜡烛，簇簇拥拥的，太爷爷被放在正中棺形的冰柜里，穿着藏蓝色的长大褂，音容宛在。

有几个年纪大的老人正趴在棺上放声大哭，江楠的爷爷和叔爷披麻戴孝，蹲在火盆旁，沉默地烧纸。

江楠拉着许多橙跪在草垛上，结结实实对着太爷爷磕了三个头，又伏地趴了好一会儿，才在别人的拉扯下，沉默地起身。

江妈妈忙得抽不了身，只能匆匆拉着许多橙偷偷叮嘱："看着点儿南木，他不是个想得开的孩子，别人要是跟他开玩笑，你挡着点儿。"

那个，开玩笑？这种时候谁会开玩笑？许多橙有点儿摸不着头脑，可惜她还没来得及问，江妈妈就被人拖走问宵夜怎么准备了。

江楠烧完纸，回头握起许多橙的手："我们去给太爷爷戴孝吧。"

等等，她也要戴吗？披麻戴孝这种事，就算她担着江楠女朋友的身份，是不是也不大合适啊？许多橙正纠结着该怎么委婉地说这个事，就被江楠拉进了西厢房，屋子里人也不少。一个老太太戴着老花镜，正坐在老式的缝纫机前踩线，她周围搁着一堆布料，白的红的绿的都有，还有两三个阿姨在旁边帮忙扯布，见到江楠进来，其中一个道："这是重长孙，来来来，你的帽子拿去。"

说着塞给江楠一顶简易的红帽子，看了一眼许多橙，又笑嘻嘻道："瞧我这眼力劲儿，重长孙媳也得有帽子呢！"又给许多橙塞了一顶过来。

江楠给自己戴完，见许多橙有点儿不知所措，拿起她手中的帽子给她戴好："可以了。"

许多橙望着江楠头上囫囵的小红帽，小声道："为什么会是红色的啊？"戴孝不应该是白色的吗，电视上都这么演的啊！

"哈哈，小姑娘不知道了吧，"那几个阿姨抬头看她，边笑边解释。

一个说："我们这里的风俗啊，儿孙辈才披麻戴白孝呢，重孙辈得戴红色的，有这辈就能当白喜事办了，再往下面辈戴绿的，后面还有黄的花的。颜色越多，越代表人丁兴旺，是大好事啊！"

另一个说："我们家老太爷去世，儿孙后辈统共得有一百零八口，谁家比得上咱家哪！"

"可不是嘛，再加上庄上同宗的，辈分最小的孩子怕是就得戴到花帽子吧，我数数，一二三四……七，哟哟哟，这可是七代同堂的大喜事，怕是古今难有，前庄后庄多少人家看着羡慕死啦！"

屋里哄堂大笑。

许多橙感觉江楠脸色越发黑，总算琢磨明白了江妈妈那话是什么意思，赶紧拉拉他道："那个，我们出去看看吧。"

江楠抿了抿嘴，"嗯"了一声，拉着她出去了，结果到了外间堂屋，哭的哭，笑的笑，灵堂上仍旧很热闹，许多橙只好继续把他往外拉，外面临时搭的棚里人总算少了些，哀乐阵阵，总算有点儿悲伤的气氛。

可惜没一会儿工夫，那放音乐的师傅就跟江爸爸大声嚷嚷："老兄弟，你放心，这一带我的队伍业务肯定最全，搭棚子放音乐唱戏念经，啊，要啥有啥！"

江爸爸问的什么听不清，那师傅的回答倒是越加敞亮："念经？没问题，明天一早我就给你找十五个和尚过来，最大规模！还有那个唱戏曲目，你说定啥就定啥，啊，什么《梁祝》，什么《天仙配》，我这儿都有，保证弄得你们家热热闹闹的，要多开心有多开心！"

江楠本来跟许多橙走得好好的，听到后面，猛地顿住脚步，转身就想往师傅那边冲。许多橙手疾眼快，从身后赶紧抱住他："南木，南木，你冷静点儿，我们有什么话去旁边说啊，太爷爷刚去世，你就跟人家吵起来，多不好哇！"

听到许多橙提到太爷爷，江楠总算放弃了挣扎，被她拖到屋后的石台上坐着，握拳坐在那里。

许多橙脸贴到他面前，道："怎么，生气了啊？"

"我不明白，他们有什么……"江楠深呼吸了口气，才把话说完，"有什么可开心的……"

"我明白你的意思，也明白他们的意思，你们只是看事情的角度不一样，所以感受不一样，没什么啊。"

江楠没想到她也会说出这样的话，不可置信道："人已经走了，这种事还要看什么角度？"

"你难过，是因为你不愿意看到太爷爷去世。而他们开心，是因为他们觉得，人来这世上走一遭，注定谁都逃不过，太爷爷他活了一百岁，儿孙满堂，寿终正寝，是有福之人，所以，理当值得高兴。"

许多橙见江楠安安静静的，没有打断她，只当他把自己的话听进去了，又笑道："其实，我妈之前还跟我说呢，像太爷爷这样，活到一百岁的人，是人瑞，人间祥瑞，放在古代，皇帝老儿都会颁匾额给奖励呢。你想啊，就连天天被喊着万岁的人，都上赶着来贺，普通人岂不更是如此？大家啊，这是羡慕太爷爷的福气呢，跟着闹一闹，希望自己也能长命百岁，没别的意思，你别不高兴了啊。"

"所以，"江楠望着她，目光里有一种软到心痛的柔和，"你也会很羡慕吗，即使，是一场丧礼？"

"当然会羡慕啊。"许多橙用力地点点头，抬头仰望着冷冷的星空，狠狠吸了口寒风，"老天爷它是不公平的，甚至是不讲道理的，它不会让每个人都有这个福气和运气，长寿无忧，子孙满堂。如果老天爷能让我……我爸爸妈妈活到一百岁，这样的葬礼，我一定比所有人笑得都开心。"

江楠再度把她拥在怀里，紧紧的、暖暖的："会的！"

"哈哈……"许多橙故意笑得很大声，"那就承你吉言啦。"

江楠听着她的笑声，眼泪再度涌了出来。

许多橙听他吸气的声音不太对，想从怀里探出头来，却被他按了下去，他压了压声音，努力让它听起来平稳些："我们这里的风俗，高寿的老人去世，来吃饭的人可以把碗偷了带回去，添福添寿，听说很灵的。"

"真的吗？"

"嗯，太爷爷长命百岁，明天来的客人这么干的一定不在少数。"

"噗……"许多橙乐了，"你是要我明天吃饭的时候，也记得偷一个吗？"

"不是，"江楠摇头道，"流水席上的饭碗大多是为了宴客刚买的，太爷爷用的碗不在里面，待会儿我就去厨房给你先偷出来，你记得藏好。"

"不是吧，你要去给我偷碗？"

"嗯。"这样，太爷爷在天之灵，一定会保佑你吧。

"……"在自己家里做贼，也是没谁了，许多橙又笑了，"江大天王，你的偶像包袱哪？"

江楠摸摸她的头，笑不出来：才二十岁的年纪，看得如此透彻，笑得如此欢喜，许多橙，在我看不到的地方，你究竟经历了怎样的修行？

6. 百里不同俗

接下来，许多橙彻底领略了一番南方村落的白喜事风俗，吃什么用什么说什么话，可以说每一样都有章程，偷碗绝对算不上其中最奇特的。

从早饭就开始喝汤，还必须喝青菜豆腐汤，意为清清白白做人。

等太阳出来了，许多橙就被江妈妈带着在小院里开始用银箔叠银元宝。

而孝子贤孙们烧纸的烧纸，还有些等着下跪迎客，每来一位客人，江爷爷或者叔爷爷们，就要出来一个人，拉着客人的裤脚，跪下磕头，而客人这时，则要十分眼疾手快地抬手扶住孝子，然后悲伤地互相搀扶，手拉着手回到灵堂，转过来给太爷爷磕头。

若是女性，一般还会扶棺哭唱一阵。

说句不大合时宜的，许多橙被大家的演技震撼到了。

不过，年轻人对这些风俗多少还是害羞的，所以一丝不苟进行以上活动的大多是上了年纪的人，江楠在孝堂里待了一会儿，便溜了出来充当跑腿的。

而作为全庄成绩最好的包瑞，当仁不让地被抓去充做了账房先生，挥着毛笔，负责在院子门口，登记所有来拜祭的亲戚朋友的仪金。

对此，在外一向长袖善舞的包大人全程黑脸，许多橙表示十分理解：因为包大人，他戴的是绿帽子！

来自江妈妈的第一手资料显示，他是江楠大堂姑姑家的孙子，比江楠小一辈，所以按照老家的风俗，戴绿帽非他莫属，摊手。

比这更惨的是，包妈妈是个坚持原则的人，她跟包瑞强调说，平常也就算了，在这样的大日子里，不准没大没小，尤其在江楠的问题上。

所以，只要包瑞习惯性地喊一声"江南木你过来"，包妈妈就会不知从哪里钻出来，嚷嚷着纠正他："怎么说话呢，那是你大表舅！"

大表舅江楠默默走到包瑞身边，拿起热水瓶给他倒了杯开水，以示安抚。

包瑞自动屏蔽了他妈，放下毛笔，抱起水杯，捂着早已冻僵的手，低声道："我让人查过了，那药是力如太，能延长渐冻人的存活时间，药效还行。"

所以如他猜测的那样，根本就没有什么钙片吧。江楠转头望向不远处的许多橙，她不知和他妈聊到了什么，此时正笑成一团，无忧无虑的笑容，让他不忍看。他撇过头，对包瑞道："我知道了，具体的事回去再跟你说，医生接着找……找最好的。"

包瑞脸上有一丝异色闪过，但还是点点头："好，那回头再说。"

江楠又跟包瑞说了几句工作上的事情，目光注视到许多橙有点儿不自觉地跺脚，鼻头也冻得通红，又拎起热水瓶，转身进了屋，搜罗出一个热水袋，灌满，抖了几下，确认没有哪里漏，拿出来想给她焐上。

等走到叠银元宝的人群跟前，他才反应过来，他妈也在。

七大姑八大姨天团有刹那间的安静，经历过许妈妈洗礼的江楠，感应到了她们的脑电波：哟哟哟，热闹来了，也不知道这位是孝顺呢，还是有了媳妇儿忘了娘？

江妈妈和许多橙互相看了一眼，倒是没让她们瞧着好戏，一个道："热水袋快给橙橙拿过去，看她冻的！"

另一个赶紧接口："我不冷，还是阿姨用吧，一看南木就是给阿姨您拿的，阿姨您是不知道，平常都是我给他端茶倒水来着。"

"这孩子，怎么能这么欺负人呢，橙橙不怕，以后啊，阿姨给你做主！"

"嘻嘻，就等阿姨您这句话呢。"

这一个说哏，一个捧哏的，简直婆媳好搭档。可以想见，如果将来哪天，他真的敢出什么幺蛾子，这两位结成统一战线，战力肯定非常可怕。

江楠为自己默哀了一把，然后乖巧地把热水袋递给他妈，拉起许多橙。

"妈，我有工作上的事情要找她，先回家一趟。"

江妈妈笑得见牙不见眼："好，去吧去吧。"

许多橙满脸通红地跟着江楠走出去老远，感觉到他拉着她的手塞进他的大衣口袋，却没有开口的意思，只好自己道："那个，你找我有什么事吗？"

"陪你回去吃药，"江楠敏锐地感到许多橙愣了一下，又接着道，"吃完回去给我做鞋，我还等着穿呢。"

一栋别墅里，足足有一层用来做衣帽间的大明星，说他等着穿一双布鞋，会不会太欺负人了？

"我是认真的。"

"……"

吃完药，江楠陪她坐了会儿，便又去忙活了，许多橙在暖暖的空调房里，消极怠工地睡了个早午觉，才缩在被窝里缝了几针鞋面，又被他喊去吃午饭。

"今天是葬礼正日，亲戚朋友基本全部到场，人很多。"

这两天人一直很多啊，时时川流不息，天天大锅饭，许多橙眨眨眼："还要多，有多少？平常不都坐满了吗？"

"嗯，今天庄上的桌子凳子都不够用，所以会吃流水席，至少两轮，"江楠见她没概念，又补充道，"总共大约一百桌的样子。"

一百桌？就算每桌十个人，那也要一千个人哪，太爷爷的号召力果然惊人。

"那我们待会儿要抢位置吗？"

"按规矩，今天我们做儿孙的，不能上桌吃饭，包瑞是外孙女家的后辈，倒是可以，所以你待会儿跟紧他就行了。"

许多橙点头表示："收到！"

事实证明，包瑞果然战斗力爆表，他拉着许多橙抢到了第一轮第一桌，上的菜最新鲜热乎，紧挨着戏台子，台上唱戏看得也清楚。

可惜，唱的都是乡音，任周围老头老太听得如痴如醉，许多橙却听不大懂，只得埋头苦吃。

没想到，这戏唱到中间，还有和场下互动的部分，那扮演祝英台的角儿一手拿着话筒，一手搂着个竹簸箕，向台下讨赏。

轮到许多橙跟前时，不知打趣了句什么，引得众人大笑，许多橙臊得不行，赶紧从口袋里掏出一百块丢到簸箕里，作揖求饶。

包大人阻止不及，只好捂脸假装不认识她。

那角儿收了钱，果然不再纠缠许多橙，返回到台上开始继续唱，不过唱腔却跟之前全然不同，扯着嗓子哭哭号号，台下却越笑越大声，更有老头儿敲着筷子，拍案叫好。

许多橙开始没意识到自己仍旧是全场的焦点，直到江楠被他几个堂兄弟推搡着，尴尬地出现在她面前。

许多橙艰难地吞下半个鱼圆，无辜地望着他……

江楠有点儿沉痛地叹了口气，凑到她耳边说："台上的人，除了正儿八经唱戏，还承接替哭业务，你知道什么叫替哭吗？"

许多橙傻萌傻萌地问："什么叫替哭？"

"替哭就是葬礼上收钱，代替雇主哭。"江楠忍着身后的阵阵笑声，解释得很无奈，"也就是说，她现在在以你的身份，哭太爷爷。"

望了一眼台上，边哭边叽里咕噜的女人，许多橙后知后觉道："以我的身份哭的？她哭的都是啥？"

"你真的想听？"

许多橙小心翼翼地点了点头，这回连一旁的包瑞也不厚道地笑了，江楠用一种"反正都这样丢脸了再丢一点儿又怎样的"博大胸怀，做起了同传翻译："太爷爷你放心地去吧，重长孙媳妇我啊，一辈子都会守着他，掌家护院我最在行，先生女来再生儿，女的嫁入王侯家，男的教成状元郎……"

"停，不要再说了！"许多橙抬手遮住脸，天哪，在这么多人面前，给钱替哭也就算了，还发这种伟大宏愿，她简直不要做人了，嘤嘤嘤！

7. 离别和离别

喧闹过后，是离别。

虽然太爷爷去世已经三天，但是大家总有一个错觉，他还躺在那里，在可以看到的地方，他哪儿也没有去，想哭的时候，就去看他一眼，擦擦供桌上的豆油灯，把灯芯挑挑亮。

条条规规，把所有人的时间占得满满的，供饭，烧纸，念经，刚去祠堂给祖宗磕完头，回来还要商量碑刻怎么写。

送走一拨儿客人，又来一拨儿，亲朋好友，就这样扶着棺木，神鬼不惧，说起往事，说午夜梦回，说他笑容依旧。

然而，终要到了这一刻，抬着殡棺送葬去，一把火，一抔土，青岗新坟，再不能望。

也再不能，催眠自己，这是一场喜而不悲的盛宴。

江爷爷老兄弟几个，揪着棺材，偏着不让抬进灵车，江妈妈抱着姑奶奶们，哭得不能自已，儿孙辈边哭还要边劝长辈不要伤了身体。就这样拉拉扯扯了许久，终于有暴脾气的族里老亲大喝一声"别误了好时辰"，强行把人拖的拖，拽的拽，都塞进了车里带走。

长长的车队开动，留下装不下的花圈和碾落的菊花残瓣，一副副挽联在最后的寒冬里迎风摇曳，墨色的字迹被雨水打湿。

冬天的雨，没想到比雪还冷。

许多橙在混乱中，退回了屋里，没有上车，她没有勇气到那个地方，烟筒里的青烟，剪角的身份证，死亡证明换来的火化单，都是她所畏惧的东西。

至少，在她活着的这一刻，她畏惧着，所以能不见，就先不见吧。

眼泪不自觉地流了下来，茫茫然地走在陌生的家园，雨越下越大，腿开始抽疼，来往间都是江楠亲戚故人，她想努力走得直一点儿、正一点儿，却事与愿违，没走几步，就"扑通"一声，四肢着地，泥洼塘里的水，溅了满脸满身。

经过她身旁的小娃"哇啦"一声吓得哭出声来，怎么哄也哄不住，他妈妈只好匆匆说了声"抱歉"，一把抱起孩子迅速离开。

随后来了个拄着拐杖的老奶奶，试图拉扯许多橙一把，结果差点儿自己重心不稳，一跤摔下来。幸好许多橙最疼的那阵过去了，赶紧爬起来托住她。老奶奶叹了口气，笑道："老了老了，不中用喽。乖孩子，快别哭了，下次走路小心些，快回去换身衣裳，别着凉了啊！"

对，不中用，原来这种感觉叫作不中用。原来，她人未老，却也不中用了啊……

哭着回到江楠的家，麻木地洗完澡，蜷缩在被窝里，再哭到睡着，醒来，她感觉有人正靠着她，和衣而卧。

来人自然是江楠。

望着江楠的睡颜发了会儿呆，许多橙揉揉干涩的眼睛，想爬起身，却感觉自己有几缕长发被江楠压着，她龇牙咧嘴了一下，试图轻轻拽出来。

江楠原本睡得就不是很实，被她这样一弄，跟着就醒了，抬手腾挪了一下，让她抽回了头发。

许多橙却又钻回了被窝："那个，你先出去一下，我换好衣服，你再接着回床睡吧。"

江楠看了一眼钟，打了个呵欠，也跟着坐起身道："不睡了，我去外间等你，你起来把东西收拾收拾，待会儿包瑞要回上海，你跟他一起走。"

"你不走吗？"

"我要在乡下待完太爷爷的头七才能走。"

"噢。"

"怎么，乐不思蜀了？"江楠看她闷闷的样子，好笑道，"头七过了就是大年三十，要是那个时候我再送你回去，估计你妈妈那关不会好过，还是你干脆就在我家过年？"

许多橙裹着被窝使劲摇头："那当然不行。"

"瞧你厥的！"江楠忍不住伸手弹了一下她的脸颊，"那还不快点儿起来！"

许多橙想伸手挠他，又被他弹了一下，再挠，再弹……

战局结束得很快——"呜，我错了，大侠饶命！"

江楠又捏捏她的脸，才以完胜之姿下了床，出了房间，到外面去等她。

包瑞已经把车开到了门口，江楠走过去，道："到了上海，找个地方买点儿东西带给她爸妈，帮我拜个早年。"

"嗯，我会的。"包瑞下了车，想想又道，"不过我看她父母的态度，应该也是不知道她身体状况的。"

"橙橙很孝顺的。"江楠的微笑里带着点儿无奈，"应该是想让她父母过个好年。"

一向自诩铁石心肠的包大人，也忍不住叹了口气："可惜了。"

话音没落，被江楠冷不丁捶了一拳，他举起双手，有点儿委屈地抗议："喂，身为兄弟，我一没告密，二没劝你放弃，够义气了吧？我不就感叹了一句吗，你还揍我，你什么意思啊？"

"快过年了，说话要吉利。"

包瑞颤抖地伸出手，指了指他：很好很好，我竟无言以对。

许多橙下了楼，先把行李装进了车，又跟着两人去吃午饭。下完葬，需要宴客的仪式就结束了，今天饭桌上都只剩下自家人，在包瑞的极力推荐下，许多橙下厨露了两手，再次刷足了江家老小的好感度，大家纷纷表示：江楠这媳妇选得好，包瑞你也得抓紧哪，家里就剩你年纪最大，还没对象！

包瑞：枉我口才如此了得，为什么一到家里就没辙呢？

趁着大家围攻包瑞，江楠拉着许多橙从饭桌上吃完撤了下来，踱步到了祠堂门口。等许多橙跑去跟门口的桃花拍完照，他才道："你待会儿要走，再进去给太爷爷磕个头吧。"

许多橙点点头，便被他领了进去，对着太爷爷的牌位磕了个头。

江楠又道："祖宗们都在这里，我带你认认人吧。"

"啊？噢。"

"这位是我的曾曾祖，就是他带我们这一支迁居来此，这位是曾祖，听说留过洋，这位……"

他介绍一位，就磕一个头，许多橙不知该如何反应，只好照做。

等全都认完了，江楠伸手扶她站起来，问："膝盖没事吧？"

许多橙莫名地看他："没有啊。"

"那就好。"江楠嘴上应着，却仍旧不放心地弯腰给她掸了掸。

许多橙感觉气氛怪怪的，扯出一个笑容道："那，我们回去吧，包瑞也该吃完了。"

"等一下，我有件事想跟你说。"

"什么？"

"是这样的，"江楠不知为何有点儿紧张，"我本来打算大年初一到你家拜年的，可是现在我有孝在身，按我们这里的规矩，等过了正月初五才能登人家的门，所以，我打算初六到你家拜访，可以吗？"

许多橙怔怔地听完他的话，眼眶热热的，连眨了好几下，才撑住了自己的笑容："噢，那个呀，其实不用那么麻烦的，我家每年大年初二都回爸爸的老家，去给爷爷奶奶拜年，因为来回路上比较远，所以一直要到我爸妈上班才回来呢。"

"上班的话，春节假应该是到初七初八吧，那我初九去你家……"

"不用啦，"她再次推拒，"真的，你心意到就好。"

"要的。"江楠回答得自然而真诚，"你应该知道的，我喜欢你，想以结婚为前提跟你交往。"

他还是说出来了，在她根本无法面对的时候，为什么他一定要说出来，让自己拒绝？

"对不起，我……"

"没关系，"江楠阻住了她的话音，"我不是想要你现在答复，就是想告诉你我的态度，反正表白这种事，本来就应该男人主动。"

许多橙忍了忍，还是没忍住眼泪，她仰着头，努力想让自己看起来决绝些："我知道你喜欢我，"我也喜欢你，"我知道你很好的，"是我不争气，"我知道跟你在一起一定会很幸福，"可跟我在一起你却不会幸福，"对不起，可是对不起，是我不该招惹你，我不应该当你的粉丝，不应该跟你见面，不应该这么自私，对不起，真的对不起，我不能接受你……"

她哭得一塌糊涂，江楠抱着她，心疼又无奈，怕她情绪再失控下去，更不敢忽然挑破自己已经了解的真相，只好缓缓地安慰，等包瑞找来的时候，许多橙已经哭得上气不接下气了。

包瑞：What's happened？！

"你来了，等一下吧。"江楠想跟包瑞商量，要不缓一天再走，没想到许多橙见到包瑞，就跟见到救星了似的，甩脱了他，急匆匆地爬上车，关上门，哭着要离开。

两人拗不过，只好遵从许多橙的意思，送她回了家。

第十二章
橙橙，别怕

我知道跟你在一起一定会很幸福，
可跟我在一起你却不会幸福。

1. 过年的安排

家是最让人有安全感的地方，也是最能让人逃避的好去处。

回到家的许多橙，仿若真的天真女儿，拉着爸爸妈妈讲了许多乡间趣事，又炫耀了江家人对她有多好多好，然后开开心心地准备起过年这件大事。

大扫除，弄年礼，焚香，请福。从大年三十早上开始，许多橙就在家里煮着香喷喷的年菜，等着表姐和舅舅舅妈登门，往年都是两家子一起，团团圆圆地过个年。

然而，等到的却是一通让她发冷的电话，舅妈在那头带着哭腔道："橙橙啊，你婷婷姐现在人在医院呢，你们好好过年，别等我们了，啊！"

"婷婷姐她……怎么了？"

"不知怎么搞的，在家里忽然就说不出话了，她急得咬到舌头，满嘴的血，吓得我和你舅舅抱着她直奔医院跑，刚给急诊医生看好，说伤口不深，给止了血，现在转到专科了，还在排队等叫号，我们就不过去了，就这样，啊！"

听着电话挂断的"嘟嘟"声，许多橙又赶紧给她妈打电话说这件事，告诉她自己想去趟医院。

许妈妈听完道："你在家做菜，等你爸爸回来，我单位刚好下班，直接过去。"

不管是出力还是出钱，都是她妈妈去比较有效，所以许多橙只好乖乖地在家，边关注那边的动静。

等到天黑透了，许妈妈才疲惫地回到家，告诉她结果：

"舌头的问题不大，就是你姐的病又加重了，再也不能说话，生活上可能更不方便了，以后还要随时注意她的吞咽功能是否健全，吃饭不能呛着，否则会有生命危险。医生还说，紧接而来的就是呼吸衰竭的问题，要做好思想准备。"

许多橙不知该说什么，许爸爸干巴巴地冒出一句"人暂时没事也是好的"，惹来许妈妈一个白眼，道："算了，不说这些了，咱一家三口好好吃年夜饭，明天我再过去看看。"

"明天你去，该托人托人，该给钱给钱，把事情忙完，别耽误了初二回老家。"年年回家给父母拜年，是许爸爸难得坚持的几个原则之一。

许妈妈虽然当家多年，但人前从不落老公的面子，更何况回老家见公婆这样的大事，她嗔道："还用你教，我这点儿数没有吗？"

许爸爸高兴地喝了一口红酒，又开始游说自家女儿："要不你今年也回老家跟你爷爷奶奶拜年吧？"

"不行，今年大年初三我要参加同学聚会，这可是一早说好的！"许多橙嘟起嘴，向她老爸抗议，"我为了回去给爷爷奶奶拜年，年年缺席，好多高中同学都威胁我要跟我绝交了，你好歹让我去一趟啊，我这都要大学毕业了！"

许爸爸讷讷地点了点头，可是喝了杯酒，又不甘心起来："要不我和你妈拖一天，等你参加完同学聚会？"

许多橙僵了一下，立马道："那你不早说，我以为你们都走了，我在家闲着也是闲着，初五江楠回上海，我都说了要跟在他后面跑行程了。"

"行了，别老缠着橙橙说这事了，事过不悔懂不懂？"许妈妈管起自家老公，"再说，以后女儿嫁了人，有了自己的生活，大年三十都指不定不跟我们一起过呢，你先适应适应吧！"

"哎，那可不行，"许爸爸摆起老丈人的谱，"谁要娶我家女儿，必须约法三章，这头一条，就是要回我们家过年！"

"瞧你说的，这都什么啊！"许妈妈撇撇嘴，表示嫌弃，"女儿嫁人，当然是他们小夫妻俩过得好最重要，你拖什么后腿，吃菜！"

许爸爸觉得自己好冤："我这要求过分吗？女儿，我这要求过分吗，啊？"

想到自己的计划，这样的问题，许多橙只想哭，但是嘴咧了咧，露出的却是笑容。

害得她爸又被她妈捶了一拳。

年夜饭后，照例是热热闹闹的春晚，许爸爸边看节目边给老家人打电话，先嚷着一串吉利话拜年，接着便絮絮叨叨的约大伙儿正月里出来喝酒吃饭聚一聚。

许多橙把碗洗完，前脚进了自己房间，后脚许妈妈就跟进来了，手上端了个匣子，随手带上门道："女儿，你今天情绪不对啊，跟妈说说，什么事？"

许多橙握着鼠标的手一紧："能有什么啊，还不是担心我姐，舅舅他们还在医院吧？"

许妈妈叹了口气："在，你姐情况这么严重，肯定还要住院观察几天。"

"我还给煮了她爱吃的蟹黄狮子头。"

"放心，明天妈一早就带给她。"许妈妈伸手揽过女儿，放下手中的匣子，又道，"来，看看这个，你外婆当初留给我的老首饰，你喜欢哪个？"

这个螺钿工艺的首饰盒，许多橙自然是见过的，应该说，它是她妈妈最宝贝的东西了。她妈曾放言说，不到她闭眼那一刻，绝对不会传给她这个女儿的，这是怎么了？

许妈妈见女儿没动静，干脆自己在首饰盒里挑拣起来："我看看，这个白玉镯子是一对，你外婆说要给你留着当嫁妆来着，得留着。这个银项圈也留着吧，不值钱，而且你满百日戴过，这个金钗……虽然是好东西，不过估计你也用不着，就拿去当掉吧，还有……"

等等，她刚才听到了什么？

"当，为什么要拿去当掉？"

"刚才你爸在，我没说，"许妈妈苦笑，"你舅妈又开口问我借钱了，还挺多。"

"那就借啊，爸刚才不也说，该给钱就给吗？"

许妈妈见女儿果真不懂，觉得自己今天特意过来说这事，是来对了。

"有些话呢，早两年妈肯定是不会说的，不过你如今也到了谈对象的年纪，江楠条件又好，有些道理妈就带着说给你听听。

"这家里虽说我能做主，但是家里的钱，不只是我的，还是你和你爸的。你爸信任我，我当然也要体谅他，所以就算我想贴补娘家，也得有个度，紧也要先紧自己。

"再说这些首饰，是你外婆留给我的，现在拿出去当了，凑钱给她孙女治病，想来她也不会怪我。"

她妈这样周全的人，怎么就生了她这么个不省心的女儿呢？许多橙吸了吸鼻子，故意打岔道："妈，我都跟你说了，我这还没答应江楠呢！"

对此，许妈妈全然不放在心上："父母都见了，早晚的事，不过你拿捏他一下也好，反正你过了年也才二十一，不用着急。好了，继续说首饰的事，女儿你还想要哪个？"

"妈你看着办好了，我都可以，婷婷姐还在医院等着钱用，要不把贵的都卖了吧。"

"乖女儿，"许妈妈挠挠她的头发，把匣子收起来，"这事儿别告诉你爸，啊？"

许多橙眯着眼点点头："晓得啦。"

虽然一家子打起精神守岁过年，但总的来说，这个年过得挺没滋没味，大年初一，许妈妈在外奔波了一天，初二许爸爸又赶着收拾东西，奔向回老家的旅程。

许多橙把老爸老妈送上车，就去了宋晓婷住的医院，病房外舅妈正抹着眼泪，安静地听医生说着话，间或点一下头，软弱、苍老，而无助。

直到医生走了，她都没注意到许多橙，就这样呆呆地坐在那里，眼神空洞。许多橙走到她身边坐下，轻轻喊了一声："舅妈。"

她像是被吓着了，肩膀哆嗦了一下，才转过头来，嘴张了张，眼泪跟着就落了下来："橙橙，你婷婷姐她……不好了啊……"

许多橙伸手抱住她，不知该如何安慰，低头看到她脚边的面盆里，里面都是脏衣服。

"舅妈，你坐会儿，我去帮你把衣服洗了吧。"

"不用不用，哪用得着你帮舅妈洗衣服，"舅妈赶紧推拒，伸手抱起面盆，抬起胳膊擦了擦眼泪，"你进去陪你姐吧，你们从小就好，你说的话，她肯定听，让她……多吃点儿，啊！"说完，也不管许多橙的反应，脚下打战地走了。

许多橙望着舅妈蹒跚的背影，想起刚才离别时，妈妈健步如飞的样子，俏粉色的大衣摆随风飘起，仿佛蝶舞翩翩，那么年轻，那么充满生气。

所以，她的决定是对的吧？她的决定才是对的吧？

推开病房的门，许多橙很想冲动地问一问表姐，当初咬着牙说无论如何都要活下去，事到如今，她后悔了吗？

可是，病房里，宋晓婷一动不动地闭着眼睛躺在那里，瘦弱的身躯上打着吊针，绑着仪器，了无生气。

许多橙张了张口，竟不敢说话，伸出手慢慢地摸向宋晓婷的脸，触及到温热的鼻息，才大喘了一口气。

宋晓婷感觉到身边有人，慢慢睁开眼睛，看到是她来了，扯扯嘴角，想扯出个笑容，却不小心牵扯到舌头上的伤口，疼得流下了眼泪："啊，啊哇……"

许多橙再也忍不住了，趴到她床头痛哭："姐，姐，姐啊……"

姐姐啊，就算你这么坚强，这么努力地活着，又怎样呢，又怎样呢？

病痛还是这样无情；

亲人还是这样难过；

生活还是这样不尽如人意；

我们还是破不开这迷局和绝境。

所以，不如就这样吧，就这样吧，干脆点儿、利落点儿，放父母一条生路，也给自己一个，痛快的结局吧……

2. 不要道别吧

回到空荡荡的家里，许多橙从床底下翻出自己偷偷出去拍的艺术照，黑白的照片，每一张都笑得很甜。

她把裱好放大的那张，端端正正地摆到书桌上，其他的摆到书柜里，又从书柜里把自己的记事本子拿出来，翻到 Happy list 那页，坐回到位子上，拿出笔，连着打了好几个钩，最后发现自己还有两项没完成，一项是"看一场烟火"，另一项是"种一棵橙子树"。

种树这个，她打算明天去趟花鸟市场。至于看烟火，虽然现在是过年，但是上海现在禁放烟花爆竹啊，望天，这可是不可抗力，她真完成不了了。

不过，太爷爷葬礼上，她倒是看见不少人放鞭炮，一百响的那种，勉强也算吧？这么想着，许多橙不要脸地在看烟火后面标上了"get"。

反正她都要死了，老天爷应该不会怪罪她说个小小的谎的，嗯！

纠结完清单，她开始逐一整理自己的东西。

给江楠做的布鞋早两天就做好了，为了避免麻烦，明天就直接寄给他吧。

衣柜里的衣服都打包放好，省得妈妈收拾起来伤心。饰品玩偶之类的零碎，也摆摆整齐。从小到大的课本和课外书分门别类摆放，这样方便想要的人拿走。她本想挑出其中的作文本和日记本烧掉，想了想，又放了回去。

还是给妈妈留个念想吧，哪怕只是些少年不知愁滋味，强说愁。

所有的东西都收拾完毕，坐位桌前，思索了一遍，许多橙又把自己邮箱之类的登录账号和密码写了下来，这时窗外的天色已经微微亮了，她趴在桌上想眯会儿再出门，结果一觉醒来，已近中午。

随便弄了点儿吃的塞到肚子里，许多橙跑到楼下寄了快递，便赶去了花鸟市场，在一堆"大吉大利"的树中间，好容易扒拉出一棵小橙子树，买了下来，付完钱，又想起问老板："有楠树卖吗？"

"有。"

许多橙瞄了一圈，弱弱地问："哪棵啊？"

老板搓搓带泥的手，扒拉出来一棵："喏，这个就是。"

"这棵楠树我也要。"

"中，打八折给你。"

再次付完钱，拖着两棵树，许多橙没有去挤地铁，而是奢侈打了个远程的士，望着窗外这座她称之为家乡的城市，有点儿陌生，有点儿熟悉，她似乎想起了许多事，又似乎什么都没有想起，等到了家附近，她直接拖着两棵树去了老妈心中挖野菜的宝地。

繁华的大上海，也只有这块被开发商废弃的建筑工地，能让她随便种点儿树了。

找到江楠为她采摘过的枸杞木，矮矮的一丛，已经发了嫩绿小叶芽，想起他说的典故，她撕了一片叶子塞到嘴里，涩涩的、苦苦的，果然像茶叶的味道。

从背包里掏出外婆的家传铁锹，许多橙在枸杞树的右边挖了坑，种下橙子树，又在它的左边再挖了一个坑，种下楠树。

把活儿都干完，她也不急着走，就这样席地而坐，发着呆。两棵树再加一棵小灌木，仿佛一家三口，在春风中，招招摇摇，绿意鲜活。

如果真有个小朋友的话，叫江枸肯定是不行的，江杞……倒是挺好听的。

夕阳西下，天色渐暗，她还想再待会儿，电话响了，是妈妈。

许多橙眼眶一热："妈。"

"女儿，你现在在哪儿，吃饭了吗，跟同学玩得开心吗？"许妈妈说话的嗓门儿有点儿大，大概是因为周围太过热闹的缘故。

"嗯，挺开心的，就是我们班主任啊，差点儿把我的名字喊错了，还好意思说我是他得意门生呢！"

"他年年教那么多学生，怎么可能各个记得住，再说，他不是年纪大了嘛，也快退休了吧？"

"是快了，嗯，不说他。"许多橙吸了吸鼻子，笑道，"妈，你和爸在老家待得怎么样啊，那边冷不冷，开心不开心？"

"挺冷的，不过有暖气，屋里暖和，你爸爸有人喝酒有人打牌，他怎么不开心！当然，你妈我也开心，哈哈……"许妈妈想到了开心事，乐不可支道，"对了，女儿，告诉你，刚刚你姑姑还张罗着想给你做媒呢，我说不用，有个条件特别好的男孩子喜欢你，等关系稳定了，就带回来给他们看看，保证吓他们一跳！"

"妈，我不是跟你说过了嘛，我没答应……"

"哟哟哟，果然是闺女大了，知道害羞了。"那头的姑姑抢过电话，嚷嚷着，"我可都听见啦，橙橙啊，年后姑姑我跟着你妈去上海，你把人先带给姑姑看看呗？姑姑保证不告诉其他人。"

许多橙擦掉不知不觉掉下来的眼泪，声音轻快："姑姑，你就别跟着凑热闹啦，快点儿把电话给我妈，我还有话要说呢！"

"好好好，那就这样说定了，"姑姑假装没有听懂的样子，把电话又递给了许妈妈，"你女儿喊你接电话！"

许妈妈接过来道："女儿啊，还有什么事？"

"没事，"就是想听听你的声音，"妈，你和爸爸要好好的……在那边，我要去……唱KTV了，同学还在喊我，我手机快没电了，你要是有什么事打不通我电话，就打可亲的，她跟我在一起。"

"行，妈知道了，放心玩去吧，晚上早点儿回去！"

"哎！"许多橙哽咽着轻轻道，"那妈妈，再见啊。"

"等等，女儿，你今天声音怎么回事，鼻音这么重，感冒了？"

"我今天穿的羊毛裙子出来的，外面有点儿冷。"

"噢，"许妈妈催促，"那赶快进去吧，别冻着。"

"哎！"

几乎使出所有的力气，许多橙才慢慢掐掉了电话，平复了一下情绪，她又拨通了俞可亲的电话。电话那头也是欢声笑语不断，俞可亲的声音同样大大的："哟，你今天跟你们家那位约会，还记得给我打电话啊？说吧，什么事？"

"我为了留下来，骗我妈说参加同学聚会你是知道的啦，她刚才查岗了，我说我跟你在一起的，如果她回头打电话给你，你记得替我瞒好，别露馅儿了啊！"

"放心，绝对没问题！你就好好地跟偶像在一起吧，哈哈哈，我刚才还跟梵梵炫耀这事儿呢，她死活不信，哈哈哈！"

又是一个大嘴巴，许多橙无力阻止："你和你家朱小胖呢？"

"就那样呗，"俞可亲一秒变羞涩，傲娇道，"我还要再看看他表现！"

"那你慢慢看，我挂电话了啊，要开心哟！"

"嗯嗯，亲爱的，你也是噢。"

该交代的都交代了，许多橙又看了一遍江楠这些天发给她的短信，从问好到迷茫再到急切再到执着，长长的一串，每一条她都看了，可是，每一条她都没有回复。

本就是不相干的人，又何苦说什么做什么，彼此困扰？

所以，不要道别吧，一切还是记忆中的样子。

多好。

3. 世界交错处

爸爸妈妈：

女儿不孝。

我得了和表姐一样的病，可是我没有她那么坚强。

所以，我隐瞒了自己的身体状况，任性地选择了这条路。

我要走了，就在今天，请别为我难过，我只是去了我想去的地方，那里大概有点儿孤单，但想来不会太疼吧。

愿来生还能做爸爸妈妈的小孩儿。

只是妈妈，又要辛苦你，十月怀胎，生儿育女。

还有爸爸，请照顾好妈妈，其实我一直忘记告诉你，我也爱你。

爸爸妈妈，别哭。

女儿橙橙

她以为自己会写很长，会有说不完的话，没想到一页纸不到就写结束，甚至没有哭。

是痛到无言，哭也没有用，还是计划得太久，早没有退路，许多橙不知道，她只知道此刻的自己，已无丝毫浑噩，冷静得可怕。

把信连同病历一起，压在照片底下，她又细心地写了个便条，用塑料纸包好，放进自己的贴身口袋，然后背上收拾好的"行李"，把钥匙放在家中，锁上了门。

楼道里，昏暗，死寂，带着潮湿的气息，像极了黄泉之路。电话铃声骤然响起，是江楠。她突然好烦躁，不再像之前那样，等铃声结束，而是干脆地打断，关了机。

任何人都不能够阻止她，正如任何人都不能拯救她。

任何人都不能。

都不能。

……

"怎么，你家橙橙还不接你的电话？"江楠只是沉默，包瑞表示他跟着看戏的都要崩溃了，"我就不懂了，这姑娘之前不都好好的吗？怎么哭了一场，就跟变了个人似的，怎么都不肯搭理你了呢？不搭理你就不搭理你吧，今天又把鞋子给寄过来，这又是个什么意思？"

"我没有告诉她，我初三会提前回来。"

"噢，你的意思是她真打算不理你啦，这是分手礼物？"

江楠自顾自道："我以为她那么乐观，积极吃药，是想好好治疗的，我以为她不告诉所有人，只是暂时不想让大家担心，我……猜错了，她根本没想告诉任何人，在彻底解脱前。"

"等等，你说猜错，不可能，这不符合逻辑，肯吃药的病人都是不想死的。"包大人觉得自家竹马想太多，"你别胡思乱想，她不会有事的。"

江楠没理他，直接拨通了许妈妈的手机，听到他问许多橙在哪里，许妈妈愣了一下道："橙橙去参加同学聚会了啊，她没告诉你吗？"

"没有，她回家后，再也没有跟我联系过，而在回家之前，她跟我说，她会跟你们回爷爷奶奶家拜年。"江楠手开始发抖，但还是强迫自己理智思考，"阿姨，她手机已经关机，你能联系到她同学吗？"

"能，你等着，我打电话问问。"两分钟过去，许妈妈重新打了过来，不过听起来心情不好，"我打过了，可亲说橙橙在睡觉，不肯接电话，我怎么感觉心里有点儿打鼓，江楠啊，你老实告诉我，是不是出了什么事啦？"

到了这种时候，隐瞒已经没有任何意义。

"阿姨，橙橙是渐冻人，那瓶药，是她自己吃的。"

许妈妈当即哑了嗓音："这孩子，这孩子，这孩子，她怎么怎么……我明明应该发现的，我这个当妈的应该发现的……"

"阿姨，你再去给她同学打电话，告诉她橙橙身体不好，身边没人会很危险，让她说实话。"

"好，好，我马上打。"许妈妈连连应声，半分钟后，她哭着打过来，"橙橙骗她说跟你一起，她也不知道橙橙在哪里……我的孩子啊，我该怎么办啊……"

"阿姨，你先别着急，你听我说。"江楠放慢语速，安慰她，"橙橙刚掐了我的电话不久，她现在肯定没事，我们只是要确定，她打算干什么，她人在哪里。我现在就去你家找人，你也再打电话给她舅舅舅妈问问情况，我们分头行动，好不好？"

"好，好，我马上打，拜托你了！"

挂了电话，江楠的表情看起来丝毫没有安慰许妈妈的轻松，他低头给包瑞发了一张和许多橙的合照，随手抓起车钥匙道："我先去她家，你去联系媒体，如果我找不到人，你就发新闻。"

"行，我知道了，你先去找，其他的，万事有我，"包瑞拍拍他的肩膀，"路上小心，车别开太快。"

"嗯。"

待江楠一出门，包大人那副"信我者得永生"的表情就塌了下来，他刚才那话纯粹是安慰兄弟说的，要是以经纪人的身份，他现在非得把江楠按在家里不可。

联系媒体，说得容易，大过年的，想利用媒体找人，这个媒体召集令要怎么发？啊，冲出去跟大家说："大家快来啊，江楠女友生病失踪了，大家快来找啊！"

分分钟被网友送上段子头条信不信？！

但如果随便找个借口，更不可能，借助媒体找人，本就是闹得越大越好，到时候不管人有没有找到，谎言一旦被拆穿，再想改口挽回公信力，呵呵！

包瑞有点儿头疼地按了按额头，不管怎么说，热度先带起来吧。他打开微信，点了一堆记者的名字，又点了一堆群名，广而告之：今晚江楠将会公布恋情，具体时间待定。

"包大人？"

"包大人你账号被盗了？"

这不科学啊，这娱乐圈哪个艺人不是藏着捂着恋情，不被当众抓到，谁会承认？难道说——"江天王的女朋友怀孕了？"

包瑞哪里有时间搭理他们，直接微信设置了免打扰，转而给工作室成员打电话催着加班干活，要忙的事多着呢，赶写公关稿，设计"公布恋情"的流程和惊喜，还要托关系到各处去问有没有什么突发的社会新闻，简直团团转。

好容易所有的事都交代下去，包瑞一拍额头，想起自己竟漏了重要的一环："小林啊，你赶紧去通知各个粉丝群，告诉他们今晚江楠会公布恋情，让管理员带头安抚一下。"

这些粉丝，别看平时他们办啥事都是忠心耿耿，天天爱江楠爱得死去活来的，江楠爆出恋情，反应最激烈，肯定也是她们。

没有丝毫铺垫，就把恋情往外公布，可以想见她们会有多愤怒。

然而，这一回，包大人又料想错了，小林的消息一发出去，官方群先是死一片的静寂，然后有人甩出照片，弱弱地问："那个，偶像的女朋友就是她吧？"

照片正是在韩国时，许多橙给大家发暖宝宝的应援现场。

"是。"

"噢，猜到很久了。"

"……"

群里又是一片安静，过了会儿又人说了一句："应援那次我也去了，真人挺好的。"

"果粒橙大大在群里，人也挺温柔的啊。"

"对啊，还会帮偶像安慰我们，也没有架子。"

"还会发偶像和包大人的 CP 照当福利，嘿嘿嘿！"

"奏箫的那段很帅！"

"舞台上看起来也美美哒。"

"我跟上面的想法不一样，老实说，我不喜欢她，但我也不讨厌她，偶像反正是要找女朋友，找她总归比顾佳宜那样的好！"

"对啊，对啊，再怎么说也是我们楠粉群出来的，肯定会对偶像忠心耿耿的！"

"哈哈，这么一说，为什么我有一种与有荣焉的感觉，粉丝的逆袭，哦耶！"

小林：一定是我的打开方式不对！

当小林把情况汇报给包瑞听时，包大人也很是出乎意料，继而推推眼镜道："那就让她们帮忙找人。"

粉丝群里的人或多或少都跟许多橙接触过，听说还有她同学，找这样的群体帮忙，总比寄希望于找媒体大海捞针强。

至于消息泄露的问题，包瑞倒真不担心，不要小看粉丝的组织力和团队精神，一切对偶像不利的新闻，她们都可以守口如瓶。

就譬如眼前的，粉丝群都有共识了，媒体还不知道"橙橙"真身是谁，就是最好的证明。

粉丝群里管理员再次统一修改了群公告：果粒橙大大身体不好，且处于失联状态，跪求提供线索。

刚才还对偶像恋情失落的小粉丝们，看到这条直接被打了鸡血：我中艸艸艸，这是什么情况，为何此处脑补出了一万字虐文？！

"难道偶像想公开，把果粒橙大大吓跑了？"

"那个，我记得顾佳宜曾经说橙大装柔弱，身体不好，该不是……"

"不是这样的，橙橙现在是真的身体不好，随时会有危险。"俞可亲本来在同学群发动大家找人，看粉丝群一个劲儿跳着不停，点开一看，发现这边已经公开了，连忙跑进群，"大家相信我，我是她现实中的同学，这是我的学生证，我保证我每一句话的真实性，有在上海的朋友吗？帮忙找一下人吧！求求大家了！"

俞可亲是江楠的老粉，混粉丝群都混了有五六个年头，群里很多人一起参加过活动，现实中都认识，她这么一说，立即有跟她关系好的站出来道："小鱼儿你别急，不管怎么样，这种时候我们肯定要帮忙找的啊。"

"是啊，是啊，群里上海的人快出来，你们真人先上，我们商量看看有没有别的办法。"

"嘤嘤，我好不容易消化了偶像谈恋爱这种事，为什么现在还要舍身留情敌？！"

"宝宝心里苦……"

4. 最好的安排

另一端，她们的偶像江楠，正在疯狂地寻找，去所有他可以想到的地方。

家里果然一片漆黑，邻居善意的告知，她刚出门不久；废弃的建筑工地荒无人烟，枸杞木旁多出来的橙树与楠树，欲说还休；医院里也没有她的身影，宋筱婷急得呜呜哇哇，在床上艰难地蠕动……

终于，江楠绝望地打电话给包瑞："我找不到她，我真的找不到，找不到了……你发新闻吧。"

只是这漆黑寒冷的夜晚，到处合家团圆，就算发个娱乐新闻，茫茫人海想找人，又谈何容易？

但他也只能这样心存奢望。

"江楠你别着急，有粉丝联系我，她们翻出了橙橙的微博账号，并一直实时监控，刚才橙橙她刚发了一条微博，你看。"

江楠等不及他说完，挂掉电话，划开微博，见许多橙果然更新了。

果粒橙

江南好，风景旧曾谙。日出江花红盛火，春来江水绿如蓝。能不忆江楠？

（附仰望星空的照片一张）

"旧曾谙旧曾谙……旧曾谙……"当初他和橙橙第一次见面，那家厕所里卫生纸都用熏香型的西餐厅，是不是就叫这个名字？

记得她当时拍照的牛排旁边，露出过 logo 截图，江楠赶紧刷下去找，果然，他兴奋地回拨电话："我知道她去哪里了，我去找她，就这样！"

"哎等等！"包瑞赶紧喊住江楠，"你知道在哪里，你把地址也给我啊！"要是搞不定他好歹能发动群众，帮忙善后啊！

江楠边往医院外面跑，边飞速地发完地址。

包瑞拿着地址搜了一下："靠，这是个高楼啊，这照片角度应该是在楼顶拍的，她该不是想跳楼吧？小林小林，把这个地址贴到粉丝群，让离得近的人赶紧过去看看！"

"好的，瑞哥。"

群公告再次更改："旧曾谙"地址××××，求离得近的小伙伴迅速过去看一下，特别是楼顶。

群里一片哗然："什么意思？跳楼的节奏？不是吧？"

"小鱼儿，你能告诉我们，橙大得的是什么病吗？是不是治不好的那种啊？"

"我真的不知道，是她妈妈打电话问我她在哪里，我才知道她生病了，说她病得很严重，"俞可亲越想越难过，眼泪啪啪啪往下掉，"她隐瞒了所有人，连她爸妈都被她哄回老家过年了，还是偶像发现，打电话通知我们的……"

"偶像真好！"

"不枉我们粉了这么多年！"

"是谁？"管理员忽然冒了出来，红字醒目，"刚才是谁把橙大删掉的奏箫视频发到微博上的？！"

"是我，不可以发吗……我以为都公开了……"

"媒体那边本来只知道偶像有女朋友，并不知道是谁，现在顺着你的这个截图，他们也找到了橙大的微博，平常也就算了，这种时候要是嗅到什么风，都跑过去，不是添乱吗？"

"管理员，对不起，我有罪（大哭）！"

"对不起有什么用，现在只能寄希望于偶像和橙大没事，不过明天的头条肯定是跑不了了！"

江大天王女友因不明原因跳楼，天王亲赴现场，粉丝接力援救，大过年的，这个新闻一定很下饭吧，呵呵……

老话说，群众的眼睛是雪亮的，大家猜得没错，大晚上的，他们口中的果粒橙大大确实打算跳楼。

"旧曾谙"楼顶。

有道是春寒料峭，夜晚高楼顶还是挺冷的，许多橙连打了几个喷嚏，有点儿后悔自己为了死的漂亮，没穿多点儿衣服。

她哆哆嗦嗦地放下背包，从包里拿出一束花抱在怀里，又扒拉出一个蛇皮口袋，套在自己腿上，拉拉高，然后有点儿艰难的往栏杆旁移动，有惊无险地翻到栏杆外，站好。

天上繁星点点，地上人间烟火，她站在世界的交错处，好想就这样站到世界的尽头……

世界的尽头，没有尽头……

江楠的跑车一个紧急刹车，刚跑到那栋楼楼下，下了车，还没找到头绪，就有两个小姑娘从阴影里跑出来，朝他招手："偶像这边这边，从这里上楼！"

"偶像，电梯到这里就结束了，顶层要走应急通道，这边。"

"偶像我们也刚赶过来了，她已经在栏杆外了，一动不动的，我们不敢进去劝，怕吓到橙大，您加油啊！"

"楠宝无敌，哦耶……呃，对不起偶像，平常应援喊习惯了，我是说，祝您和橙大百年好合，早生贵子，fighting！"

"谢谢大家，我进去了，"江楠手摸门把，开了门，回头道，"你们不用进来。"

"好的！好的！"

许多橙还在发呆，她现在已经完全感觉不到冷了，甚至，她都不觉得这具身体是属于自己的。

她好想挣脱自己的驱壳，手捧花束，飞跃而下，只可惜，她终究不是天使，没有翅膀，向前一步，小小的一步，她就该粉身碎骨了吧？

也许她该先闭上眼睛……

"许多橙，你敢跳试试！"

怎么会有……江楠的声音？

许多橙以为自己幻听了，她睁开眼，缓缓转过头，他就这样出现在灯火阑珊里，头发被风吹起，衣衫凌乱，双手撑膝大喘着气，却帅得不要不要的。

见她回头，他朝她伸出手："橙橙，不要乱动，我来接你了。"

"不要，"许多橙固执地摇头，"你走吧。"

"橙橙乖，"江楠试图靠近她，"这样不好，这样不是解决问题的办法，有话我们回去再说，好不好？"

"你不要过来，"那种烦躁感再次涌上心头，"我没有话要说，你根本什么都不知道，我不想见到你，你走啊！"

"我不知道什么，你是说你的身体状况吗？"

许多橙惊异地抬头望向他，怎么可能，怎么可能，这是她心底最大的秘密，她竭尽全力地忽略它、隐藏它，就连爸爸妈妈都没能发现。

"那个药不是钙片，而是力如太，是治疗 ALS 吃的，对不对？"江楠稳住身体，慢慢地靠近她，边道，"其实带你去见太爷爷的时候，我就知道了。"

"那你还带我去见你太爷爷……"她这样一个不中用的人，哪里能担得起太爷爷和江家其他人的喜爱呢？

"为什么不带？太爷爷多喜欢你啊，还特意塞了小银元给你。你现在这样，要是见到了太爷爷，太爷爷问，橙橙啊，你怎么会在这里呢，你是打算告诉他，之前我们说的话都是哄他闭眼的吗？"

"我没有，我是有病……"

"有病治就是了，现代医学这么发达，医疗手段每天都在进步，你肯定会好的啊！"

许多橙露出一个比哭还难看的笑容："当初，表姐生病的时候，我们全家人也是这么想的……"

"你会比她幸运。"

得了这个病，哪里还有什么幸运可言？

"你不要劝我了，我不会改变主意的，就算你今天能把我从这里拽下来又怎样呢，我总能找到法子去死的！"

"许多橙，你平常不是挺聪明的吗？怎么能想到自杀？"江楠又急又气，"你就算不在乎我，你想过你父母的感受吗？他们该怎么办？"

"你懂什么，我这样才是最划算的，我才二十一岁，我妈妈才四十三，我死了，他们再生还来得及。我拖着多活个三五年，钱花光了，人也没了，他们也老了，这日子才真的没法过了……"

"那你这个是家族遗传啊，就算给你生个弟弟妹妹也有可能是，所以还不如你好好活着，争取治疗呢！"

"谁说的，我查过了！现在这个病怀孕的时候是可以做基因检查的，只要做好预防，我的弟弟妹妹肯定会很健康！"

"许多橙你真是……"明明在犯蠢，为什么说出来的话，却这么招人心疼，"你不是还有我吗？"

许多橙惨然一笑："谢谢你啊，偶像，不亏我粉你一场，最后你还能来看我。你说的我都懂，你不说的我也懂，我承你的情，你走吧。其实我挺不想让你看到我最后的样子。"

血肉模糊，粉身碎骨，一定很丑很丑吧。

江楠抬起头，凝望着她："对你来说，我真的只是一个偶像吗？"

是又怎么样呢，不是又怎样，反正你身旁的位置不可能是我呀！

"是。"

5. 橙橙，别怕

江楠刚想说话，手机却响了，他接起来"嗯"了一声，然后道"没事，有我"，就挂了电话，转而示意许多橙。

"你往楼下看。"

许多橙不明白他的意思，转头看向楼下，楼下人影攒动，明黄色的气垫在应急灯下，明亮而温暖。

"包瑞报了警，消防队员已经在楼下安放了气垫。"

"我说过，没用的，就算你这次把我拉回啊……"忽然感觉到有人搂住她的腰。

许多橙吓得一哆嗦："你什么时候靠这么近了？"

"我一直在靠近你，是你没发现，"江楠搂住她，本来想再深情地说点儿什么，结果手不小心的刮到她腰上的蛇皮口袋，"你穿这个干什么？"

"裹尸袋。"

"……"很好很好，信念坚定，计划缜密，口味还这么重，看来他不下重药，真的很难把她拉回来。

江楠伸出手，按住她的脑袋往下看："看到我们正下方的玻璃阳光房吗？"

许多橙不明白他的意思，但还是点点头："看到了。"

"包瑞打电话告诉我，因为有它的存在，气垫没法贴靠着大楼摆放，也就是说，如果从这里，"江楠抽出她手中的花束，丢出去，注视着那花束径直掉落在玻璃房上，四散开来，"跳下的角度太小，那么，即使有气垫在下面，也于事无补。橙橙，不如我们跟老天爷打个赌，我陪着你跳下去吧。"

"不要，我不要！"意识到江楠要做什么，许多橙开始挣扎，但这丝毫无法阻挡江楠跨越栏杆，贴着她紧紧站立，"你快点儿回去，你疯了吗？南木，算我求你，不要这样，不要这样，我反正都要死的，你跟我不一样的啊……"

你那么好、那么优秀、那么努力，为了自己的梦想奔跑不停，无数人追逐着你、崇拜你，以你为傲，把你视为偶像，你怎么能陪我去死呢？

看她无助地号啕大哭，江楠心里发酸，却仍旧硬起心肠，继续道："答应我，如果我们赌赢了，以后你就乖乖地配合治疗，再也不能轻生，如果我们赌输了，那就……愿赌服输吧！"

"不要不要，不是不是，"许多橙哭得语无伦次，"我答应你，答应你，我不想死了，你先回栏杆里，你快点儿回去啊！"

只是催促他一个人回去，小丫头还想对他用缓兵之计，江楠贴住她耳朵轻语："好，既然你答应了，那我们就跳一次吧，希望老天爷真的站在我们这边。"说着，他抱住她，反身换了位置，站在了最外沿。虽然相比曾经武替的职业生涯来说，这点跳跃角度对江楠并不算太难，但他还是不希望她受哪怕一点伤害。

许多橙不知他心有把握，吓得摇头乞求："不要，南木，不要……"

"我听说，只有死过的人才会真正敬畏死亡，你这样不听话，我也只能陪你任性一次了，"江楠脸上满是温柔笑意，"准备好了吗？我数一，二，三，我们一起跳。

"一，二，三，跳……"

那一刻，纵身跃下的感觉，许多橙已经不太记得了，她只记得江楠温暖的怀抱，耳边呼呼的风声，漫天的星辰摇摇晃晃，人间烟火嘈嘈杂杂。

落地那一刻，巨大的冲力让她有一瞬间恍惚，她从江楠怀里下意识地伸出手，感触到软软的气垫，才大喘着气道："我们赌赢了，南木，我们赌赢了，南木——"

身下的江楠毫无声息，许多橙赶紧一骨碌从他怀里爬出来，只见他面色苍白，嘴角还有血迹：该不是她这个想死的没死成，江楠却被她压死了……

"南木，不要，不要，南木，求你，求你睁开眼睛，求你，我怕，我害怕呀……"

这一刻，我才明白，逃避，自杀，不是我有多勇敢，恰恰相反，是因为我懦弱和胆怯，我害怕病痛的纠缠，我怕爱我的人伤心失望，我怕我想努力活着，但最后还是不得不死去。

是的，其实我怕死，我比任何人都想活着，好好地活着。

活着多好。

世界这么大，我还未走过。

亲人俱安在，对我多宠爱。

我喜欢的人，他那么的喜欢我，喜欢到让我自惭形秽。

可是，他现在却躺在这里，因为她，生死未卜。

"南木，不要，我害怕。"

"别怕，"江楠伸出手握住她，缓缓睁开眼，微笑还是那么温暖明亮，"橙橙，别怕。"

许多橙含着泪，笑靥如花："嗯！"

"咔嚓！咔嚓！"

不知道从哪里钻出来的长枪短炮围住了他们："江天王，请问这就是你女朋友，橙橙小姐对吗？"

江楠躺在气垫上，有点儿艰难地点点头："是。"大概他是有史以来公开恋情姿势最难看的明星了。

"请问你们为什么大年初三，会跑来这里殉情，是有什么苦衷吗？"

"我们没有殉情。"

"是因为家里不同意吗？"

"……"

"让开，你们这些记者都让开，救护车来了，"另一拨儿萌妹子钻出来，使劲把这些记者往后扯，"护士哥哥护士姐姐，这里这里，我们家偶像在这里，快点儿带他去检查，他明天还有演出，还要跳舞呢！"

"还有橙大，橙大身体特别不好，你们小心点儿啊！"

"橙大，你以后别想不开跳楼了，偶像多好哇，你这样他会伤心的！"

"橙橙啊，"俞可亲跟着护士过来，一把抱住她，"你个浑蛋，你想吓死我们吗？"

她不就想不开，想安安静静地跳个楼嘛，没跳成功就算了，为什么会闹得天下皆知呢？

等等，天下皆知……许多橙忽然有一种不好的预感。江楠从担架上掏出手机看了一眼，递给她："你妈。"

许多橙把手机推开他，说道："你接吧，就说我跳完楼，忽然觉得很累，一不小心睡着了。"

周围立刻响起一片噗笑声。

包大人从天而降，随意指了几个镜头，指点迷津："网络直播。"

"不是吧，完了，我妈会杀了我的！"

自己作死——"怪得了谁？"

尾声

人生是一场修行，
愿你我在这场修行中，感悟幸福。

五年后。

大西洋彼岸，又到了一年一度世界音乐潮流的狂欢时节，而这一次，被称为音乐界的奥斯卡奖项 GAM，尤为让全世界的华人关注，许多人守在电视机和电脑前，只为看到那个为荣誉而战的身影。

终于——

"获得本届音乐节最佳当代古典乐作曲奖项的是，来自中国的音乐人江楠，这也是首位由亚洲籍艺人获得该奖项。感谢江楠，用他的音乐向全世界，展示出了神秘而神圣的东方风情。Congratulations！"

现场掌声雷动，黑头发黄皮肤的人们欢呼雀跃，电脑前守着直播的人也同样激动不已。

"有生之年啊！"

"看看，这就是我的偶像，我的偶像，骄傲脸！"

"文明圣火，千古未绝者，唯我无双；和天地并存，和日月同光，中华万岁！"

"楼上的，江大天王是为国争光没错，可你这调子是不是也拔得太高了？"

"……"

与围观众喜形于色不同，获奖的江楠表现得很平静，他很有气度地接过奖杯，感谢了颁奖者和主持人，对着话筒说的还是那么几句，感谢评委组，感谢以包瑞为首的工作团队，感谢他的父母、粉丝，以及"我生命中最重要的人，我的爱人"。

说的还都是中文。

幸好随着江楠知名度越来越大，他"冷场王"的特性也是越传越广，所以即使热衷夸张爆笑风格的美式主持人，也没有为难江楠的意思，热情洋溢地赞扬了一番他的音乐，继续自顾自地夸耀道："除了他的音乐，在公益事业领域，MR 江也投入了很大精力，他成立的渐冻人基金会，专注推动 ALS 医疗技术革新，改善患者生活品质，在全世界都非常有影响力，非常了不起！

"Hey，说真的，对于这一点，我和我的朋友们都非常敬佩，BOY，作为一个音乐人，你简直太伟大了！"

"谢谢，"江楠实力发挥他冷场的特性，拿起话筒，认真道，"我这样做，出发点只是因为我的爱人。"

这一次他用的英文，还算比较配合。

可是主持人心中还是大大地弹出一个"WTF"字幕，亲爱的，就算你真的是这么想的，面对如此闪耀的成绩，你标榜一下自己又怎么样，又怎样呢？

果然，中国人都太谦虚了！默默抹了抹额头上不存在的冷汗，主持人"哈哈哈"了几声，勉强避免了冷场，强力扭转话题道："那在今天这样激动人心的时刻，请对您电视机面前的爱人，说点儿什么吧，Mr 江？"

"好，"江楠点点头，望向镜头，"橙橙，我明天中午，到家吃饭。"

"……"

"哇哈哈哈，主持人脸绿了！"

"主持人脸绿了 +1！"

"绿了 +10086！"

"……"

翌日中午，快雪初晴，阳光正好。

宋筱婷婷不玉立："妹啊，我好想吃你做的蟹黄狮子头，天天插胃管，嘴里淡出鸟来啊！"

看到短信，许多橙无语地摇摇头，她这个姐姐，仗着自己是病龄十年的老人，天天在渐冻人论坛当人生导师，字越打越利索，人也是越来越活泼了。

她放下汤勺，示意阿姨再炖一会儿，转动轮椅进了花房，边回了条短信调戏她姐。

江楠家的果粒橙："蟹黄狮子头是吧，好哇，我做了送过去，给你闻个够。"

宋筱婷婷不玉立："妹啊，你可真是我亲妹啊（吐血）！"

她当然是亲妹，要不然她宋筱婷天天嘴贱着说"妹啊妹的"，她能这么忍着她，哼！

"哎，橙橙，别光顾着回短信，"俞可亲挺着肚子，挪到她跟前，"我跟你说话，你听见了吗？"

"嗯嗯，听着呢，"许多橙点头，一副"我正认真倾听"的模样，"你接着说，你家朱小胖怎么了？"

"就是孩子取名字的问题啊，孩子都跟他姓了，取名怎么着都得听我这个当妈的吧，我这个要求过分吗？"

"这个嘛，"俞可亲家那位是出了名的听老婆话，所以这件事肯定不像她说的那么轻巧，许多橙才不会轻易入套，"你打算给你们家娃取什么名字？"

"朱瑞楠，要不朱楠瑞也行！"

呵呵，是个男人都不会喜欢自家娃的名字是为了致敬一对好兄弟好吧。许多橙语拉起俞可亲的手，语重心长道："你有这份心呢，是好的，但是以后你来我家玩，对着你家偶像和包大人，你要怎么喊你家娃呢？你家娃长大了之后，会不会认错爹呢？"

"对噢！"俞可亲一拍肚子，恍然大悟，"我忘记了，我家娃跟粉丝群里那帮人不一样，我家是要出来见人的啊！"

"所以，心胸放开阔点儿，别跟你家朱小胖一般见识，就换个名字吧。"

"随便了，不能为我所爱而取名，人生还有什么意义。"俞可亲扶着腰，瘫在躺椅上，一副哀莫大于心死的样子，"怎么办，忽然生孩子的动力都没有了，嘤嘤嘤……"

这种无病呻吟，许多橙听得多了："反正都揣到肚子八个半月了，你还能不生吗？"

"哎，许多橙，你有没有良心，姐这样的事业型女强人，要不是为了你，姐能这么早结婚生孩子吗？"

等等，这个帽子是不是扣得有点儿大？"虽然咱俩是闺蜜，但这个问题还是有必要说清楚的，你结婚生孩子怎么能是为了我呢？总不能是为了请我当伴娘吧？"

俞可亲被她激得脑子一热，脱口而出道："我当然是赶着把自己的生完，好给你当代孕啊！"

"……"许多橙一瞬间红了眼眶。

吓得俞可亲赶紧从躺椅上爬起来："那个，橙橙你听我说，我没有其他意思，我就是担心你的身体，你爸妈又为了你，坚持不再要孩子，还有江楠，江楠那么爱你，所以我才，我才……"

"谢谢，"许多橙想哭，又笑了，"谢谢你，可亲，不过真的没必要这样麻烦的，我这样真的很好了，你要是真的担心……以后，你就再帮我劝劝我爸妈，给我生个弟弟妹妹吧。"

俞可亲赶紧摆摆手："这事儿我可办不了，要怨你怨自己好了，谁让你当初闹着跳楼的，叔叔阿姨现在认为，他们再要一个，你觉得可以撂担子就不好好活了，谁劝都没用！"

她真是干了一件搬石头砸自己脚的事啊，望天。

"哎，我说，你这什么反应，你不会真的还没放弃这个想法吧？"

"没有，怎么会，我只是觉得自己拖累了太多人……"

"哎，许多橙，"花房的门被推开，风吹进来，引得海棠迎风招展，为首的那人跺掉脚上的雪道，"你这话就不对了，你这样贤惠还叫拖累人，那我们这些跑来蹭饭的算什么？"

俞可亲快人快语："拖油瓶咯。"

"……"程明枫表示很受伤，偏偏他妹妹也不帮他，蹭到许多橙和俞可亲跟前道，"两位师姐好，嘿嘿！"

许多橙递给她一杯热橙汁，问：“怎么样，考研成绩如何？”

程萌萌本想挤出个苦瓜脸骗骗人，但笑容怎么遮都遮不住，只好道：“当然是考上啦，就是考的橙橙姐教的那个专业，要正好是您带我，我就要改口叫你老师啦！”

“叫什么老师，”俞可亲拍拍萌萌的肩膀，“不知道研究生都喊导师老板嘛！”

“对对对，老板！”

“说什么呢，”许多橙没好气地瞥了她俩一眼，“我现在资历尚浅，就算能独立带课题，也带不了研究生好吧，更别说评副教授了，都给我低调点儿，懂？”

程萌萌和俞可亲齐道：“YES，Madam！”

程明枫忧伤地感叹：“果然学霸的世界，我们这些平凡人不懂啊！”

花房再次被推开，有小脑袋钻进来道：“我懂啊，我长大了也要上大学！”

“NINI宝贝，你怎么也来啊，快点儿进来！”许多橙朝漂亮的小女孩儿招招手，“别在外面冻着，你爸妈呢？”

“我们刚才韩国回来，爸爸妈妈在后面拿礼物呢。”小家伙正是韩希贤和慧妍的女儿，由于从小韩国中国两边跑，所以中文说得特别溜儿，可爱得不得了，还是个小童星。

不过今天怎么像是说好了似的，怎么所有人都来了，还有礼物。许多橙眯起眼睛，打量着众人：“你们是不是在秘密筹划什么，嗯？就算要蹭饭，这人来得也太全了吧？”

“没有！”

“绝对没有！”

“肯定没有！”

“没有没有啦！”

那就是有了，许多橙笑眯眯地哄NINI小朋友：“NINI你最好了，你告诉阿姨，好不好？"

"橙橙阿姨，我已经不是三岁小孩儿了，"NINI 的表情很沉痛，"我是四岁的大宝宝，没那么好骗的，放弃吧！"

"……"

花房的门再再次被推开，许多橙以为是硌硬她的小坏蛋爹妈，正想告状，一抬头，却见是江楠和包瑞。

"你们回来啦，路上还顺利吗？"

江楠走过来，"嗯"了一声，蹲下身，把盖在她膝盖上的毯子理理好，抬头道："你还记得你之前拒绝我求婚，说过的话吗？"

拒绝他求婚的话，她说过好多。

"呃，您指的哪一句？"

"如果我能完成太爷爷的遗愿，"江楠一字一句地复述，"为国争光，德艺双馨，拿到 GMA 奖杯，才敢答应跟我结婚这句。"

"可是我也说过，世界尚未和平，你我何以为家来着……"

"噗噗……"江楠的小伙伴们不厚道地笑了。

俞可亲作为娘家人都看不下去了："前面那个就够难了，后面这个，橙橙，别这样，难道你想逼着偶像去参加联合国维和部队呀？"

"没有，我不是这个意思，这件事以后再说吧。"许多橙希望这件事还能像之前那样，搪塞过去。"那个，你拿了奖是大喜事，我给你做了最爱吃的可乐鸡翅，还有其他好吃的。走吧，我们去吃午饭吧。"

"橙橙，不要逃避，"江楠抓住她的手，往身后看了一眼，NINI 的爸妈立即搬出一个水晶果冻蛋糕，五克拉的大钻戒在蛋糕顶端闪闪发光。

他取下来，道："要么现在戴，要么晚上睡着，我给你戴，你选一个。"

"江楠，"我耗费着你的青春，已经够自私了，怎么还能奢求占据你的整个人生？我说了我不愿意，你不要再问了，你要是逼我，我今天就回我爸妈那儿住。"这种事她也不是没干过！

江楠又抬头看了包瑞一眼，包瑞立即递给他一个文件夹，江楠抽出文件，摊在许多橙膝盖上，继续道："记得我之前跟你说的，关于 ALS 的干细胞移植技术吗？现在研究所那边的突破很大，临床试验的结果也很好，也许过不久你就可以接受手术，恢复健康了。"

许多橙张大了嘴，好半天才找到自己的声音："真，真的吗？你不是哄我吧？"

俞可亲也是"啊"的一声，激动得不知该如何是好。

江楠摸摸她的脸，笑道："这么大的事，我怎么可能会骗你。"

许多橙又哭又笑："谢谢，谢谢你南木，谢谢……"

"所以答应我的求婚，好不好？"

许多橙下意识地点点头，又飞快地猛摇头，她还是有点儿担心，江楠是为了求婚，才出此下策哄她。

"橙橙，答应我吧，就算是给我一个签手术同意书的资格，好不好？"

"南木……"

"橙橙，你知道吗？叔叔阿姨今天本来也想过来的，可是你奶奶忽然晕倒了，他们又急匆匆地赶回了老家。"

许多橙急道："我奶奶她……"

"没事，已经醒过来了，是心脏病没记得按时吃药。"

"那就好，那就好，"许多橙拍着胸脯，"吓死我了！"

"可是橙橙，叔叔阿姨年纪也不轻了，我们也不能什么事都麻烦他们，对不对？"

"我……"

江楠拉着她的手，十指紧扣，满眼温柔爱意："橙橙，嫁给我，我们一起努力走到老，好不好？"

"好。"

小伙伴们："哦哦哦……"

"鲜花在哪里？"

"掌声在哪里？"

"撒花，快点撒花呀！"

结束语

很久很久以后，久到许多橙差不多幸福地过完大半辈子，她才想明白了：

那些什么许诺啊，声嘶力竭的表白啊，都不如有那么一个人，不管发生什么事，能一直拉着你的手，让你能够在正常的生活轨道上，一路狂奔。

人生是一场修行，愿你我在这场修行中，感悟幸福。

（完）

YIERSAN
MUTOUREN

番外篇

（一）我猜楠宝喜欢喂鱼

全中国都知道，小天王江楠是个高冷的 BOY，不参加综艺活动，不接受媒体采访，就连微博上，也是一本正经的行程通告，几乎不跟圈里的朋友互动，更别提搭理粉丝了。

楠粉虐啊虐的早成习惯，甚至私底下流传起一个段子，说交际困难症如楠宝，现实中一定过着退休老人般的生活，不爱上网不用手机，每天只会遛鸟喂鱼，岁月静好，人淡如菊。

潜伏在粉丝群的江楠，看到这段话，扯了扯嘴角，为自己粉丝的智商叹气，艺术源于生活啊，孩子们！如果他过着老年人的生活，他写出来的必定是"最美不过夕阳红"这样的广场舞舞曲啊，还怎么成为最受青少年欢迎的创作才子？

所以真相是，他不仅会上网，他还会与时俱进披马甲潜水呢！

顶着名为"南瓜"的正太头像，江楠在群里跟风留下一行"我猜楠宝喜欢喂鱼，嘻嘻"，然后扔出去少女感十足的卖萌表情，便打算关了粉丝群，结束今天的艺术采风，却没想到，他的下面却跟着冒出一个叫"果粒橙"的人，一本正经拆台道："其实偶像爱上网，也爱用手机，你们都被他骗了。"

莫名地，江楠觉得哪里一紧，群里的气氛也忽然冷了下来，毕竟这话犹如群嘲，而且听起来对偶像也不大尊敬。刚才说段子的人不高兴问："这谁啊？"

"新人吧！"有人接了一句。

"呵呵，果然现在新人进群考核越来越松了，偶像履历都没背熟吧……"

看着这舆论导向，江楠松了口气，又有点儿替这冒失的新人担心，正犹豫着要不要顶着马甲说两句，把这话题岔开，谁知那新人又道："你们不信的话，我有证据。"

　　说完，也不等别人开口，她啪啪啪扔出去一长串的图，自顾自地解释道："这六张是偶像的生活照，有在家里的，也有在工作室或者旅行途中的，请注意我红笔框出来的地方。"

　　"是什么？"

　　有人把图放大截到群里："手机吧！"

　　"偶像有手机也没什么好奇怪的吧，我们只说他不用，又没说偶像买不起手机。"

　　"对呀，对呀！"

　　"不仅有手机，还有充电宝，"那新人进一步阐述，"手机可以是摆设，但随身携带充电宝这一点，只能说明偶像他经常使用手机。"

　　群里再次陷入沉默。

　　过了一会儿，有人不死心道："那也可以是包大人的，他和包大人都是同进同出的！"

　　"包大人的充电宝长这样，"新人又甩出两张图，框出了包瑞身旁的充电宝，"与偶像是同款黑色。"

　　"呃——"对方语塞。

　　其他人前赴后继："一个充电宝就想否定偶像的属性，这也太武断了吧！你还有其他证据吗？"

　　"很多啊，偶像微博经常显示在线，包大人曾说过一天要帮偶像收十几个快递，偶像在歌词里还出现过'不敢坐地铁，怕收不到你的回答'之类的话……"那新人一口气罗列了十来项，然后理直气壮地总结，"这都说明偶像是爱上网爱用手机的啊。"

　　如此有理有据，再也无人敢反抗，甚至有活泼的小伙伴当场倒戈："大大，你太厉害了，你就是传说的技术帝啊！"

　　小天王江楠只觉背后阵阵发凉，粉丝群里竟然混进这么一个火眼金睛的人，看来以后一定要更加低调了。

　　抱持着不可言说的心理，江楠破天荒地给这个叫"果粒橙"的新人发出了一个好友申请，耐心地等对方通过后，便顶着正太头像，发了一个卖萌的表情道："橙子姐姐好！"

没想到那只"果粒橙"轻飘飘地回了一句："非周末晚上十二点半还不睡觉，你不是未成年吧？请不要卖萌喊我姐姐。"

"……"很好，女人，你成功地吸引了我的注意！

以及，我以对五线谱的忠诚发誓，我是绝对不会让你有机会扒掉我的马甲的！

（二）我是南瓜

在经历过送厕纸事件，阴错阳差让"果粒橙"的真身——许多橙同学成为自己的临时助理之后，江楠其实第一时间就想着把马甲"南瓜"上的好友"果粒橙"给拉黑掉的。

想想吧，大小号同时加一个人，万一精分错了，这得多容易掉马甲啊！

可是真的拉黑了，江楠又开始舍不得了，他用这个号在许多橙面前刷了好几个月的存在感，从开始两个人说不上一句话，到现在还能聊聊天气和偶像，这是多么不容易，为了更好地把自己伪装成一名正太，他特地买了一本《中学生作文选》回来研读！

就这样前功尽弃，太亏了！太亏了！江楠趴在被窝里，盯着屏幕，越想越不划算，于是又把"果粒橙"从小黑屋里放了出来，并且下定决心：斩断前缘之前，他一定要物尽其用一下。

譬如，打听打听八卦，刺探一下敌情。

心动不如行动，这么想着，江楠顶着正太"南瓜"的壳子，啪啪啪给许多橙发了一条信息过去：橙子姐姐，你上大学，应该有喜欢的人了吧？

许多橙消息回得还算快，不过点开之后，内容让江楠很挫气：个人隐私，恕不奉告（手动再见）。

这只橙子警惕心也太强了，好歹大家也聊了几个月，分享一下恋情不算过分吧，他又不会害她！江楠发了好几条抗议的信息，表示自己很委屈。

没想到许多橙被他逗笑了，发了一条调侃的语音信息过来："说真的哥们儿，我知道人在网上都有一定的伪装，你想装正太我可以接受，但装委屈就不必了吧，拉着我聊了几个月都没发过一条语音，也好意思怪别人警惕心太强，喊！"

捶床，竟然是在这种地方漏了马脚，真是百密一疏，江楠觉得更加委屈了，作为歌手，谁能没点儿看家本事，他连女生戏腔都能唱，伪个少男音根本不算个事，怎么就没想到呢？

必须亡羊补牢！这么想着，江楠深呼吸了一口气，直接按下了语聊键，许多橙那头等了一会儿才接通，江楠不等她开口，便先拉高嗓音，又带点脆然道："橙子姐姐，是我！南瓜！"那嗓门儿，那调子，十足的阳光少年。

江楠：我可是专业的！哼哼，就不信你不上钩！

果然，那头的许多橙愣住了："南瓜？你还真的是未成年啊？"

"我本来就是啊，"江楠答应得脸不红心不跳，"橙子姐姐如果还不相信，要不再考考我呗，看我是不是本人！"

原本许多橙还真有这想法，被他这么一说，赶紧打着哈哈否认道："不用不用，橙子姐姐相信你，那个，你找我什么事来着？"

"就是，嗯，我最近暗恋上一个女生，"本来只是随意找的借口，想套套许多橙的话的，但是真的把"暗恋"两个字吐出来，江楠竟恍惚觉得脸颊开始发烫，不自在地从被窝里钻出来，才道，"所以，所以想问问橙子姐姐有没有暗恋过什么人？"

"噗……"看他如此羞答答的样子，许多橙忍不住打趣，"所以南瓜弟弟你这是遇到感情困扰，来向我求助？"

"唔。"

"那你可问对人了，我还真暗恋过一个师兄好几年，我那个师兄特别热心，长得也帅，功课也好……"

许多橙吧嗒吧嗒把她的暗恋对象夸了又夸，江楠听到后来，忍不住道：

"他真的这么好，比我……们偶像还好吗？"

"呃，那还是要差一点儿的，至少他肯定没偶像帅，嘿嘿！"

这还差不多，江楠稍微心理平衡了一点，又想起自己的目的，于是道："那橙子姐姐现在还喜欢他吗？"

许多橙吸了吸鼻子，压下心中一丝怅然，笑笑："当然不喜欢啦，都是过去的事了！"

很好，跟之前在他面前的回答一致。江楠心里一块大石头落下，生怕她察觉到自己的目的，又赶紧绕回之前的话题："可是我想跟喜欢的女生表白呢，橙子姐姐觉得怎么说会比较好哇？"

"什么叫'说什么比较好'？果然还是年轻人啊，一听就是没谈过恋爱的，"许多橙老气横秋地指点江山，压根儿忘了自己也是菜鸟一只，"说什么不重要，重要的是做什么，啊懂？"

"嗯，不懂。"

"哎呀，就是，你应该先这样……再这样……千万不要那样，那样人家女孩子一定不喜欢……懂了吗？"

"噢噢噢，"江楠小天王抱着手机恍然大悟，"懂了！懂了！"

论有一个马甲的重要性……

（三）哪里来的土豪

仿佛一夜之间，神州大地上，就无端开始流行起了抢红包，微博微信QQ支付宝，统统沦陷，粉丝群自然也不能免俗，一群女生抢得那叫一个轰轰烈烈，这其中，许多橙绝对是主力。

作为一个不差钱的主儿，江楠自然是不懂为了一块五毛抢到手抽筋有什么乐趣可言，但他尊重自家老婆的爱好，他可是一个特别会疼老婆的男人，严肃脸。

所以，在看到许多橙为了做晚饭，错过群里的红包，仿佛错了一个亿的表情，江楠觉得自己有必要做点儿什么，哄老婆开心一下，于是摸出了早就不用的马甲"南瓜"。

自从他正式跟许多橙在一起之后，这个号就功成身退了，为了让"南瓜"消失得彻底一点儿，他还编出了"高考失利去当兵了，连队里不方便用手机"这样一个天衣无缝的理由——出主意的是小伙伴程明枫，他曾出演过一部抗战戏，特别热血的那种。

闲来无事，是时候让"南瓜"回来休个探亲假了。

确定自家老婆在客厅看电视，一时半会儿不会挪地方，江楠返回卧室，打开微信，很快摸索出诀窍，绑定好银行卡。

为了确保投食到位，他先给许多橙私聊了一句"橙子姐姐我回来啦，快去群里抢我回归的红包"，得到回应后，便大笔一挥，在群里扔了一个一千块钱的大红包。

红包一出，群里瞬间沸腾，那架势，仿佛被面包屑吸引过来的一池鲤鱼，张着嘴就冲了上来，由于抢先得到提示，许多橙第二个抢到了红包，运气还不错，喜获六十六点六六元人民币。

可惜自家老婆不是"手气最佳"，江楠抿了抿嘴，觉得有点儿遗憾，打算再发个，抢完红包的小伙伴们已经开始在群里刷屏了：

"我去，这是哪里来的土豪！"

"谢土豪赏！"

"一千块的大红包啊，我还从来没见过！！！"

"这么大的红包，我只抢到了三毛四，天啊地啊！（哭泣）（哭泣）（哭泣）"

"哈哈哈哈……"

许多橙没在群里说话，私聊了一连串的惊叹号，然后道："小孩子家家的，发那么大的红包干什么，有钱没处花吗？"

江楠忍住笑，发了一个迷糊的表情过去：啊，很多吗？

"是太多了！你不经常上网不知道，现在的行情也就五块钱，"许多橙咬牙切齿，"说，是不是有人哄你发这么大的？告诉姐，姐去给你把场子找回来，太不像话了，连小孩子的钱都骗！"

不愧是他老婆，这正义感足的，江楠赶紧发信息安抚：没有的事，橙子姐姐，你想太多了，是我自己发的，而且我现在也不是小孩子了，我在部队有工资有津贴拿的！

"那也不能乱花，"虽这样说着，许多橙倒是没再追钱的事，人家成年了，自己赚钱自己花，她说教太多也不合适，所以转而道，"哎，你今天怎么能上网了？"

江楠抛出早就准备好的理由：噢，我休了探亲假。

许多橙回了一句"难得回来，好好陪陪家里人"，又吧啦了两句，便起身打算去切水果。江楠在卧室里听到她的脚步声，赶紧抢先结束话题：橙子姐姐，我妈喊我去吃晚饭，那就先这样！

"好，去吧。"许多橙发了个挥手的表情，便去切水果。

江楠在卧室里听到她远离的脚步声，吁了口气，他刚才可是说要回房间洗澡的，要是被发现趴在床上发信息……后果不堪设想啊。

还是洗澡吧，江楠抹抹额头上不存在的汗，拿了换洗的衣服，决定赶紧进浴室洗澡。

许多橙切完水果，推开房门听到浴室传来的水声，知道他没洗完，便把水果搁在床头柜上，点开粉丝群消磨时间。群里还在讨论刚才的那个大红包，但让人心酸的是，也不过才过了一年多的时间，已经有好些人忘记"南瓜"是谁了。

人家小孩子也不是什么有钱人，把你们当朋友才发这么大的，你们竟然都不记得人家了，许多橙越想越替"南瓜"不值，怕小孩儿正躲在哪个角落里伤心，一时热血上头，干脆私聊转了一千块钱给南瓜。

别人不记得，他橙子姐姐记得，哼！

几乎同时，她身下有什么东西跟着振动了一下，呃，她好像压到江楠的手机了。这么想着，许多橙伸出手掏出身底下的手机，就那么下意识地看了一眼屏幕，没想到……

　　南瓜弟弟，你很厉害嘛，装了这么长时间，现在轮到姐姐逗你玩了！

扫一扫看更多图书番外，作者专访

【官方 QQ 群：555047509 】

每周丰富多彩的群活动，好礼不停送！
作者编辑齐驾到，访谈八卦聊不停！

图书在版编目（CIP）数据

一二三，木头人 / 九穗禾著. —石家庄：花山
文艺出版社，2016.7（2020.3重印）
ISBN 978-7-5511-2898-8

Ⅰ. ①一… Ⅱ. ①九… Ⅲ. ①长篇小说—中国
—当代Ⅳ. ①I247.5

中国版本图书馆CIP数据核字(2016)第156403号

书　　名：一二三，木头人
著　　者：九穗禾
策　　划：张采鑫
责任编辑：卢水淹
特约编辑：杜莉萍
美术编辑：许宝坤
责任校对：齐　欣
封面设计：刘　艳
内文设计：昆　词
封面绘制：Lylean　Lee
出版发行：花山文艺出版社（邮政编码：050061）
　　　　　（河北省石家庄市友谊北大街330号）
销售热线：0311-88643221/29/35/26
传　　真：0311-88643225
印　　刷：三河市华东印刷有限公司
经　　销：新华书店
开　　本：880×1230毫米　1/32
印　　张：9
字　　数：248 千字
版　　次：2016年8月第1版
　　　　　2020年3月第2次印刷
书　　号：ISBN 978-7-5511-2898-8
定　　价：45.00元